古典詩歌研究彙刊

第九輯

龔鵬程 主編

第10冊

孟浩然及其詩研究

蔡玲婉 著

國家圖書館出版品預行編目資料

孟浩然及其詩研究／蔡玲婉 著 -- 初版 -- 新北市：花木蘭文化出版社，2011〔民 100〕

目 4+232 面；17×24 公分

(古典詩歌研究彙刊 第九輯；第 10 冊)

ISBN 978-986-254-528-7（精裝）

1.（唐）孟浩然 2. 學術思想 3. 唐詩 4. 詩評

851.4415 100001465

古典詩歌研究彙刊

第九輯 第十冊 ISBN：978-986-254-528-7

孟浩然及其詩研究

作 者 蔡玲婉

主 編 龔鵬程

總編輯 杜潔祥

出 版 花木蘭文化出版社

發行所 花木蘭文化出版社

發行人 高小娟

聯絡地址 新北市永和區中正路五九五號七樓之三

電話：02-2923-1455／傳眞：02-2923-1452

網 址 http://www.huamulan.tw 信箱 sut81518@ms59.hinet.net

印 刷 普羅文化出版廣告事業

初 版 2011 年 3 月

定 價 第九輯 20 冊（精裝）新台幣 28,000 元

孟浩然及其詩研究

蔡玲婉 著

作者簡介

蔡玲婉，臺灣省嘉義縣人，省立臺中師範專科學校畢業、國立高雄師範大學國文學系碩士、博士，曾任嘉義市僑平國小教師、義守大學、高雄師範大學兼任講師，現任國立臺南大學國語文學系副教授，研究專長為古典詩詞與國語文教學。著有《豪情壯志譜驪歌——盛唐送別詩的審美風貌》、《盛唐詩的知己意識研究》，以及〈杜鵑聲裡斜陽暮——論秦觀詞的黃昏意象〉、〈李白詩的知己意識〉、〈國小唐詩教學探析〉、〈肖像與作傳——杜甫的人物詩探析〉、〈古典詩歌的創意轉化教學探析〉等單篇論文。

提　　要

孟浩然（689 ～ 740）是從陳子昂到王維、李白這個過渡時期中，最有成就的詩人之一，詩以五言著稱。然而，「隱逸詩人」的桂冠、「王孟詩派」的賞譽、王孟相較的視角，忽略了對他性情懷抱、詩歌風格的全面體察，以及在盛唐詩壇的意義。本文希冀在對孟浩然及其詩歌的拔梳中，探析他在唐代詩壇的意義。

論文從盛唐時空背景、孟浩然的生平和仕隱心態、孟浩然的詩歌美學觀，孟浩然詩歌創作的體裁表現、題材情志和藝術特色幾個角度來探析。研究指出，孟浩然終身布衣，但有積極求仕的懷抱，早期的隱逸帶有「隱士意識」，而後期的隱逸則是不與權貴同流，隨性情本真追求林下風流，完成自我人格。他的創作觀與審美觀，是由陳子昂過度到李白在詩歌美學觀上一座橋樑。他以五言詩傳響盛唐，尤其是五律，運古於律，興象生動，興致清遠，自備一格。他的詩歌題材表現在山水田園、交往和詠懷三大類，情感真摯，在風神散朗之外，呈現貼合著時代脈動的盛唐士子形象。他將山水詩與田園詩高度的合流，成為南方山水田園詩的典範。孟浩然詩自然渾成的藝術技巧、沖淡與壯逸兼具的藝術風格、清曠的藝術境界，不但建立清新自然的審美範式，對盛唐風骨的開展具有重要的貢獻，在詩歌史上具有重要的地位。

目次

第一章　緒　論

第一節　研究動機與研究目的

詩歌文學的發展至唐代大放異彩，尤其是玄宗開元、天寶年間，詩歌創作盛況空前，同當時峥嶸的國力均稱爲「盛唐」。璀璨的開天詩壇，不僅詩人倍出，且多能自成一體，如嚴羽《滄浪詩話・詩體》「以人而論」中即列有「張曲江體、少陵體、太白體、高達夫體、孟浩然體、岑嘉州體、王右丞體」，高棅《唐詩品彙・總敘》亦云「開元、天寶間，則有李翰林之飄逸，杜工部之沈鬱，孟襄陽之清雅，王右丞之精緻，儲光羲之眞率，王昌齡之聲俊，高適、岑參之悲壯，李頎、常建之超凡」，正意味盛唐詩人的審美意識更爲明確，在審美理想的追求上，具有個別化、獨特化的特質。

盛唐詩壇的審美祈向在個別中亦有統一，以高適、岑參爲代表的邊塞詩派和以王維、孟浩然爲代表的山水田園詩派，是盛唐詩歌的兩大核心。在李白、杜甫之外，孟浩然與王維、高適、岑參號稱四大家。

孟浩然，唐代襄州襄陽（今湖北襄樊）人，人稱孟襄陽。生於武則天永昌元年，卒於玄宗開元二十八年，享年五十二歲（公元 689～740）。孟浩然是從陳子昂到王維、李白這個過渡時期中最有成就的詩人之一，詩以五言著稱。他的詩擺脫初唐應制、詠物的狹隘範圍，抒寫個人的懷抱，給開元詩壇帶來清新的氣息。而陶淵明、謝靈運以來的山水詩和田園詩，到了孟浩然的手中加以融鑄、合流，而呈現一種新的面貌。

孟浩然與王維並稱由來已久，雖有齊名之譽，但評者大都認爲孟不及王，如明王世貞說：「摩詰才勝襄陽，由工入微，不犯痕跡，所以爲佳。」(《藝苑卮言》卷四)，清王士禛說：「譬之釋氏，王是佛語，孟是菩薩語。孟詩有寒儉之態，不及王詩天然而工。」(《師友詩傳續錄》) 至今日文學史仍多重王，以孟浩然爲王維的附庸。〔註 1〕此評實欠周嚴。首先，孟浩然早王維十一歲生，而先王維十九歲卒，生時不同，所受時代和文學風尚的影響自然不同，且人事遭遇、生活背景不同，作品的內涵思想當然不同。文學的比較本無可厚非，但若僅以藝術成就別其高下，忽視孟浩然詩於當時詩壇所具有的時代意義，未免有見樹不見林之弊。其次，兩《唐書》中孟浩然的生平記載過簡，且有訛誤之處，所述唯早年隱居鹿門山，中年進京求仕，晚年供職荊州幕府三事。就此歷代評論家給了浩然「隱逸詩人」的桂冠，隱逸形象成爲品評的框架，對詩人的性情懷抱缺乏全盤的觀照。而「王孟詩派」的響亮詩名，使人重其平淡閒適的詩風，而忽視其他面向。這些都是世遠而莫能見其情，需要抽絲剝繭加以釐清。

其實，唐人尊崇孟浩然，並給予很高的評價，皮日休在〈郢州孟亭記〉「明皇世，章句之風大得建安體，論者推李翰林、杜工部爲尤。介其間能不愧者，唯吾鄉之孟先生也。」以「建安體」評定孟詩，可知孟浩然並非一味平淡。不論是在山水田園詩的發展，或是在唐代詩壇共同的審美追求，以及詩人個別的審美理想上，孟浩然詩都有相當的地位和獨特的意義。睽諸國內對孟浩然詩的研究，尚無專門分析討論的學術著作，乃興起專題研究的動機。希冀在浩然詩的研究上，能一覽其人與唐代文化的關係，其詩歌創作與詩觀對唐代詩壇的意義，及其在山水詩史、詩歌發展史上的價值。

〔註 1〕參見簡恩定〈王孟齊名，何以王不及孟？〉，《中外文學》14 卷 2 期(1985 年)，頁 64～75。

本論文的研究，俾期達到下列目標：

一、鉤勒孟浩然的生平，作為「知人論世」的基礎。

二、從唐代文化的特質，探索孟浩然思想與詩歌創作的時代色彩。

三、鉤輯孟浩然談詩的詩句，了解孟浩然的創作觀和審美觀。

四、分析孟浩然的詩歌創作美感特質，從體裁使用、題材情志、藝術技巧與作品風格等方面，了解「孟浩然體」的藝術風貌。

五、綜括孟浩然的詩歌美學觀及孟浩然詩的整體風貌，從文學發展脈絡評定其意義與價值。

第二節　研究方法與文獻探討

一、基本觀念

本論文之研究基於下面基本觀念進行：

（一）共時觀念：一個時代有一個時代的文學，任何一種文學形式的發展有其蘊育的時代和環境，因此研究孟浩然的必須聯繫其所處的時代社會環境。

（二）歷時觀念：文學的發展除了與外緣的時代社會環境息息相關，也與文學本身的內在規律密不可分。文學作品的風格旨趣，與作家一生的境遇、心理的變化相關，而具有發展的性質。研究孟浩然詩必須掌握其前後心境的轉折，對其創作的影響。

二、研究方法

（一）歷史研究法：對唐代的政治、社會與文化採用歷史研究法，並藉以探究浩然的生平與思想。

（二）內容分析法：對於孟浩然詩採取內容分析法，以探究其詩歌創作觀、內容旨趣、藝術技巧和風格。

三、孟浩然詩集的版本的流傳

有關孟浩然集子的記載，最早著錄在《新唐書‧藝文志》：「孟浩然詩集三卷。弟洗然、宜城王士源所次，皆三卷也。士源別爲七類。」可知孟浩然的集子分別有孟洗然及王士源編輯的本子，均爲三卷，所不同者，孟編本不分類、而王編本則分七類。王士源在〈孟浩然集序〉也提到：

> 浩然凡所屬綴，就輒毀棄，無編錄，常自嘆爲文不逮意也。流落既多，篇章散逸，鄉里購採，不有其半。敷求四方，往往而獲。既無他士，爲之傳次，遂使海內衣冠搢紳，經襄陽思睹其文，蓋有不備見而惜哉！今集其詩二百一十八首，別爲七類，分上中下三卷，詩或缺未成，而思清美。及他人酬贈，咸次而不棄耳。

天寶四載（745），王士源積極搜求孟詩，以求其全，並「別爲七類」，收詩 218 首。此本到天寶九載時（750），已「書寫不一，紙墨薄弱」，經集賢院修撰韋滔「重加繕寫，增其條目」〔註 2〕，並送秘書省收藏。王士源的搜求和韋滔的整理，對孟集的流傳極爲重要。〔註 3〕

〔註 2〕王序與韋序，收入徐鵬《孟浩然集校注‧附錄》（北京：人民文學出版社，1989 年）。

〔註 3〕今存宋蜀刻本《孟浩然詩集》三卷本，雖有王士源、韋滔二序，但其編者爲何，論者對於王士源所編提出懷疑。如趙惠芬〈孟浩然詩集版本考〉提出，現存宋蜀本《孟浩然詩集》三卷，爲南宋人所輯，已非王士源舊本。不過尚可窺其大略。前有王士源、韋滔二序，分上、中、下三卷，收詩二百一十二首。此本逐卷意編，不顯立類目，從其內容考核，概略依次爲遊覽、贈答、旅行、送別、宴樂、懷思、田園等七類。宋蜀本不能認定爲王士源所編之本的原因：一首數不合。二此書無缺佚不全之詩，與王序中「缺佚未成而製思清美及他人酬贈，咸錄次不棄」之說不合。三此本逐卷意編不顯之類目，與七類之說不合。見《中華文化學報》第 1 期（1984 年 6 月）。而王輝斌在〈孟浩然集版本源流考〉，對於今存宋蜀刻本《孟浩然詩集》因其爲不分類的三卷本，而認定是孟洗然編次的《孟浩然詩集》，而其卷首所載的王士源〈孟浩然詩集序〉、韋滔〈重序〉當是後人所加。見《貴陽金築大學學報》（總 47 期 3 期），頁 19～22。今從其說。

現存歷代孟集刊本〔註 4〕，依其傳承與分類的情形，可分爲三種：

（一）承續孟洗然編次，不分類編排的孟集

1. 《孟浩然詩集》三卷。宋蜀刻本，今存最早的刻本。上卷收詩 85 首、中卷 64 首、下卷收詩 62 首，共 211 首，不分類。編本卷首附有王士源〈孟浩然集序〉、韋滔〈重序〉二文，爲後人加入孟洗然所編的本子。
2. 《孟浩然詩集》三卷。〔明〕顧道洪（明神宗萬歷四年）輯校刻印。以宋蜀刻本爲底本，參校劉辰翁評點本，〔明〕吳下《唐十二家詩》刻本而成（有「劉評本」之稱）。正集收詩 210 首，補遺 1 卷 56 首，共 266 首。
3. 《孟襄陽集》三卷。明末・毛晉汲古閣刊《五唐人集》（簡稱毛本、或汲古閣本），以宋刻孟洗然編本爲底本，收詩 266 首。
4. 《全唐詩・孟浩然集》。以毛本爲底本，將三卷併爲二卷，未分類。〔註 5〕

（二）承續王士源編次，分類編排的孟集

宋末元初，劉辰翁（號須溪）以王編本孟集爲底本，進行評點，收詩 233 首，別爲十類，爲「遊覽、贈答、旅行、送別、宴樂、懷思、田園、美人、時節、拾遺」。〔註 6〕根據記載有元刻《須溪先生批點孟

〔註 4〕有關孟浩然集著錄、流傳與收藏，可參閱徐鵬《孟浩然集校注・附錄・著錄考》（北京：人民文學出版社，1989 年），頁 333～348。陳伯海、朱易安《唐詩書錄》第三編（山東：齊魯出版社，1988 年）。王輝斌〈孟浩然集版本源流考〉《貴陽金築大學學報》總 47 期 3 期（2002 年 9 月）。

〔註 5〕核對《四庫叢刊》本與《全唐詩》的詩作，歧出的部分有：《全唐詩》有而《四庫叢刊》無，如〈長樂宮〉、〈清明即事〉、〈初秋〉、〈閨情〉、〈上巳日澗南園期王大山人陳七諸公不至〉、〈送洗然弟進士舉〉、〈盧明府早秋宴張郎中海園即事得秋字〉（一作盧象詩）、〈峴山餞房琯崔宗之〉等八首。《四庫叢刊》本有而《全唐詩》無，如〈適越留別譙縣張主簿申屠少府〉、〈上張吏部〉。

〔註 6〕明代文學家顧道洪當時同時藏爲宋刻本和元刻本，並進行孟浩然集

浩然》三卷本，刊本今未見傳世，但自元刊本開始，孟詩已有增多的趨勢。

1. 《孟浩然集》三卷。〔明〕嘉慶十九年朱警輯《唐百家詩》本（簡稱百家本），收詩233首，以元刻爲底本，參校劉辰翁評點，題材均分爲「遊覽、贈答、旅行、送別、宴樂、懷思、田園、美人、時節、拾遺」爲十類。是現存以題材分類的劉評本。

（三）明、清兩代分體編排的孟集

明代孟浩然集的流行，除了前所述以孟編、王編爲底本，另加評點之外，到了明代則趨向於分體編排。詩歌的編集與時代風氣有關，宋人好歸類、明人愛分體、清人喜編年。宋人按題材編類便於從借鑑中化新，而形成「奪脫換骨」、「點鐵成金」等手法；明人按體分編，是基於以「格」（體格）、「調」（聲調）論詩的習性，從辨體入手，於揣摩格調，以窺前人的興象風神。〔註7〕明、清兩代分體編排孟集時，有些編本將劉辰翁的評點輯入。明、清傳本如下：

1. 《孟浩然集》三卷。明銅活字本《唐五十家詩集》（簡稱明活字本），刊印於明代正德年間，參考宋蜀刻本《孟浩然集》與元刻《須溪先生批點孟浩然》三卷，而分體編排，爲最早的孟集分體編排本。以五、七古爲第一卷，五律爲第二卷，五排、七律、五絕、七絕爲第三卷，收詩262首。
2. 《孟浩然集》三卷。明刻，〔宋〕劉辰翁評點，以體式分類，共227首。較元刻劉本少6首。
3. 《孟浩然詩集》二卷。〔明〕凌濛初刻《唐盛四名家集》（簡

校刊，他在明代顧道洪〈孟浩然詩集參校凡例〉云：「元本，劉須溪批點者。卷數與宋本相同，編次互有同異。類分標目凡十條，曰遊覽、贈答、旅行、送別、宴樂、懷思、田園、美人、時節、拾遺。共二百三十三首，多於宋本二十三首。」

〔註7〕參見陳伯海〈導言・從唐詩學到唐詩學史〉，《唐詩學史稿》（河北：河北人民出版社，2004年），頁5。

稱凌本），有〔宋〕劉辰翁評點，〔明〕李夢陽點批，上卷五古63首、五律33首；下卷五律、五排132首，七律4首，五絕18首，七絕7首，共收詩267首。

4. 《孟浩然詩集》二卷。〔宋〕劉辰翁評點，〔明〕袁宏道參評，上卷爲古體詩，下卷爲近體詩，收詩267首。
5. 《孟浩然集》四卷。〔明〕傅增湘校並跋，五古爲第一卷，七古、五排爲第二卷，五律爲第三卷，五律、七律、五絕、七絕第四卷，共263首。《四部叢刊》本（涵芬樓影印江南圖書館藏明刊本）爲四卷，按詩體分七類，收詩263首，據此編印。
6. 《孟浩然集》四卷。〔清〕館臣編《文淵閣四庫全書》本，與《四庫叢刊》本卷數、首數及編排方式相同。爲江蘇曾瑩家藏本繕寫，是承〔明〕傅增湘校跋的刊本。
7. 《孟浩然詩集》二卷。劉辰翁、李夢陽評，〔清〕方功惠套印《王孟評本》。
8. 《孟襄陽詩集》二卷，〔清〕汪立名輯《唐四家詩》本，無評語，分上、下卷。

（二）資料運用

研究孟浩然的詩最直接的資料，自屬其《孟浩然集》。本文研究孟浩然詩在古藉部分，收集宋蜀刊本《孟浩然集》、明銅活字本《唐五十家詩集・孟浩然集》、四部叢刊明刊本《孟浩然集》、《全唐詩》和《四庫全書》所收之孟詩。近年來爲孟詩作校箋者，有游信利《孟浩然集校注》、蕭繼宗《孟浩然詩說》、徐鵬《孟浩然詩集校注》、趙桂藩《孟浩然集注》，是本論文評賞孟詩的重要參考。而蕭繼宗《孟浩然詩說》，考校孟詩「據明汲古閣本、明閔齊汲本、沔陽盧氏景印明活字本、涵芬樓景印明十行本，及胡鳳丹刻本，準裁一是。」共收詩兩百六十七首。包含孟浩然詩說，可分爲「詩」、「校記」、「集評」、

「按語」四部分；並附序文傳記、酬贈詩文。觀其編排，應以明銅活字本爲底本，分三卷，卷一仍爲古詩，但卷二、卷三分別是律詩和絕句，依體式分卷更爲顯明。集評的部分不但保留明清分類本輯入劉評，並收錄李夢陽等人對孟詩的評論，是今人箋注孟詩的本子具集評的。在孟浩然詩的部分，他綜合各本，斟酌短長，分別取捨，從文理、事理、修辭上認定擇一而定，判準精細。本論文詩之引錄大抵出於此本，並參酌其他校注本。

有關孟浩然的直接史料，如王士源〈孟浩然集序〉、《舊唐書・文苑傳》「孟浩然」、《新唐書・文藝傳》「孟浩然」，以及諸家酬唱贈答的詩文，亦在參考引證之列。兩《唐書》中對孟浩然的事蹟記載十分簡略。史書所述既不盡確實、詳盡，其生平、出處與遊蹤，只能從其詩篇和與諸家的酬答作品中予以考證和鉤輯，諸家考證研究歧出頗多。〔註8〕有關其生平年譜、作品的論著有王達津〈孟浩然的生平和他的詩〉、〈孟浩然生平續考〉、陳貽焮〈孟浩然事蹟考辨〉、楊承祖〈孟浩然事蹟繫年〉、陳鐵民《唐才子傳校箋・孟浩然》等，徐鵬〈孟浩然作品繫年〉〔註9〕和劉文綱《孟浩然年譜》。而劉譜後出轉精，鉤微抉隱，並對許多詩做了考訂繫年，對本文之研究甚有助益。孟浩然詩的繫年，楊、劉二位考訂的編年詩較多。諸家考訂不一，內容間有異

〔註8〕王輝斌在〈孟浩然生平研究綜述〉中，對孟浩生平研究的著述加以羅列，並歸納爲七個專題：一、居處與享年，二、入蜀的年代，三、游湘桂、嶺南，四、晉京的時次，五、東下吳越的時次，六、滯居洛陽，七、孟李交遊問題。研究者的論點十分分歧。《四川大學學報》(1995年1月)，頁74～81。

〔註9〕王達津〈孟浩然的生平和他的詩〉、〈孟浩然生平續考〉，《唐詩叢考》(上海：古籍出版社，1987年)，頁90～111、頁112～117；陳貽焮〈孟浩然事跡考辨〉，《唐詩論叢》(湖南：人民出版社，1980年)，頁1～61；楊承祖〈孟浩然事跡繫年〉，《漢學論文集》(淡江文理學院，1970年)，頁563～618；陳鐵民、傅璇琮主編《唐才子傳校箋・孟浩然》(北京：中華書局，1987年)，頁362～374；徐鵬《孟浩然集校注》(北京：人民文學出版社，1989年)，頁349～375。劉文剛《孟浩然年譜》(北京：人民出版社，1995年)。

同，本論文中凡涉及孟浩然詩的撰寫年代，大部分以《孟浩然年譜》爲主，並參考楊、徐和諸家的說法加以判定。〔註 10〕

目前研究孟浩然者，李許群《論王孟詩風》綱要式的概述孟浩然詩；王從仁《王維與孟浩然》合論王孟，重點在其山水田園詩；林宏安《孟浩然隱逸形象重探》，針對孟浩然的隱逸形象做一釐定。至於以「山水田園詩派」爲議題者，提及孟詩僅偏於山水田園一端，未能全面探討作品。全盤梳理孟浩然及其詩實有必要。

本論文從「以意逆知」、「知人論世」爲詮釋的基準，並參酌諸家學者的觀點，依下列順序進行論述：

一、〈孟浩然的時空背景與生平〉：孟浩然及其詩，與所處的時代環境、生平經歷有極爲密切的關係，孟子曰：「讀其書，不知其人可乎？是以論其世也。」（《孟子・萬章》）文學是時代與社會的產物，每一個作家生活於特定的歷史時期，無不受時代精神和社會風尚的影響，並反映於作品中。本章勾勒盛唐的國勢、社會文化與詩壇概況，孟浩然家鄉的地理環境，以及其生平事蹟。在時代環境與個人事蹟的提挈中，做爲探索其思想、詩歌題材情志與風格傾向的基礎。

二、〈唐文化影響下孟浩然的仕隱心態〉：仕與隱是中國傳統知識分子的人生抉擇，在仕隱的兩面向度中，不是單純化的趨動，而是具有深層的文化浸漬、多方面的思想融合，以及時代的精神和個人的生命情調的綜合體現。孟浩然布衣一生，但用世之情熱切；企於求仕，但又重視個人精神的自由。本章即從傳統文人的仕隱思想、唐代文化崇隱的特質，以及孟浩然的生命本質，探究孟浩然的仕隱心態。

三、〈孟浩然的創作觀與審美觀〉：創作觀、審美觀是作家創作的思想指導。本章分從創作觀與審美觀以觀其詩歌美學觀的特質。

四、〈孟浩然的詩歌創作〉：唐代古體詩、近體詩並行，近體詩的

〔註 10〕此外，傅璇琮主編《唐五代文學編年史》（瀋陽：遼海出版社，1998 年），以編年體將唐代文化政策、作家活動、重要作品、作家間的交往等等代表性的資料，加以編排，也提供孟浩然研究相關資料。

發展從南朝齊、梁萌芽，形成於唐朝初期，到盛唐已發展較爲完備。在孟浩然詩歌的藝術探析上，先從體裁分類著手探析其各體表現。其次，綜合詩歌題材，歸納內容旨趣，以見其情志。

五、〈孟浩然詩歌的藝術特色〉：藝術風格是時代風尚、作家思想個性與詩歌美學觀的綜合體現，也是作品內容旨趣與外在表現手法相融而成的風神面貌。本章先探究孟詩的藝術手法，再綜合前面各種足以形成其風格的原因，並參考前人對孟浩然詩風的評述，以全面探討「孟浩然體」的面貌和顯透的美感特質。

六、〈孟浩然詩歌的成就與影響〉：綜合孟浩然詩的藝術表現，分從促進山水詩與田園詩的合流、建立清新自然的審美範式、響應復古革新與繼承漢魏風骨三個角度析論孟詩的成就，並從對神韻一派的啓發談其影響。

七、〈結論〉：對孟浩然及其詩做綜合性的評述，確立他在唐代詩壇、山水田園詩史和文學發展史上的地位。

第二章　孟浩然的時空背景與生平

文學根植於社會生活，在特定的時代環境會蘊育出獨特的文化心態與審美趣味，並影響詩人的創作。孟浩然布衣一生，以詩名顯揚於世，其詩歌創作的內涵與時代精神、社會風貌息息相關。孟子曰：「頌其詩，讀其書，不知其人，可乎？是以論其世也。」（《孟子・萬章》）因此，本章首述孟浩然所處的時代社會、詩壇概況、襄陽形勢，繼而鉤勒其生平梗概。

第一節　盛唐的國勢與社會文化

孟浩然生於武則天永昌元年（西元 698），卒於玄宗開元二十八年（740），這五十二年間，正是唐王朝處於國勢上揚的時期，經濟繁榮，人民生活安定。他一生中主要的活動和事蹟，都在開元時期，並未受到安史之亂國勢衰退的影響，所感受的是盛唐蒸蒸日上的時代精神。時代背景經緯綿密，無法一一縷析，今就與主題相關者，從唐代邊功、開元社會、唐代仕途與三教並行四方面加以鉤挈。

一、唐代國勢之強首推邊功

唐高祖立國之初，邊境屢遭外族的侵擾和蹂躪，因中原未定，只好委屈求和，甚至一度被迫「稱臣於突厥」（《舊唐書・李靖傳》）。唐太宗登基後，力圖扭轉高祖時軟弱挨欺的局面，奮發圖強，消滅東突厥，確立唐朝西北邊境的優勢。太宗和、戰兼用，贏得各邊疆民族的尊重和信任，兩度被尊稱爲天可汗，貞觀年間出現「北虜久服、邊鄙無虞」（《通鑒》卷一九六）、「胡越一家，自古未之有」（《舊唐書・高祖本紀》）的太平景象，初步奠定唐朝對四鄰的威望。

高宗、則天、中宗幾朝，雖然國力一直不斷的上升，然三邊的優勢卻有所減退。一些強悍的外族興起，東有契丹，西有吐蕃，北有突厥等，連續入侵。高宗憲章三年，安西四鎮陷於吐蕃，只得退出西域，並以消極守邊而不深加征討爲對策。則天時雖收回四鎮，但邊患依然嚴重。玄宗早年好尚武功，雖然已隱伏著後期開邊過度的危險，但是在開元年間對三邊的用兵是出於客觀形式的需要。與吐蕃爭奪西域的戰爭，其目的是爲了「保其腹心之關隴，不能不固守四鎮，又不能不扼居小勃律以制吐蕃，而斷絕其大食通援之道，當時國際大勢如此，則唐代之所以開拓西北，遠征蔥嶺實有其不容已之故，未可專咎時主之黷武開邊也」。〔註1〕在玄宗重視武功，設置方鎮，改革兵制，唐朝在開元年間擊退外族，迅速奪回對三邊的優勢，並遵循太宗的民族政策，處理和戰關係，也促使外族部落的歸附。軍事形式的改觀和民族政策的成功，使開元年間出現前所未有的安定局面，提高唐朝在國際上的威望，帝國四境先後置了六個都護府。

強盛的國力、壯大的邊功，激起士人的愛國熱忱，也開闢了一條封侯的捷徑。開元後，「聖主賞勛業，邊城最光輝」（岑參〈東歸留題太常徐卿草堂〉），朝廷內外形成以征戰爲榮的風氣。「功名只向馬上取，眞是英雄一丈夫」（高適〈送李副使赴磧西官軍〉）、「丈夫三十未富貴，安能終日守筆硯」（高適〈銀山磧西館〉），從軍成爲士人發跡的另一途徑，許多科場失意或干謁不成的文人也投身軍旅，供職幕僚，煥發出爲國立功的榮譽感和英雄主義。「一聞邊聲動，萬里忽爭先」（〈送陳七赴西軍〉），這正是孟浩然感受時代風潮的具體寫照。

〔註1〕陳寅恪〈外族盛衰之連環性及外患與內政之關係〉，《唐代政史述論稿》（台北：里仁出版社，1980年），頁282。

二、開元時期的社會經濟

唐代自建國以來，朝廷為了廓清隋代的積弊，採取一系列安定社會、發展經濟的措施。高祖初年實行均田制，武德七年行租庸調制，輕徭薄賦，為民制產。租庸調制的施行，促使農業生產發達，農民生活寬舒安恬，初步帶動整個社會的繁榮。

玄宗即位後（712），精勵圖治，先是改革吏治，於開元三年（715）宣稱：「官不濫升，才不虛受，惟名與器，不可以假人，左賢右戚，豈資於謬賞」（《唐會要》卷八一），裁汰冗官，恢復諫官、史官參與議事，以匡正時弊。他勵行法治，嚴明賞罰，任人唯賢，重視刺史縣令的選派。整個開元時期，吏治清明，對安定社會與提高生產力有促進作用。打擊豪強大族，勵行均田制，並興修農田水利，促進農業的發展。農業發達，人口增加，手工業和交通運輸也日益發展，商業城市接著興起，也出現了初具規模的行會組織。長安城裡就有東、西二市，東市「二百二十行，四面立邸，四方珍奇，皆所積集」（宋敏求《長安志・東志》），西市更形繁華，可見民間工商業的發達。生產力的發展與社會經濟的繁榮，更有助玄宗朝政權的鞏固，於是開元之治富足太平。柳芳《唐曆》稱：當時「天下雄富」，「東由汴、宋，西經岐、鳳，夾路列店，陳酒饌待客，行人萬里，不持刀刃」。不僅中原地區和江淮一帶以及成都平原，繁富如此，就是隴右河西地區，原是「秦隴以西，戶口漸少，涼州已往，沙磧依然」（《資治通鑑》唐開元三年韋湊上疏語）的境況，這時也逐漸出現「閭閻相望，桑麻翳野」（《明皇雜錄》）的繁榮景象。〔註2〕

杜甫在〈憶昔〉詩中描寫：

> 憶昔開元全盛日，小邑猶藏萬家室。稻米流脂粟米白，公私倉廩俱豐實。九州道路無豺虎，遠行不勞吉日出。齊紈魯縞車班班，男耕女桑不相失。宮中聖人奏雲門，天下朋友皆膠漆。百餘年間未災變，叔孫禮樂蕭何律。（《杜詩詳注》

〔註2〕參見王仲犖《隋唐五代史》（上海：上海人民出版社，1990年），頁144～189。

卷十三，1163）

元結於〈問進士〉也說：

> 開元天寶之中，耕者益力，四海之內，高山絕壑，耒耜亦滿。人家糧儲，皆及數歲，太倉委積，陳腐不可較量。（《全唐文》卷三八〇，3860）

這些詩文充分反映玄宗開元時期政治安定，社會富庶，國家興旺。盛唐文人大多有漫遊的經歷，漫遊正是在這種基礎上風行起來的。

三、開闊的仕途

唐代政權的開放使世族和士庶合流，促成唐代社會變革。自魏晉南北朝以來，由於「九品中正」制的施行，中正「計資定品，惟以居位爲貴」的品評標準，產生「上品無寒門，下品無世族」的現象。官位的升降以中正的「品狀」爲依據，因此世族一直擁有政治、經濟的特權，幾乎成爲「變相的封建」。而庶族寒士，在門閥制度的摧抑下，進身不易。

初唐以來世族與庶族地位漸有消長、升降之勢。隋末，群雄逐鹿中原，六朝舊世族雖受到打擊，但地位依然穩固。〔註3〕唐太宗擔心世家大族勢力的發展，影響王室的地位和中央的權柄。爲強化王權，鞏固中央政府，頒令修訂《氏族志》，裁定：

> 今三品以上，或以德行，或以勛勞，或以文學，致位貴顯。……專以今朝品秩爲高下，於是以皇族爲首，外戚次之，降崔民幹爲第三。（《資治通鑑》卷一九五）

唐太宗一方面貶抑舊士族，另一方面爲廣泛收羅人才，實行隋朝已行的科舉制度。他嘗私幸端門，見新進士綴行而出，得意的說：「天下

〔註3〕貞觀十二年（638年）《氏族志》初成時，仍以山東世族黃門侍郎崔幹列居一等，太宗不滿，說：「我與山東崔、盧、李、鄭，舊既無嫌，爲其世代衰微，全無官宦，猶自云士大夫，婚姻之間，則多索財物，或才識庸下，而偃仰自高，販鬻松檟，依托富貴，我不解人間何爲重之？……我今特定族姓者，欲崇重今朝冠冕，何因崔幹猶爲第一等。」參見《貞觀政要》卷七（台北：河洛出版社，1975年）。

英雄入吾彀中矣！」（《唐摭言》卷一）據統計：唐玄宗開元元年至二十二年間，共有宰相二十七人，其中科舉出身就有十八人。之後，及第進士大量入官，進士科穩定地成爲高級官吏的主要來源，於是「科第已設，草澤望之起家，簪紱望之繼世。孤寒失之，其族餒矣；世祿失之，其族絕矣」（同上卷九）爭取科舉及第，成爲獲得政治地位，保持世襲門第的重要途徑。唐代整個社會都馳逐科場，形成特殊風尚。足見，「重冠冕」的政策〔註4〕，改變魏晉以來以世族爲重的局面；而科舉取士制度的實行，爲庶族寒士打開仕進之門。

唐朝科舉掄才取士，分爲貢舉、制舉兩種。制舉，也稱詔舉。制舉的科目名稱，往往根據制詔的具體內容，臨時決定。是天子「自詔四方德行、才能、文學之士，或高蹈幽隱與其不能自達者，下至軍謀將略、翹關拔山、絕藝奇技莫不兼舉。」（《新唐書・選舉制》）〔註5〕不拘吏民士庶都可受薦，皇帝親加考問。制舉無定期、也不常有。〔註6〕貢舉每年一次，其科考項目據《新唐書・選舉制》載：「有秀才、有明經、有俊士、有進士、有明法、有明字、有明算、有一史、有三史、有開元禮、有道舉、有童子。」設立的科舉名目雖多，但以明經、進士等兩科爲盛。進士名額少，登第不易，故當時有「三十老明經，五十少進士」（《國史補》）的說法。進士科加試詩文，比明經更符合當時朝廷招攬文

〔註4〕唐代以前，漢魏北朝舊貴族「尚婚婭」，強調婚姻門閥的關係；東晉南朝貴族「尚人物」，以人格品評相標榜；入主中原的少數民族「尚貴戚」，重視血緣關係；而李唐爲首的關中貴族「尚冠冕」。這種重視官階爵祿的新價值觀，使唐代文人奔相競馳，文人渴望建功立業，以獲取官階爵祿，實現政治抱負。

〔註5〕見〔宋〕歐陽脩、宋祈《新唐書》（台北：鼎文書局，1998年）卷四十四，頁11690。

〔註6〕唐代朝廷重進士，但是進士登科以後，不立即授官，必須經吏部關試或再登制舉諸科，然後授官。唐代許多名賢相或著名詩人，是先登進士或明經，又制舉及第的。如武則天垂拱元年詞標文苑科，張說及第。中宗神龍二年才堪經邦科及玄宗先天元年道牟伊呂科，張九齡兩次及第。玄宗開元二十二年博學宏辭科，王昌齡及第。參見王仲犖《隋唐五代史》，頁116～238。

學人才的要求。久而久之，進士科獨爲矜貴。李肇《國補史》稱：「進士始於隋大業中，盛於貞觀、永徽之際，縉紳雖位極人臣，不由進士者，終不爲美。」可見士人對進士科的重視。當時社會各界都崇尚進士科，也都把能否進士及第作爲品評文人身價的重要標誌。

武則天、中宗以後，進士科更爲尊貴，爲士子仕進的標的。武后掌政，爲創垂統，排擠唐宗室和舊功臣，大批起用新人。她採取「無隔士庶具以名聞，若舉得其人，必當擢以不次」（武則天〈求賢制〉）的用人原則，大崇文章，使進士科成爲干進者競趨的鵠的。〔註 7〕此時陳子昂、姚崇、宋璟和張說等得以上升朝列，並成爲政權和文學改革的中堅。科舉取士，扭轉門蔭爲重的局面，世族子弟亦捨門資，競奔科場〔註 8〕，也激勵了寒士的進取熱情。

但是進士科不僅考貢士，也考學館的生徒，《唐摭言》記載：「開元以前，進士不由兩監者，深以爲恥。」東、西二國子監的生徒是勳貴和在京高官的子弟，開元以前，入仕仍以貴族子弟佔優勢。玄宗開元時期，兩監生徒入仕減少，眞正以州、縣鄉貢應進士舉，且成爲登第的對象，才眞正爲四方寒俊打通入仕之門，布衣之士有更多機會躋身政治。貢舉制使知識分子懷牒自舉，不但可以消融社會階層的對立，更可以促進社會文化向上，培植全國人民對政治的嚮往，提高愛國心。因此，唐代文人由科舉入仕的欲望很強，孟浩然四十歲還不免入京師參加科舉考試，可見時代風氣的影響力。

〔註 7〕陳寅恪提到：「進士科雖設於隋代，而其特見尊重，以爲全國人民之唯一正途，實始於高宗之代，即武曌專政之時。及至玄宗，遂至於凝定。」並且指出：「以詩賦舉進士致身卿相爲社會心理群趨之鵠的。」參見〈統治階級之氏族及其升降〉，《唐代政治史述論稿》，頁 170。

〔註 8〕《通典．選舉典．雜議論》說：「我開元、天寶之中，一歲貢舉，凡有數千，而門資、武功、藝術、胥吏，眾名雜目，百戶千途，入爲仕者，又不可勝紀。」（台北：新興書局，1965 年）魏晉以來世族大家憑籍的門資，已和武功、胥吏、藝術相提並論，衝擊了初唐世族意識。

「唐世科舉之柄，專付之主司，仍不糊名。又有交朋之厚者爲之助」，因而「未引試之前，其去取高下，固已定於胸中矣。」（《容齋四筆》卷五「韓文公薦士」條）唐時科舉試卷不糊名，由主試者定去取。主試官除試卷外，參考舉子平日的詩文與聲譽決定去取，甚而根據一些豪權貴要的保薦。因此，有所謂於試前早已決定登第的人選和名次的「通榜」。連皇帝也有向主考官薦人之事，據《封氏聞見記》卷三載，李林甫曾在玄宗面前爲其女婿王如泚求一進士及第，玄宗竟「許之，付禮部宜與及第」。〔註 9〕王維少時就有才名，在繪畫和音樂上造詣極深，備受岐王的賞識。據《集異記》記載〔註 10〕，開元九年（721）他參加京兆府的進士考試。當時文人張九皋已托人干謁權勢顯赫的公主，而被京兆試官內定爲「解頭」。王維請求岐王的幫忙，岐王使王維喬裝成伶人模樣，同往公主府。宴會中，王維彈奏琵琶新曲「鬱龍袍」，並獻詩卷十篇，極得公主的賞識，而說：「子誠取解，當爲子力致焉。」經由公主的推薦，王維果然中了頭名進士。《集異記》係小說家言，記事未必完全可靠，但藉此可以了解當時的科舉情況。因此舉子爲科考得中往往干謁權貴，以求引薦，而投獻行卷引起別人對自己文才的重視，成爲唐代進士應試最普遍的干謁行爲。高宗永隆二年（681）考功員外郎劉思立以爲進士只誦舊策，皆無實才，建言「進士試雜文二篇，通文律者然後試策」。〔註 11〕杜佑《通典》卷十七載趙匡〈選舉議〉云：

> 進士者，時共貴之。主司褒貶，實在詩、賦，務求巧麗，以此爲賢。〔註 12〕

〔註 9〕參見薛天緯〈干謁與唐代詩人心態〉，《西北大學學報》（1994 年 1 月），頁 17～23。

〔註 10〕見〔唐〕薛用弱《集異記》，文淵閣四庫全書，子部十二冊（臺北：臺灣商務印書館 1983 年）頁 1～12。

〔註 11〕〔宋〕歐陽脩、宋祈《新唐書・選舉志》卷四十四：「永隆二年，考功員外郎劉思立建言：『明經多抄義條，進士唯誦舊策，皆亡實才，而有司以人數充第。』乃詔自今明經試帖，麤十得六以上，進士試雜文二篇，通文律者然後試策。」（頁 1163）

〔註 12〕杜佑《通典》（台北：新興書局，1965 年）卷十七，頁 97。

在重詩賦、重文詞的取士標準，以及錄取又以平日譽望作爲參考的情況下，唐代文人的行卷之風便十分盛行。即使詩文名就的文人，在進士考試前也要透過行卷或其他方式，爭取得力的推薦。

唐代文人除科舉入仕之外，尚有薦舉求仕一途，即是在官員或權貴的薦送下，向朝廷上書、獻賦或獻詩，朝廷不經過考試而直接錄用人材。如太宗時馬周西遊長安，經中郎將常何的薦舉入仕爲朝官，終於青雲直上而致宰相。(《舊唐書・馬周傳》卷七十四)〔註 13〕有些抱負不凡的士人不耐煩循規蹈舉的應試以入仕，而欲由薦舉，「直犯龍顏請恩澤」。因此也必須干謁權貴，尋求媒介以叩開帝王的九重之門。

唐代士子爲了仕途進行干謁。初唐四傑中，除了楊炯十歲舉「神童」，無須干謁外，其餘三人入仕前均有干謁之事。王勃十五歲時，作〈上劉右相書〉，書中議論國家天下大事，縱橫開闔，踔厲風發，書末求劉薦舉，說：「君侯足下，出納王命，升降天衢，激揚風扆之前，趨步麟台之上，亦復知天下有遺俊乎？」〔註 14〕盧照鄰〈釋疾文〉中，回憶當年之事「通李膺而竊價，造張華而假成；郭林宗聞而心服，王夷甫見而神傾」，所言即是干謁之事。稍後於孟浩然的李白，不屑走科舉道路，而欲「一鳴驚人，一舉沖天」，更是走干謁一途。干謁成爲一種普遍的風尚，孟浩然的〈望洞庭湖贈張丞相〉即是一首非常著名的干謁詩，而〈送丁大鳳赴舉呈張九齡〉「故人今在位，歧路莫遲迴」，也說明了在位權貴的援引是登第的一大助力。

四、儒佛道三教並行

唐代的基本國策是儒道佛三教並行，雖然不同的君王對於三教的態度各有偏重，基本上是三教兼容的。

唐代君王儘管三教兼崇，有時甚至把老子、佛陀的地位列於周

〔註 13〕參見後〔晉〕劉昫《舊唐書》(台北：鼎文書局，1998 年)卷七十四，頁 2612～2619。

〔註 14〕見〔宋〕李昉等編《文苑英華》(北京：中華書局，1966 年)卷六六七，頁 3431。

公、孔子之上，但是涉及政治大本，仍以儒學爲依歸。因爲儒學的三綱五常之道，是維繫國家政治的命脈；儒家的經典，是制定國家政策的依據和國家教育的基本內容；儒家的倫理道德，一直是人們依傍的基本行爲規範。

儒學自魏晉之後，漸形不振，隋文帝統一天下，儒學才有久蟄思啓之意。文帝徵辟儒生，遠近畢至，講論於東都之下。隋末，儒者王通隱居教授，續詩書，正禮樂，修元經，贊易道，著書立說，對傳統儒學鉤微抉隱，始爲唐初儒學的提振和發展奠定深基。王通門人如溫彥博、杜如晦、陳叔達、杜淹、房玄齡、魏徵、王珪，皆貞觀時的宰相。薛收亦爲通之門人，壽未及貞觀，但亦爲初唐的大臣。可見，太宗與群臣以儒學勵精圖治，其貞觀之治的思想淵源奠基於王通講學河汾。

貞觀一朝是以儒學爲治國的根砥。貞觀二年（628），太宗以前代的興衰爲鑑，自述其對儒學的重視：

> 梁武帝君臣唯談苦空，候景之亂百官不能乘馬。元帝爲周師所圍，猶講《老子》，百官戎服以聽。此深足爲戒。朕所好者，唯堯、舜、周、孔之道。以爲如鳥有翼，如魚有水，失之則死，不可暫無耳。（《資治通鑑》卷一九二貞觀二年條《貞觀政要》卷六「慎所好」）

太宗並立國學、四方儒生負書而至，「儒學之興，古昔未有」（《貞觀政要》卷七）。

唐初振興儒學，並從事統一儒學的實際工作：〔註 15〕

> 太宗又以經籍去聖久遠，文字多訛謬，詔前中書侍郎顏師古考定五經，頒於天下，命學者習焉。又以儒學多門，章句繁雜，詔國子祭酒孔穎達與諸儒撰定五經義疏，凡一百七十卷，名曰五經正義。（《舊唐書・儒學上》卷一八九）

〔註 15〕儒家的思想以經學爲主流，但經學在兩漢有今文學與古文家之爭勝和對立，至東漢末年，鄭玄才綜合爲一。到了東晉、南北朝，又演爲南學和北學二派的對立和爭訟。隋文帝統一中國，南北學始有漸匯合爲一的趨勢，直至太宗時才著手進行綜合整理的工作。

《五經正義》結束南北經義岐異的局面，太宗、高宗起，將《五經正義》頒行全國，並作爲官定本和科舉考試的所遵循的範本，使儒學思想「定於一尊」。其影響十分深遠，不但立下「疏不破注」的經學傳統，也成爲一千多年來科舉考試的定本。

武則天雖崇佛抑道，但對儒家並有所重。玄宗雖崇道，但他登基之初，也提倡儒學〔註 16〕，壓抑浮華。他親注《孝經》頒布天下，並實行四部群書的校錄，制定《開元禮》、《唐六典》。開元十三年，他改麗正書院爲集賢書院，並增設學士，當時玄宗有〈集賢書院成送張說上集賢學士賜宴詩珍字〉詩有云：「廣學開書殿，崇儒引席珍。集賢招袞職，論道命臺臣。禮樂沿今古，文章革舊新」（《全唐詩》卷三，頁 35）〔註 17〕，亦可見出玄宗對儒學的尊崇。開元二十七年，他追贈孔子爲「文宣王」。孔子封王始自玄宗。

唐前期振興儒學更展現於具體的治國方針，如《貞觀政要》一書，錄太宗君臣談論政理的言論，全是以儒家思想爲治國根砥，而各種典章制度的建立和法典的纂修，對國家統一政治、社會安定功不可沒。而「貞觀之治」、「開元之治」的盛況是儒學實施的效驗，亦可以見出有唐一代儒學重視事功的特色。

道教自漢末張道陵創建以來，經魏晉南北朝的葛洪、寇謙之、陸修靜、陶景弘等人的發展，到唐代因皇室的尊崇更蓬勃興盛。道教，幾可稱是唐代的國教。

唐初，士族門閥的觀念仍重，李唐並非出於中原大姓，立國之初，社會地位比不上政治地位。爲了政治、社會考量，唐代皇室藉著與老子同姓，自稱是老子後裔，以提高皇室門第，並抬高李唐的政治地位。自高祖起，奉老子爲先祖。太宗雖尊崇儒學，但基於此因〔註 18〕，於是

〔註 16〕《舊唐書・文藝傳》「劉憲」傳載：「玄宗在東宮，留意經籍」，可知玄宗好經術，自太子時已然；提倡儒學實有其原。

〔註 17〕〔清〕聖祖御定《全唐詩》（北京：中華書局，1996 年）。

〔註 18〕太宗曾說自己列道教於儒、釋之前，實不得已：「況朕之本系，出自柱史。鼎祚克昌，既憑上德之功；平下大定，實賴無爲之德，宜有

下詔重申崇道政策，高宗、中宗、睿宗亦然。高宗上元二年（675），下詔規定李耳《道德經》和《論語》爲明經考試的項目，明經考試本來只考儒家經典，高宗之舉，無非想要統合儒道，鞏固王朝的政治社會勢力。

唐玄宗崇慕道教遠超過前期君王，肯定老子在孔子、釋迦之前，道教在儒、釋之上。開元元年（713），發使收訪道經，纂修道藏，開元二十九年（741）於兩京和天下諸州立崇玄學，置生徒，令習《老子》、《莊子》、《文子》、《列子》。頒布各種尊崇道教的措施，道教的勢力因而到達最頂端。

道教在備受崇奉的情形下發展迅速。開元年間（713～741）道士數目從開國時的兩、三千人左右，增加到一萬五千人，道觀總數增加爲 1687 所（其中 1137 所爲道士，550 所爲女冠）。道士和道觀的數目不斷上升，士人接觸道教的機會也增多。隨著道教流行的推波助瀾，《老子》、《莊子》和神仙、符籙、丹藥等道書，在士大夫間普遍流傳，更有公主入道爲女冠與王公捨宅爲道觀的情形。上層社會煉丹服藥，追求長生；民間則以符籙治病，以齋醮消災。兩者與老莊「坐忘」、「心齋」修身養性爲核心的道家理論，實是反向的結合。

道教流行於上階層社會，但就實際情形而言，佛教於民間的流傳遠甚於道教。因爲除老、莊之書外，道教不如佛教教理淵博精湛和系統完整。

佛教於東漢末年傳入中國，先是依附於道教方術，魏晉時玄學昌熾，再托庇於玄學，東晉以後才逐漸顯露自家面目。唐代佛教十分發達，各宗派林立，三論宗、天台宗、法相宗、華嚴宗、律宗、密宗、禪宗等，都分別門戶，獨樹一幟，判教立宗。唐代佛教的成熟，表現於三方面：一是以玄奘爲代表的高僧，不遠千里，不憚艱辛，取經求

改張，闡此玄化。自今以後，應齋供行立至於稱贊，其道士女冠宜在僧尼之前，庶厚本之俗，暢於九有；尊祖之風，貽諸萬葉。」（《猶龍傳》卷五）以「厚本」、「尊祖」爲憑藉的政治目的，正是唐代君王尊崇道家的共同心理。

法，並以嚴謹的態度翻譯佛經，引來更高層次的佛教文化；二是以慧能爲代表的高僧，融合佛教與中國思想，將佛學中國化；三是以鑒眞爲代表的高僧，將中國佛教東傳日本，弘揚唐代的佛教和文化。

唐代君王對佛教態度，除唐武宗外，大都尊崇佛教。因此，不惜才力廣建佛寺，殿堂巍峨，藻繪雕飾。武則天下令全國各州設置大雲寺，她因藉著佛教奪得政權，特別崇佛抑道，使佛教發展快迅，甚至浪費大量的社會財富，一度造成國家財政的窘促。玄宗執政之初，曾一度下詔裁汰僧尼，禁造佛寺，禁鑄佛像，稍稍扼止佛教發展。不過基於政治考量，玄宗既崇道又尊儒，也敬佛，爲儒道佛各注一經。開元十年，爲《孝經》作注；開元二十一年，爲道家經典《老子》作注；開元二十三年，爲佛教《金剛經》作注。

唐代佛教的興盛，造成唐代文人普遍有「達本知空寂」的佛學修養。梵宮釋殿寺院的眾多，或坐落於名山勝景，有林泉之美；或峰巒俊秀，有清幽之靜，成爲文人探奇覽勝、問法論道、暢神愉情的最佳處所。

從唐代三教兼崇的政策觀之，可見唐代文化的兼容並蓄。唐代文人士大夫除個別嚴於攘斥異端，大都隨意出入三教之間，或外修儒服而內誦梵唄，或一邊求仕一邊學仙。王士源〈孟浩然集序〉說孟浩然「學不攻儒，務掇精華；文不按古，匠心獨妙」，這是盛唐文人出入三教，兼采百家，不爲一家思想所縛的共同特點，顯現唐人在時代思潮中開放的心態和兼容的作風，與自由活潑的思想。

第二節　開元詩壇的概述

一、初唐到盛唐詩歌的變革

開元詩壇的輝煌是建立在詩歌形式和內容的革變和擴展上。初唐詩壇以宮廷詩人爲創作主體，是六朝華靡文風的漫延和齊梁宮體的遺緒。武則天時，初唐四傑不滿宮廷詩內容狹窄、形式虛浮、詩風柔弱輕靡，以詩歌抒發建功立業的豪情壯志和悲歡離合的人生感慨，使詩歌由「由宮廷走向市井」、「由台閣移至江山與塞漠」〔註19〕，對詩歌革新有初啓之功。在詩歌形式上，沈佺期、宋之問總結齊梁以來格律詩創作經驗，完成五、七言近體詩的體式，使古、近體詩界限明確，詩歌體裁更加多樣化。《新唐書．文藝傳．宋之問》說：

> 魏建安後迄江左，詩律屢變。至沈約、庾信以音韻相婉附，屬對精密。及之問、沈佺期，又加靡麗，回忌聲病，約句准篇，如錦繡成文。學者宗之，號爲沈、宋。〔註20〕

元稹〈唐故工部員外郎杜君墓係銘〉說：

> 沈、宋之流，研練精切，穩順聲勢，謂之律詩。（《全唐文》卷六五四，頁6649）

在詩歌內容上，陳子昂提出風骨和興寄。他在〈與東方左史虯修竹篇〉序中說：

> 文章道弊五百年矣。漢魏風骨，晉宋莫傳，然而文獻有可徵者。僕常暇時觀齊、梁詩，采麗競繁，而興寄都絕，每以詠嘆。（《全唐詩》卷八十三，頁895）

他提倡「風骨」，主張繼承建安、正始詩歌建功立業的精神和剛勁雄建的風格；強調「興寄」，以比興手法寄託身世和理想，發揚《詩經》美刺的傳統。在形式與內容啓承革變中，爲開元詩壇的繁榮奠定根基。

殷璠於《河嶽英靈集》〔註21〕中對六朝以來的詩歌變革和開元詩壇的特色做了高度的概括，他說：

〔註19〕參見聞一多〈四傑〉，《唐詩雜論》（上海：上海古籍出版社，1998），頁20～26。

〔註20〕〔宋〕歐陽脩、宋祈《新唐書》卷二〇二，頁5751。

〔註21〕殷璠《河嶽英靈集》選評玄宗開元二年至天寶十二載二十四家詩，共二百三十四首。他收孟浩然詩九首，其中五律六首，分別爲〈過景空寺故融公蘭若〉、〈裴司士見尋〉、〈永嘉上浦館逢張子容〉、〈歸故園作〉（作〈歲暮歸南山〉）、〈九日懷襄陽〉、〈夜渡湘水〉。七古一首爲〈夜歸鹿門（山）歌〉、七絕二首爲〈過景空寺故融公蘭若〉、〈渡湘江問舟中人〉。評中引〈永嘉上浦館逢張子容〉和〈望洞庭湖贈張丞相〉五律兩首，和〈宿建德江〉五絕一首。見〔唐〕殷璠《河嶽英靈集》卷下，收錄於李珍華、傅璇琮《河嶽英靈集研究》，頁205～209。

自蕭氏（指南朝梁代）以還，尤增矯飾。武德初，微波尚在貞觀末，標格漸高。景雲中，頗道遠調。開元十五年後，聲律風骨始備矣。實由主上（指唐玄宗）惡華好樸，去僞存眞，使海內詞場，翕然尊古，南風周雅，稱闡今日。〔註22〕

經過初唐以來的努力，以及唐玄宗大力提倡樸實之風，盛唐詩歌聲律、風骨兼備。又說：

既閑新聲，復曉古體，文質半取，風騷兩挾，言氣骨則建安爲傳，論宮商則太康不遠。(《河嶽英靈集・論》)〔註23〕

開元詩壇的特點是內容與形式並重，繼承《詩經》和《楚辭》的傳統，發揮寫實主義與浪漫主義的手法。一方面具有漢、魏詩歌的風骨，一方面保持六朝至初唐精密的聲律。開元詩人正在四傑、沈、宋、陳子昂的詩歌革新基礎上，運用成熟的體製、精鍊的技巧、生動的語言歌唱時代，反映社會；以不同氣質個性、審美趣味和生活經歷，創作個性鮮明的藝術作品。

二、開元詩壇的兩大流派

開元詩壇的兩大主流，是以王維、孟浩然所代表的山水田園詩派，和以岑參、高適爲代表的邊塞詩派。

邊塞詩起源於《詩經》〈采薇〉、〈出車〉、〈東山〉對戰事題材的描寫，漢魏樂府、北朝民歌、南朝及隋代文人的擬樂府，都不乏邊塞生活的描寫，但並不普遍。初唐，隨著邊塞戰爭的不斷，邊塞詩已漸漸興起。玄宗頗好邊功，與吐蕃、突厥、契丹等爭戰不息。國力的強盛，國威的遠揚，人民對國家充滿自信與自豪；中外交往密切，戰爭頻繁，尙武精神發揚，人們嚮往邊塞，渴求邊功。從軍與出塞成爲詩人的創作題材，甚至沒有參與過戰爭的詩人也不乏其作。高適與岑參是邊塞詩派的代表，他們或鎮守邊邑，或輔佐戎幕，親自經驗邊塞生

〔註22〕〔唐〕殷璠《河嶽英靈集》，收入李珍華、傅璇琮《河嶽英靈集研究》（北京：中華書局，1992年），頁117。

〔註23〕同上，頁179。

活，目睹邊塞風光和戰爭場面。他們以七言歌行酣暢淋漓的表現邊塞雄奇壯偉的場面，將邊塞風光盡入吟詠，將戰爭場面囊括收攝，將征人思婦的思想感情體察入微。詩風豪邁雄放，以氣象見長，而呈現出積極進取的人生觀和高昂熱情的愛國精神，強健的骨力和氣魄，是建安風骨的高度體現和發揚。王之渙（688～742）王昌齡（698～約756）、李頎（690～751）、崔顥（704～754）都是這一詩派重要的代表作家。

至於山水詩和田園詩在唐代雖然合稱，並形成所謂的山水田園詩派〔註24〕，但是二者的題材淵源並不一致，自晉宋時期起是爲涇渭分明的兩種文學題材，直至盛唐才完全合流。以田園生活作爲詩歌題材，起源於《詩經》，〈七月〉、〈芣苢〉、〈十畝之間〉等以描寫農家生活爲內容。文人創作田園詩始於陶淵明，他在黑暗亂離的時代中，把純樸安靜的田園作爲精神安慰之所。他創作大量的田園詩，描寫純樸美好的田園風光，透露熱愛丘山的天性和與自然共處的和諧融洽，呈現田園生活的寧靜悠閑，成爲田園詩派的鼻祖。陶淵明之後，南朝詩壇在華靡詩風的衝擊下，田園詩幾成餘響，除了鮑照幾首歌詠田園隱逸的詩作，幾乎看不到繼承陶詩的跡象；而北朝詩壇，詩風較樸實，陽休之、顏之推、庾信有習陶傾向〔註25〕，庾信〈歸田〉、〈園庭〉等作，以田園生活中日常細事，並化用隱士典故抒發隱居閑情和閑淡的心境，在形跡與精神表層表現田園生活的意趣。

山水詩也在魏晉時期得以發展。在中國古典詩歌中，山水自然景物的描寫源遠流長。《詩經》、《楚辭》、漢賦雖不乏山水景色的描寫，

〔註24〕「山水田園詩派」在文學史上有三層意涵：就盛唐而言，指以王維、孟浩然爲代表，包括祖詠、常建、儲光義等風格相近，專長於山水田園的詩人；就唐代而言，則指王維、孟浩然、韋應物、柳宗元；就中國詩歌史而言，則是以陶、謝、王、孟、韋、柳爲一完整體系。中國古代文學批評史並無此一稱謂，但自晚唐以來，詩論家已提挈出陶、孟、王、韋詩家風格相近，並相提並論。因此，雖未用「詩派」之名，但已承認此一詩派的客觀存在。

〔註25〕參見葛曉音《山水田園詩派》（瀋陽：遼寧大學出版社，1993年），頁86。

但並非獨立的審美對象、主要的歌詠目標。《詩經》中的山水、自然景物，多爲比興的媒介，用以烘托情感；或爲生活的背景，做爲陪襯點綴。物色多而景物少，描繪簡略而原始。《楚辭》寫景較《詩經》細膩精緻，瑰怪之觀、淡遠之境、重沓舒狀，曼長流利。但景爲情役，作爲抒情寫志的憑藉，且多虛構想像，而非身歷目見的眞實景物，山水景物仍爲陪襯，非爲歌詠的對象。漢賦中寫景繼承《楚辭》的特點，鋪張形勢，夸張聲勢，總覽人物，苞括宇宙，氣魄與場面前所未有。但其中山水景物，或作爲諷諭勸戒，或以馳騁才智，仍非獨立審美對象。現存最早的山水詩是曹操的〈觀滄海〉〔註 26〕，在歌詠山水的壯闊雄偉中，也呈現出詩人的雄心與壯志。

魏晉時期，玄學盛行，加上社會的動亂，使士大夫企慕隱逸、嚮往神仙、怡情山水，許多遊仙、招隱、行役、公宴的詩中，都有優美的山水畫面，如左思的〈招隱〉、郭樸的〈遊仙詩〉等。雖仍未把山水作爲獨立吟詠的對象，但隨著老莊的自然主義與佛學的流行，影響文學家對山水、田園的觀照態度，轉以澄靜的胸懷、清虛閑脫的精神態度體味山水。〔註 27〕再加上游賞的風尚、隱逸的意識，以及晉室南渡後偏安的政治、江南的秀山麗水和莊園的營構，促使山水自身具有的審美價値慢慢凸現。不過文人「談不離玄」，「山水以形媚道」（宗炳〈畫山水敍〉），大量以自然景色爲體玄悟道的玄言詩，雖然出現不少描寫山水的佳句，仍以玄理爲主。只有在玄理逐漸消退後，以描寫自然爲主的山水詩才得以乘勢而起，正如劉勰《文心雕龍‧明詩》所言：

〔註 26〕曹操〈步出夏門行〉一解〈觀滄海〉：「東臨碣石，以觀滄海。水何澹澹，山島竦峙。樹木叢生，百草豐茂。秋風蕭瑟，洪波湧起。日月之行，若出其中；星漢燦爛，若出其裡。幸甚至哉，歌以詠志。」見《先秦漢魏南北朝詩》（北京：中華書局，1998 年）魏詩，卷一，頁 353。

〔註 27〕王肅之〈蘭亭詩〉「今我斯遊，神怡心靜」、支遁〈詠懷詩〉「蕭瑟人事去，獨與神明居」、「寥亮心神瑩，含虛映自然」、王羲之〈答許詢書〉「靜照在忘求」、宗炳〈畫山水敍〉「澄懷味象」，皆是這種觀照方式與精神狀態的告白。

宋初文詠，體有因革，莊老告退，而山水方滋。〔註28〕

山水詩的產生，正標示出自然已從陪襯的生活環境和作爲比興的媒介，成爲獨立的審美對象。謝靈運大量創作山水詩，其尋幽探勝，仰觀俯察、遇目輒書，「大必籠於海，細不遺草樹」（白居易〈讀謝靈運詩〉），重寫實景，鋪陳詳盡繁富，極盡雕刻模寫之能事，造成繁富典麗的詩風、和沈穩厚重的格調，不但爲山水詩的發展奠定根基，也成爲唐代山水詩派中雄深詩風的先導。謝靈運後劉宋諸帝到鮑照、顏延之、謝瞻、謝惠連，都有不少登臨遊覽、行役的山水詩，均襲大謝，以深秀重澀爲共同風格。南齊永明年間，隨著文學主張的變革，語言風貌的變化，聲律說的興起，山水詩的風貌也隨著拓展。謝朓在繼承晉宋山水詩的藝術成就上，發展以宦遊爲主的山水詩，表現平時所見的江南水景，並將離鄉之悲、送別之情、思歸之嘆、隱逸之慕注入其中。在結構上，雖承大謝情、景分敘，但在情景的融合上有較高的表現。如沈德潛《古詩源》所言：「玄暉靈心秀口，每誦名句，淵如泠然，覺筆墨之外，別有一段深情妙理。」〔註29〕他著意開拓大謝「池塘生春草」一類的清新自然的佳句，從口語中提煉明淨淺近的語言，形成風格清新流麗、聲調平易流暢，寫景空靈簡淡的特色，成爲唐代山水詩派中清麗詩風的先導。其後，何遜、陰鏗的在山水詩情感上的開拓，均有創發之功。

山水詩與田園詩自創發以來，題材與藝術表現上涇渭分明。自大謝以來山水詩側重觀賞，以工筆寫景；而陶淵明的田園詩重感受，以白描寫意。初唐王績承繼陶淵明的田園詩傳統，但是在抒發郊居閑趣之趣中，又將莊園的林泉之美鋪寫入詩，使田園詩朝觀賞方向轉化。

〔註28〕劉勰《文心雕龍・明詩》談到山水詩的形成：「江左篇製，溺乎玄風，嗤笑徇務之志，崇盛亡機之談，袁、孫以下，雖各有雕采，而辭趣一揆，莫與爭雄，所以景純仙篇，挺拔而爲雋矣。宋初文詠，體有因革，莊老告退，而山水方滋。」參見王更生注譯《文心雕龍讀本》（台北：文史哲出版社，1991年）卷二，頁85。

〔註29〕〔清〕沈德潛《古詩源》（北京：中華書局，2006年），頁230。

在田園詩的表現上，從陶詩的由情、事見景，轉變爲由景、事見趣。使南北朝分道而行的山水田園詩，出現合流的端倪。但初唐詩壇田園詩寥寥無幾，造成山水詩單向發展的局面。唐初四傑以行役詩和送別詩擴大山水描寫的視野，但仍承襲齊梁詩風。陳子昂和沈、宋則效法大謝體〔註 30〕，淘洗齊梁色彩，變四傑的清淺鮮麗爲典雅深重。

開元前期，江南經濟富庶，明麗秀美的山水景緻使吳越詩人勃然興起，《舊唐書·賀知章傳》載：「神龍中，知章與越州賀朝、萬齊松，揚州張若虛、邢巨，湖州包融，俱以吳越之士，文詞俊秀，名揚於上京」〔註 31〕，他們以吳越山水的賞玩爲題材，以日常生活的自然風光入詩，少尋幽探勝、精細刻畫奇山異水，在繪景如畫的山水林泉中呈現出清新俊秀的風格，近於小謝、陰鏗、何遜的詩風。並打破南朝至初唐相對距離下靜態觀景的模式，賦予景物新鮮活跳的生命，使山水與人的情興、感觸渾成一片。

張說一度被貶謫到岳陽，寫了不少山水佳篇，沈德潛謂其「晚謫岳陽，詩益悽婉，人謂得江山之助」。〔註 32〕在詩歌創作上，他積極倡導「逸勢標起，奇情新擬」的風骨和「屬詞豐美，得中和之氣」的詞采，指出「天然壯麗」爲唐詩的理想風采。因此，他的山水詩創作兼採大、小謝兩種風格，使晉宋與齊梁兩體漸趨合流。而張九齡更爲重視山水詩的氣格與骨力，以此深化山水詩的情感。葛曉音提到，張九齡山水詩大抵可分爲三期：一神龍至開元前前，赴京、閒居、奉使廣州的記詠山水之作。二開元十五年出任洪州都督，是創作山水詩高峰。三開元二十四年被貶荊州有少數詩篇。可以說是大多作於開元中

〔註 30〕山水詩起於晉宋之交，並未傳承漢魏風骨，但就這一題材而言，謝靈運詩格調厚重，寫景抒情言志相結合，仍可視爲晉宋以前古詩傳統的承續。因此，陳子昂的山水詩創作爲淘洗齊梁色彩，便有意取範於大謝體，借復古以活今。參見朱德發《中國山水詩論稿》（濟南：山東出版社，1994），頁 98。

〔註 31〕參見〔後晉〕劉昫《舊唐書》卷一九○，頁 5035。

〔註 32〕見傅璇琮《唐才子傳校箋》（北京：中華書局，2002 年）卷一，頁 138。

以前，他將漢魏以來文人功業理想、堅持品格節操等感懷，引入山水詩，使山水詩清麗的辭彩和漢魏風骨結合。〔註 33〕

胡應麟指出：

> 唐初承襲梁、隋，陳子昂獨開古雅之源，張子壽首創清淡之派。盛唐繼起，孟浩然、王維、儲光義、常建、韋應物本曲江之清淡，而益之以風神。高適、岑參、王昌齡、李頎、孟雲卿本子昂之古雅，而加以氣骨者也。(《詩藪》內篇卷二)

肯定陳子昂、張九齡在初盛唐之交的影響。陳子昂以滌除齊梁餘風的高蹈胸懷和進取精神，為山水詩注入風骨。張九齡是清淡詩派的開創，詩不慕華麗，以自然蘊藉為尚，對當時頗有影響。

山水田園詩的發展進入高潮在盛唐。開元前期，山水詩已形成「詞采」與「風骨」的結合，情景的處理多變，以及構思的複雜，都為山水詩奠定深厚的根基。詩人熱愛國家、熱愛生活的情感，在隱逸和科舉取士的風潮中，或隱居山林，或赴京應舉，或行旅漫遊，或調遣升遷，詩人游賞山水的機會增加，山水田園詩的創作也隨之風行。孟浩然、王維（701～761）、儲光羲（707～約 760）、常建等人繼起，懷著高人遠俗之思和熱愛生活之情，書寫山水田園的靜謐和悠然自得的情趣。而孟浩然和王維大量的創作山水田園詩，能獨樹一格而卓然於開元詩壇，成為盛唐山水田園詩派的先驅。

第三節　山川形勝的襄陽

襄陽，唐隸屬襄州，漢水繞過其北、東兩面而下接長江，南連三湘，北控宛洛，東連吳會，西通巴蜀，交通便利。境內山多林茂，城南九、十里有峴山、臥龍山、白馬山；縣西南八里有楚山，一名望楚山〔註 34〕；縣西北有萬山，一名漢皋山等等，氣候溫潤，自古

〔註 33〕參見葛曉音《山水田園詩派研究》(瀋陽：遼寧大學出版社，1993 年)，頁 165～180。

〔註 34〕楚山，因昔秦與齊、韓、魏攻楚，故又名望楚山。

以來即爲兵家要地。明朝吳道邇於《襄陽府志・形勝》「襄陽縣」下，說：

> 檀溪帶其西，峴首亙其南，漢水如帶縈乎東北，楚山萬屏峙乎西南，天然之形勢也。

其中「峴山疊翠、漢江鴨綠、龍洞雲深、檀溪清淺、鞮鞮夜月、鐵佛晨鐘、萬山夕照、文選世臺、隆中草廬、高陽池館、鹿門高隱、墮淚晉碑」（《襄陽府志》）更是深具特色的自然景觀和人文古蹟。又說：

> 襄陽自魏晉以來，爲必爭之地，故此一形勝也。當天下安，則騷人墨客籍之以遊目騁懷，而以形勝爲樂地；不幸有事，則武夫健將用之以進攻退守，而以形勝爲險塞。

山水可以屬耳流目，極視聽之娛，悅人心神，可使「鳶飛戾天者，望峰息心；經綸事務者，窺谷忘返」，從瑣屑的功利中解脫；可使仕途失意、功名無成者，空虛心靈，涵蓋萬有，知己泉石。因此，襄陽山水形勝不但是軍事要地，更是騷人墨客登臨賞玩之所。

襄陽古爲楚地，由於高山大澤、雲煙變化，巫術迷信的宗教色彩十分濃厚，孕育著各種神話與傳說。襄陽漢皋山下的解佩渚，流傳著一則美麗的傳說：

> （神女）遊於江濱，逢鄭交甫。交甫不知何人也，目而挑之，女遂解佩與之。交甫行數步，空懷無佩，女亦不見。〔註35〕

神話傳說使襄陽的自然景物蒙上一層美麗的面紗，山水更顯靈動。

襄陽山水靈秀，在歷史上是著名的隱逸之地，漢陰丈人、龐德公、諸葛亮等都曾在這裡隱居。晉朝文人習鑿齒著有《襄陽耆舊傳》，其中對後漢時期的龐德公有仔細的描述：

> （龐德公）居峴山之南，未嘗入府城，躬耕田里，夫妻相敬如賓。琴書自娛，睹其貌者肅如也。荊州牧劉表數延請，不能屈，乃自往候之。諸葛孔明每至公家，獨拜公於床下，

〔註35〕見〔唐〕歐陽詢《藝文類聚》（北京：中華書局，1959年）卷七十八，頁1327。江妃二女遇鄭交甫的故事，始載於〔漢〕劉向《列仙傳》，可參見王叔岷撰《列仙傳校箋》（台北：中研院文哲所，1995年）。

公殊不令止。司馬德操嘗造公，値公渡沔，止先人墓，德操徑入堂上，呼德公妻子作黍。徐元直向言：有客即來，就公談論，妻子皆奔走供設。德操少德公十歲，以兄事之，呼作龐公也。人乃謂公是德操名，非也。後遂攜其妻子，登鹿門山，托言採藥，因不知所在。

龐德公隱居鹿門，諸葛亮耕讀隆中；峴山上為羊祜所立的墮淚碑，萬山潭裡杜預沈下的紀功碑；勤政愛民的習鑿齒，放曠自逸的山簡。這些歷史人物的高風逸節和襄陽的靈山秀水，孕育了詩人孟浩然。

劉勰在《文心雕龍・物色》中說到：

山林皋壤，實文思之奧府，略語則闕，詳說則繁。然屈平所以能洞監風騷之情者，抑亦江山之助乎？〔註 36〕

山川形勝不僅能提供作者創作的素材，並且能激發作者的藝術靈感和想像力。劉勰提出「江山之助」，正是強調山水景物對文學創作的重要。襄陽自然景物的勃勃生氣與人文景觀的盎然古意相互生輝，無不引發孟浩然山水詩的創作動機，成為其詩歌創作的主要內容思想。

第四節　孟浩然的生平事蹟

李白在〈贈孟浩然〉詩中說：「吾愛孟夫子，風流天下聞。紅顏棄軒冕，白首臥松雲。醉月頻中聖，迷花不事君。高山安可仰，徒此揖清芬。」〔註 37〕孟浩然隱逸的行止，深為李白嘆佩，在李白筆下，孟浩然是早年絕棄功名，老來避入山林，不問世事的世外高人。不過就浩然實際的經歷而言，「臥松雲」的隱居生活，雖是孟浩然主要的生活面向，但他並非無用世之心、無求仕之舉；而「紅顏棄軒冕」，甚至一生與仕宦功名絕緣的境遇，也並非詩人本意。

孟浩然「少好節義，喜振人患難」（《新唐書・文藝傳》），「救患釋紛，以立義表」（王士源〈孟浩然集序〉），為人重節義，有俠氣。

〔註 36〕參見王更生注譯《文心雕龍讀本》，頁 303。

〔註 37〕見瞿蛻園等校注《李白集校注》（台北：里仁書局，1881 年）卷九，頁 593。

他布衣終身，王士源於〈孟浩然集序〉中嘆惋說：「嗟哉！未祿於代，史不必書」。兩《唐書》一反常例，爲此一功名無成而聲名遠揚的詩人立傳。可惜語焉不詳，寥寥數語，反而誤判其形象。

陳貽焮將孟浩然一生分爲「爲學三十載，閉門江漢陰」、「山水尋吳越，風塵厭洛京」、「共理分荊國，招賢愧楚才」三期。孟浩然一生中的重要大事，可分爲遊前鄉居、壯年的漫遊與求仕和晚年入幕三個時期來探究。〔註 38〕此節透過生平事蹟的拔梳，期以展現他與時代交映下生活面貌。

一、遊前鄉居：爲學三十載，閉門江漢陰

孟浩然，字浩然，以字行。一說名浩，字浩然〔註 39〕，襄州襄陽人（今湖北省襄樊市），武后永昌元年（698）出生於一個耕讀家庭，行第爲六。詩人的家世無可考，但他在〈書懷貽京邑舊遊〉自述身世：

惟先自鄒魯，家世重儒風。詩禮襲遺訓，趨庭紹末躬。
晝夜常自強，詞賦頗亦工。三十既成立，吁嗟命不通。
慈親向羸老，喜懼在深衷。甘脆朝不足，簞瓢夕屢空。

他自稱祖籍鄒魯，世代習儒，隱然以儒家大師孟軻後世自詡，乃唐人重「郡望」之故。

孟浩然所居的園宅，是爲「澗南園」，又稱「南園」、「漢南園」、「治城」〔註 40〕，位於襄陽南郭七里峴山附近的江村〔註 41〕，是先世

〔註 38〕參見陳貽焮〈孟浩然〉，收錄《論詩雜著》（北京：北京大學出版社，1989 年），頁 109～166。

〔註 39〕「孟浩然，字浩然」的說法，傳行最廣，是出於《新唐書·文藝傳》。但是〔明〕凌濛初刻劉辰翁評、李夢陽參本的《孟浩然詩集》，標目下署「唐孟浩撰」，同書所錄王士源〈孟浩然集序〉亦道：「孟浩字浩然。」此說亦見於《唐詩品彙·詩人爵里詳節》「孟浩然」名下云：「按，王士源〈集序〉云：『孟浩，字浩然。』疑以字行。」清儒注詩，有採用「孟浩然，名浩，字浩然」者，如仇兆鰲《杜詩詳注》卷七〈遣興五首〉其五注，吳宣、胡棠《唐賢三昧集箋注》之〈孟浩然〉名下。

〔註 40〕王士源〈孟浩然集序〉：「終於治城南園。」〈遊明禪師西山蘭若〉：「日暮方辭去，田園歸治城。」

留下祖產，有房舍亭台、田地和果園。一生除了短暫的隱居鹿門山、出外求仕和幾次的漫遊外，大部分的時間都在園中度過。

他的鄉居生活中，除了刻苦攻讀、以詩自娛之外，「灌蔬藝竹」（〈孟浩然集序〉）是其生活的一個面向。他「採樵入深山，山深樹重疊」（〈採樵作〉），上山砍材；「桑野就耕父，荷鋤隨牧童」（〈田家元日〉），下田耕種；有時還種點瓜，「不種千株桔，惟資五色瓜」（〈南山下與老圃期種瓜〉）。「我愛陶家趣，林園無俗情」（〈李氏園臥疾〉），不過，耕稼採樵只是他藉以消遣，作爲「以全其高」的象徵性勞動。他的隱居生活是閒逸的，〈澗南園即事貽皎上人〉寫澗南園的周圍環境和生活情趣：

敝廬在郭外，素業唯田園。左右林野曠，不聞朝市喧。
釣竿垂北澗，樵唱入南軒。

他也常乘船經北澗到各處遊賞，〈北澗泛舟〉中說：

北澗流恆滿，浮舟觸處通。沿洄自有趣，何必五湖中。

而襄陽風光秀麗，名山勝水處處可得，或乘興獨往或與友人一起同遊共賞，亦是其隱居生活之一。

孟浩然也時與禪師、上人、山人、逸人等來往，〈疾癒過龍泉精舍呈易業二上人〉中描述他遊精舍與僧人來往的生活。

亭午聞山鐘，起行散愁疾。尋林採芝去，轉谷松蘿密。
旁見精舍開，長廊飯僧畢。石渠流雪水，金子耀霜橘。
入洞窺石髓，傍崖採蜂蜜。竹房思舊遊，過憩終永日。
日暮辭遠公，虎溪相送出。

詩人病初癒，聽聞鐘聲而發山行之興，尋林採芝而來到龍泉精舍，並觀覽精舍與上人共談。他將上人比況爲遠公、自己比況爲陶淵明，呈現與僧道往來契合無間的幽趣。「談玄殊未已，歸途夕陽催」、「漸通

〔註41〕古代不少人以爲孟浩然家在襄陽鹿門山，如〔明〕顧道洪《襄陽外編》引《一統志》：「孟浩然故居在襄陽鹿門山，嘗自賦詩云：『山水觀形勝，襄陽美會稽。』」白居易〈遊襄陽懷孟浩然〉詩：「南望鹿門山，藹若有餘芳。舊隱不知處，雲深樹蒼蒼。」（《全唐詩》卷四三二，頁4776）由於浩然隱居鹿門名聲太大，後人乃不知有澗南園。鹿門山爲其隱居之地，非居家之所。

玄妙理，深得坐忘心」（〈遊精思題觀主山房〉），談玄說道，企慕佛道的閒適與自由。

與各級官吏登覽宴飲、往來酬唱也是隱居生活的一個核心。〔註42〕他不但與當地的刺史往來，如韓思復、姚某、獨孤冊、韓朝宗、宋鼎之流，也與縣令、縣尉、主簿、司士、司戶等交游，更結識不少志同道合的朋友。彼此詩酒遨遊：「竹引攜琴入，花邀載酒過」（〈宴滎二山池滎山人池亭〉）、「宴息花林下，高談竹嶼間」（〈遊景空寺蘭若〉）。

「爾昔與汝輩，讀書常閉門」（〈入峽寄弟〉）、「爲學三十載，閉門江漢陰」（〈秦中苦雨思歸贈袁左丞賀侍郎〉），孟浩然早期的鄉居生活，主要是和兄弟輩一起學書劍。重儒的家風使他秉承聖賢遺訓，接受父教，誦詩學禮，自強不息。另一方面他也致力於作詩賦。唐代科舉取士，高宗永隆二年下詔進士科加試雜文，雜文的項目是「一詩一賦，或兼頌論」〔註43〕，「少年弄文墨，屬意在章句」（〈南陽北阻雪〉），浩然致力於詩賦正是爲科舉作準備。

孟浩然隱居唐門山的事蹟，兩《唐書》均有記載，《舊唐書・文苑傳》：「孟浩然，隱鹿門山，以詩自適。」《新唐書・文藝傳》：「少好節義，……隱鹿門山。」黃庭堅：「先生少也隱鹿門。」（〈題孟浩然畫像〉），進一層指出浩然少年時期隱居鹿門的事實。當時隱逸風氣十分盛行，隱以求仕是唐代的社會風尚。王昌齡說：「昌齡豈不解置身青山，俯飲白水飽於道義，然後謁王公大人，以希大遇哉！」（〈上李侍郎書〉《全唐文》卷三三一，3353）隱居修身，再干謁王公大人，正是這種風尚背後的心理寫照。浩然早年和好友張子容同隱居於鹿門山，顯然是受時代風氣的影響。他的〈夜歸鹿門山〉爲此期之作，清幽曠絕，得力於隱居之助，自不待言。張子容是先天二年（713）的

〔註42〕有關孟浩然襄陽的生活面貌，可參見林宏安《孟浩然的隱逸形象重探》（新竹：國立清華大學碩士論文，1992年）。

〔註43〕有關唐代進士科加試雜文的年代及其內容等問題，參見羅聯添〈唐代進士科試詩賦的開始及其相關問題〉，收入《唐代文學論集》（台北：台灣學生書局，1989年），頁379～395。

進士〔註44〕，兩人隱居鹿門山的時間當在先天元年（712）以前的一段時期。〔註45〕張子容入京赴舉前，他作詩相贈：

夕曛山照滅，送客出柴門。惆悵野中別，殷勤歧路言。
茂林予偃息，喬木爾飛翻。無使谷風誚，須令友道存。
（〈送張子容赴舉〉）

不但表達出二人深切的友誼，對友人的前程也滿懷希望。

孟浩然隱居鹿門山以讀書自立、作詩自適。唐代以隱求仕需要很大的隱名，就算有走「終南捷徑」的動機，也難以早達，更何況鹿門山遠離京師，隱名也難以大噪。因此，張子容離開鹿門山不久，孟浩然也回到襄陽家中。

隱居鄉里的生活讓他漸感無奈，他慨嘆清貧失意，渴望有人向朝廷引薦，〈田園作〉寫道：

弊余任推遷，三十猶未遇。書劍時將晚，丘園日空暮。
晨興自多懷，晝坐常寡悟。沖天羨鴻鵠，爭食羞雞鶩。
望斷金馬門，勞歌採樵路。鄉曲無知己，朝端乏親故。
誰能爲揚雄，一薦甘泉賦。

此詩爲三十歲之作，是仕進心志的告白，詩中表達出閒居田園的無奈；並以揚雄自況，表白自己希望得到援引，實現心志。

他在〈晚春臥疾寄張八子容〉再度的抒發隱於鄉里的心境：

南陌春將晚，北窗猶臥病。林園久不游，草木一何盛。
狹徑花將盡，閑庭竹掃淨。翠羽戲蘭苕，頳鱗動荷柄。
念我平生好，江鄉遠從政。雲山阻夢思，衾枕勞感詠。
感詠復何爲？同心恨別離。世途皆自媚，流俗寡相知。
賈誼才空逸，安仁鬢欲絲。遙情每東注，奔晷復西馳。
常恐塡溝壑，無由振羽儀。窮通若有命，欲向論中推。

隱於田園，晚春臥病，孟浩然的心境是蕭索的，他諷刺世俗澆薄，傷

〔註44〕〔宋〕計有功《唐詩記事》卷二十二載：「子容乃先天二年（713年）進士第。曾爲樂城尉。與孟浩然友善。」（成都：巴蜀書社，1989年）。

〔註45〕張子容之事蹟，可參見傅璇琮主編《唐才子傳校箋》，頁156～160。

嘆與好友同心離居、知音難遇，悲慨懷才不遇、美人遲暮。此時對他而言，田園並非生命歸宿與價值所在。守於田園是爲高搴遠翥，若空老於此，滿腹才調施於何處？在遙深的寄託中，期待仕進的心志是明確而篤定。

二、壯年的漫遊與求仕

盛唐漫遊風氣的風行，一方面是國家統一安定、社會富庶繁榮；另一方面是唐代科舉應試者不但要工於詞賦，還要製造聲譽，名揚於上朝，傳入考官耳中。長年累月的漫遊，成爲文人的一種生活方式。登山涉水，不但可以領略大自然的風光，研閱窮照，發興吟詠；過州歷府，也可以結交天下豪俊，干謁公卿名士，以提高聲望。孟浩然壯年重要的漫遊和求仕，主要是洞庭之遊、滯居洛陽、長安求仕與吳越漫遊，分述如下：

（一）洞庭之遊：欲濟無舟楫，端居恥聖明

開元五年（717）左右，孟浩然有洞庭之遊和三湘之旅。而洞庭之遊是爲傾慕張說之名，和岳陽樓文士唱和之盛而來。開元四年，張說任岳州刺史，其出任岳州之由，據《新唐書・張說傳》卷一二五記載，說爲中書令，「素與姚崇不平，罷爲相州刺史，河北道按察使，坐累徙岳州」。張說雖貶岳州，但他曾爲宰相，又是文壇泰斗，在岳陽樓與文士唱和，一時文士雲集，名動當世，王象之《輿地紀勝》載：「《寰宇記》云，按開元四年，唐張說自中書令爲岳州刺史，常與才士登此樓，有詩百餘篇列於壁。」（《岳州》卷九六）范致明《岳陽風土記》說：「岳陽樓，城西門樓也。下瞰洞庭，景物寬闊。唐開元四年，中書令張說除守此州，每與才士登樓賦詩，自爾名著。其後，太守於樓北百步復創樓，名曰燕公樓。」都記載了當時的盛說。他的〈望洞庭湖贈張丞相〉〔註46〕是干謁張說之作：〔註47〕

〔註46〕此詩題各本多有不同。宋本作〈岳陽樓〉，唐寫本作〈洞庭湖作〉、明銅活字本、四部叢刊本作〈臨洞庭〉，《全唐詩》本作〈望洞庭湖

八月湖水平，涵虛混太清。氣蒸雲夢澤，波撼岳陽城。

欲濟無舟楫，端居恥聖明。坐觀垂釣者，徒有羨魚情。

「臨洞庭而興求仕之思」（李攀龍語），而盼張說援引，可知浩然此時用世之心。

洞庭湖游後，他溯湘江而游三湘。到過長沙一帶，也憑弔了屈原投江之地。〔註48〕

開元九年左右，遊洪州、南昌、灨石、南康，在龍沙作詩寄劉眘虛。

龍沙豫章北，九日挂帆過。風俗因時見，湖山發興多。

客中誰送酒？棹裏自成歌。歌竟乘流去，滔滔任夕波。

（〈九日於龍沙作寄劉大眘虛〉）

劉眘虛，字全乙，新吳人，哲悟過人，有才德之名於當世，與孟浩然交誼頗篤。〔註49〕詩人在重九的風俗與湖光山色的美景中興致遄飛，

贈張丞相〉，今詩題從《全唐詩》本。紀昀於《瀛奎律髓刊誤》卷一〈臨洞庭〉詩點批：「此襄陽求薦之作。原題下有『獻張相公』四字，後四句方有著落，去之非是。前半望洞庭湖，後半贈張相公，以望洞庭湖托意，不露干乞之痕。」

〔註47〕開元時期，姓張的丞相有二：一爲張說，一爲張九齡。或以爲〈望洞庭湖贈張丞相〉爲獻張九齡而作，恐非是。因張九齡未曾在洞庭湖附近爲官，集中亦無遊洞庭之作。而浩然入張九齡幕雖有洞庭之行，但不可能於幕中還有求薦之作。此詩爲投獻張說而作，除文中所敘的原因外，張說的文集有〈襄陽路逢寒食〉、〈襄陽景空寺題融上人蘭若〉詩；孟浩然集中有〈游景空寺蘭若〉、〈題融上人蘭若〉及〈過融上人蘭若〉詩，說明張說曾至襄陽，並與浩然熟識的僧人過從，因而彼此可能相識。譚優學〈孟浩然行止考實〉、劉文剛《孟浩然年譜》均持此詩爲干謁張說而作，並認爲孟浩然第一次的湖湘之旅大約於開元四、五年左右。

〔註48〕孟浩然遊洞庭湖之事，〈經七里灘〉有：「余奉垂堂誡，千金非所輕。爲多山水樂，頻作泛舟行。五嶽追向子，三湘弔屈原。湖經洞庭闊，江入新安清……」，〈自潯陽泛舟經明海作〉也提及：「因之泛五湖，流浪經三湘。觀濤壯枚發，弔屈痛沈湘」，可知詩人漫遊吳越之前已遊歷過三湘。

〔註49〕劉眘虛有〈暮秋揚子江寄孟浩然〉一詩：「木葉紛紛下，東南日煙霜。林山相晚暮，天海空青蒼。暝色況復久，秋聲亦何長。孤舟兼微月，

觸發創作靈感；漫遊中「爲多山水樂」（〈經七里灘〉），使他的詩作得力於江山之助。

孟浩然於四十歲長安求仕前，曾多次往來於襄陽與揚州。他以熱情投身自然山川，灑脫自適，但仍以出仕爲懷，「魏闕心恆在，金門詔不忘。遙憐上林雁，冰泮已回翔」（〈自潯陽泛舟經湖海〉），盼如春天北回的大雁，入宦長安。

（二）滯居洛陽：年年白社客，空滯洛陽城

開元十三、四年（726）左右，孟浩然離鄉到洛陽。〔註50〕唐代的國都是長安，但是由於運輸的關係，當時江淮一帶北運的糧食，大部分囤聚於洛陽，因此出現唐代初期一些帝王「就食東都」的現象。自高宗起整個朝廷便不時移往東都洛陽，武后時更有長達二十餘年駐輦東都的記錄，玄宗時期亦然。開元十二年十一月玄宗東幸洛陽，次年由洛陽出發，舉行東封泰山的盛典，直到開元十五年才由洛陽回到長安。玄宗東幸，是滿朝官員隨駕而去，洛陽成了文武百官和文人的匯聚之所，成爲長安之外另一個政治、經濟和文化的中心。孟浩然前往洛陽，主要是想通過廣交朋友造成聲譽，而謀求政治出路。張九齡當時任中書舍人，也隨侍在洛陽，兩人的結識，大概在這個時期，而包融〔註51〕、儲光羲、綦毋潛等人，也是這個時期結交的朋友。

初到洛陽，孟浩然心情較爲開朗，他〈宴包二融宅〉：

獨夜仍越鄉。寒笛對京口，故人在襄陽。詠思勞今夕，江漢遙相望。」（《全唐詩》卷二五六，頁2868）情深語摯，表達對孟浩然的思念。孟浩然去世後，他有〈寄江滔求孟六遺文〉「相如有遺草，一爲問家人」，求孟浩然遺作。

〔註50〕孟浩然滯居洛陽之說，研究者眾說紛紜，莫衷一是。陳鐵民〈關於孟浩然生平事跡的幾個問題〉和徐鵬《孟浩然集校注・前言》，二者均把它繫於開元十二年至十四年左右，今參考其說。

〔註51〕包融爲吳中四士之一，《唐才子傳》卷二載：「包融，延陵人。開元間仕大理司直，與孟浩然交厚，工爲詩。」包融二子何、佶齊名，世稱「二包」，「曾師事孟浩然，授格法」（卷三）。分見傅璇琮《唐才子傳校箋》，卷二，頁225；卷三，頁460～463。

閒居枕清洛，左右接大野。門庭無雜賓，車轍多長者。

是時方盛夏，風物自瀟灑。五日休沐歸，相攜竹林下。

開襟成歡趣，對酒不能罷。煙暝棲鳥還，余將歸白社。

表達了宴飲遊樂、結交俊碩的快意，「鬥雞寒食下，走馬射堂前」(〈上巳日洛中寄王九迥〉)、「酒酣白日暮，走馬入紅塵」(〈同儲十二洛陽道中作〉)，他對新生活充滿熱情和期望。但是這次入洛，除了結交朋友、遊覽名勝古蹟外，在仕途上並無進展。唐代求仕須靠有力者的援引，開元初年，高適二十歲入長安，不遇而歸，有詩寫道：「國風沖融邁三五，朝廷歡樂彌寰宇。白璧皆言賜近臣，布衣不得干明主。」(〈別韋參軍〉) 孟浩然懷抱利器，意效孔丘，一展長才。然而朝廷金張當道，貧寒士子乏人援引，仍無寸進之路。他寫下心中的感慨：

我愛陶家趣，園林無俗情。春雷百卉坼，寒食四鄰清。

伏枕嗟公幹，歸山羡子平。年年白社客，空滯洛陽城。

(〈李氏園臥疾〉)

臥病於李氏林園，仕隱的矛盾交織胸次。他慨嘆劉楨「余嬰沈痼疾，竄身清漳濱」的困窘，欣慕東漢向長（字子平）「遊五嶽名山，竟不知所終」的快適。但是董京〔註 52〕「年年白社客，空滯洛陽城」的生活使他心灰意冷，「林園無俗情」的感受使他頓萌歸隱之心。在困頓中，結束了此次干謁生活。

（三）首上長安：中年廢丘壑，上國旅風塵〔註 53〕

〔註 52〕《晉書・董京傳》:「董京字威輦，不知何郡人也。初爲隴西計吏，俱至洛陽，被髮而行，逍遙吟詠，常宿白社中，時乞於市。」見〔唐〕房玄齡《晉書》(臺北：鼎文書局，1989 年) 卷九十四，頁 2427。《太平御覽》卷八十七〈戴延之西征記〉:「洛陽建春門外，道北有白社，董威輦所住也。」孟浩然以董京自喻，謂己流滯洛陽。

〔註 53〕關於孟浩然向玄宗誦詩一事，《新唐書・文藝傳・孟浩然》:「維私邀入內署，俄而玄宗至，浩然匿床下，維以實對。帝喜曰：『朕聞其人而未見也，何懼而匿？』詔浩然出。帝問其詩，浩然再拜，自誦所爲，至『不才明主棄』之句，帝曰：「卿不求仕，而朕未嘗棄卿，奈何誣我？』因放還。」〔五代〕王定保的《唐摭言》早於《新唐書》，卷一〈無官受黜〉中亦有記載，只是見玄宗的地點不同，內容差異不大。而王士開元十六年，孟浩然在家中寫了〈田家元日〉一詩：

昨夜斗北回，今朝歲起東。我年已強仕，無祿尚憂農。

桑野就耕父，荷鋤隨牧童。田家占氣候，共說此豐年。

古人稱四十歲爲「強仕之年」，詩人隱居躬耕，參與一些較輕鬆的勞動，但出仕的懷抱，仍深植於心。他決定入京赴試，透過科舉尋求功名。《新唐書》、《舊唐書》、《唐才子傳》等都記載孟浩然「四十遊京師，應進士第」的事蹟。進士科考試都在正月舉行，二月放榜。他於開元十六年年底，動身北上入京準備參加隔年正月的進士試。赴京途中遇到大雪，心情爲之暗淡，寫下〈赴京途中遇雪〉一詩：

迢遞秦京道，蒼茫歲暮天。窮陰連晦朔，積雪滿山川。

落雁迷沙渚，飢烏噪野田。客愁空佇立，不見有人煙。

隔年春天，他參加進士科考，對自己的仕途充滿信心，〈長安早春〉中說：

關戍惟東井，城池起北辰。咸歌太平日，共樂建寅春。

雪盡青山樹，冰開黑水濱。草迎金埒馬，花伴玉樓人。

鴻漸看無數，鶯歌聽欲頻。何當桂枝擢，歸及柳條新。

詩中寫出長安早春的太平景象，洋溢著詩人奮進的心情。「何當桂枝擢，歸及柳條新」，他迫不及待的期望自己及第登科，趁著春天榮歸故里。

此次科考，孟浩然並未登科落第後，他留在長安遊覽山水，並且

源〈孟浩然集序〉、《舊唐書·文苑傳·孟浩然》都未曾記載。這是唐代流行最廣的文人軼事之一，野史、筆記、方志和詩話輾轉傳抄。這個故事是杜撰，不足爲信的，原因有三：其一王維開元十六、七年人雖在長安，但棄官隱居，玄宗是不可能私幸其宅。其二孟浩然該年有詩「欲隨平子去，猶未獻甘泉」(〈題長安主人壁〉)，說明孟浩然希望獻賦而不可得，作詩後不久便離開長安，根本沒見過玄宗。其三孟浩然友人陶翰〈送孟六入蜀序〉：「夫子有如是才，如是志，且流落未遇，風塵所疑，然謂天下無否泰，無時命，豈不謬哉！」(《文苑英華》卷二二八) 殷璠於《河嶽英靈集》中評孟浩然：「余嘗謂禰衡不遇，趙壹無祿，其在人也。及觀襄陽孟浩然，罄折謙退，才名日高，天下籍甚，竟淪落明代，終於布衣，悲乎！」二人雖同情他的懷才不遇，但沒有這種「轉喉觸諱」而獲遣的說法。

希望能在京師展露才華，藉著獻賦朝廷、干謁權貴，得到仕進的機會。他的詩名很快的在長安傳開，王士源〈孟浩然集序〉中記載：

> （浩然）閒游秘省，秋月新霽，諸英華賦詩作會，浩然句曰：「微雲淡河漢，疏雨滴梧桐」。舉座嗟其清絕，咸閣筆不復爲繼。

在秋月新霽的夜晚，孟浩然造訪秘書省，與官員和一些詩人墨客賦詩作樂，清絕的詩句和詩歌才華，使他在長安展露頭角。但他的境遇是困窘的，〈題長安主人壁〉說：

> 久廢南山田，叨陪東閣賢。欲隨平子去，猶未獻甘泉。
> 枕席琴書滿，褰帷遠岫連。我來如昨日，庭樹忽鳴蟬。
> 促織驚寒女，秋風感長年。授衣當九月，無褐竟誰憐。

「平子」是東漢的張衡，他的〈歸田賦〉：「游都邑以永久，無明略以佐時……，感老氏之遺誡，將回駕乎蓬廬。」抒發志士失意，隱居田園的無奈。在科舉失利後，他對自己的前途的信心動搖，在貧寒交迫中，觸動了鄉園之思，而有「欲隨平子去」的歸隱之想；另一方面，他又不甘於「猶未獻甘泉」，對政治生仕途仍然抱著期望，想藉著獻賦來干祿求仕，並多次上書，企求汲引。

孟浩然結交位居禮部侍郎的賀知章、尚書左丞的袁仁敬等高官，他們雖然試圖爲他引薦，但爲權貴所阻。晚唐詩人張祜由於求薦舉被元稹所阻，有詩寄慨說：「賀知章口說徒勞，孟浩然身更不疑」〔註 54〕，反映賀知章在朝推薦孟浩然的事實，但爲權貴所阻，徒勞無功，張祜借他人酒杯澆胸中壘塊，正爲此事提出補證。

〔註 54〕張祜〈寓懷寄蘇州劉郎中〉詩云：「一聞周召佐明時，西望都門強策羸。天子好聞才自薄，諸侯力薦命猶奇。賀知章口徒勞說，孟浩然身更不疑。唯是勝游行未遍，欲離京國尚遲遲。」（《全唐詩》卷 511，頁 5828）張祜以賀知章舉薦孟浩然不成一事，以喻自己雖受推薦，但爲權貴所阻，而不能受皇帝賞識。張祜家在南陽，離浩然家鄉很近，有〈題孟處士宅〉一詩：「高才何必貴？下位不妨賢。孟簡雖持節，襄陽屬浩然。」（《全唐詩》卷 511，頁 5837）品題孟浩然。因此，詩中所言當有所本。

孟浩然看透官場險阻，決意保全自尊而毅然歸去。他在〈秦中苦雨思歸贈袁左丞賀侍郎〉中說：

苦學三十載，閉門漢江陰。明敭逢聖代，羈旅屬秋霖。
豈直昏墊苦？亦爲權勢沈。二毛催白髮，百鎰罄黃金。
淚憶峴山墮，愁懷湘水深。謝公積憤懣，莊舄空謠吟。
躍馬非吾事，狎鷗眞我心。寄言當路者，去矣北山岑。

雖有好友引薦，眾人揄揚，但「豈直昏墊苦？亦爲權勢沈」，強權顯貴的從中阻隔，讓他身處窮處，而「百鎰罄黃金」長安居大不易的潦倒，更使他懊喪。只好故作瀟灑，謂建功立業非其所能，而毅然思歸。

孟浩然與王維結識於此期，兩人一見如故，成爲情趣相投的莫逆之交。王維小他十一歲，對其詩作和風神極爲欣賞，揮動畫筆爲他繪成〈襄陽孟公馬上吟詩圖〉。圖早已不傳，不過據葛立方《韻語陽秋》卷十四記載：

余在毗陵見孫潤夫家有王維畫孟浩然像，絹素敗爛，丹青已渝。維題其上云：「維嘗見孟公吟曰：『日暮馬行疾，城荒人住稀。』又吟云：『挂席幾千里，名山都未逢。泊舟潯陽郭，始見香爐峰。』余因美其風調，至所繪圖於素幅。」後有本朝張洎題識云：「觀右丞筆跡，窮極神妙。襄陽之狀，頎而長，峭而瘦，衣白袍，靴帽重載，乘款段馬。一童總角，提書笈負琴而從，風儀落落，凜然如生。〔註55〕

畫中詩人的風神栩栩如生，傾注著王維熾熱情感和眞摯友誼。

浩然在長安求仕失利，憤然思歸，臨別之前對王維十分不捨，有〈留別王維〉：〔註56〕

〔註55〕參見〔宋〕葛立方《韻語陽秋》卷十四，收入〔清〕何文煥輯《歷代詩話》（北京：中華書局，1997年），頁593～594。

〔註56〕劉譜將浩然〈留別王維〉一詩繫於二上長安之時，恐非是。開元二十一年十二月，張九齡任同中書下門平章事，次年五月又加中書令。此後不久，王維作〈上張令公〉詩獻向張九齡干謁，請求汲引；後又作〈獻始興公〉，不但讚美張九齡的開明政治，也表明

寂寂竟何待，朝朝空自歸。欲尋芳草去，惜與故人違。
當路誰相假，知音世所稀。祇應守寂寞，還掩故園扉。

王維亦有贈詩有〈送孟六歸襄陽〉：

杜門不復出，久與世情疏。以此爲長策，勸君歸舊廬。
醉歌田舍酒，笑讀古人書。好是一生事，無勞獻子虛。
（《全唐詩》卷一二六，頁1273）

王維於開元九年（721）進士擢第，任太樂丞。同年秋，因太樂署中伶人舞黃獅子，受連累，被貶濟州司倉參軍。開元十四年秩滿，從濟州到淇上爲官，不久棄官在嵩山、淇上隱居。開元十七年回到長安閒居，並從薦福寺道光禪師學佛。直到開元二十一年張九齡爲相，擢拔他爲右拾遺之前，一直過著清客隱士的生活。仕途受挫，王維當時隱逸意向濃厚。他自述自己杜門不出，與世相違，並以「醉歌田舍酒，笑讀古人書」的閒適生活鼓勵孟浩然。孟浩然獻賦未成，在詩中也有所反映。王維何嘗不知孟浩然的理想志意，只是在權貴打擊、仕途受挫的政治現實中，同病相憐而已。

對於王、孟的交游，不少人認爲二人交情淺薄，且機心於中。如葛立方《韻語陽秋》卷十四載：「孟君當開元、天寶之際，詩名藉甚，一遊長安，右丞傾蓋延譽。或云右丞見其勝己，不能薦於天子，因坎坷而終。故襄陽別右丞詩云：『當路誰相假，知音世所稀。』乃其事也。」認爲浩然求官不利，乃是王維見他勝己，不肯力薦。其實不然，原委已於前面辨之。而開元二十九年，王維爲殿中侍御史，知南選，至襄陽時，浩然已故，王維不勝歔欷，作詩追悼亡友，有〈哭孟浩然〉一詩：「故人不可見，漢水日東流。借問襄陽老，江山空蔡州。」（《全唐詩》卷一二八，頁 1305）此年，王維過郢州，在刺史亭中畫浩然像，並名爲浩然亭，他對浩然的追念於此可見。朱慶餘〈過孟浩然舊

自己的氣節和政治的理想，深得九齡賞識，二十三年春，擢爲右拾遺。可見，當時王維仕進心濃厚，與〈送孟六歸襄陽〉的情調不符。因此，〈留別王維〉當於開元十七年長安落第，歸鄉之前所作。

居〉有：「命合終山水，才非不稱時。……平生誰見重，應只是王維」（《全唐詩》卷五一五，頁5882）可知王孟友誼之深契，得到時人的推許。

（四）吳越漫遊：山水尋吳越，扁舟泛湖海

開元十七年，孟浩然長安求仕失敗，爲了排遣科場上的失意，展開了這場壯闊的吳越漫遊。〔註57〕〈自洛之越〉是他浪跡吳越的自白書：

皇皇三十載，書劍兩無成。山水尋吳越，風塵厭洛京。
扁舟泛湖海，長揖謝公卿。且樂杯中物，誰論世上名。

仕途的受挫使他心灰意冷，欲以放曠的心情擺落功名的追求，寄情山水。

孟浩然自洛陽順汴水、邗溝、江南河南下，在臨渙、譙縣略作停留，經潤州、太湖到達杭州。他溯浙江往游桐廬江、富春江、建德江，途經漁浦潭、七里灘等處。他曾於錢塘江觀潮，並赴天台山登覽、求仙。在天台，住在高宗爲道士司馬承楨所建的桐柏觀。

越州是孟浩然滯留最久的地方，「我行適諸越，夢寐懷所欣。久負獨往願，今來恣遊盤。」（〈遊雲門寺寄越府包戶曹徐起居〉），此行

〔註57〕關於〈自洛之越〉中所提的吳越漫遊的時間，諸家考據莫衷一是。其中將它繫於十三年、四年滯居洛陽之後，「年四十遊京師」之前的有：陳鐵民〈關於孟浩然生平事跡的幾個問題〉、譚優學〈孟浩然行止考實〉等；將它繫於「年四十遊京師」之後的有：陳貽焮〈孟浩然事跡考辨〉、徐鵬《孟浩然詩集校注・前言》和劉文剛《孟浩然年譜》，但是三者所繫的時間和旅程不盡相同。就「自洛之越」的時間而言，本論文訂於「遊京師」之後，孟浩然集中有〈奉先張明府休沐還鄉海亭宴集〉中說：「自君理畿甸，予亦經江淮。萬里書信斷，數年雲雨乖。歸來沐澣日，始得賞心諧。……何以發秋興，秋蟲鳴夜階。」考浩然集中出現的張明府當爲張愿，據《唐會要》卷七〇《關內道・新升赤縣》：「奉先縣，開元十七年十一月十日升，以奉陵寢，以張愿爲縣令。」奉先是畿縣，是京兆府所管轄之縣，張愿開元十七年十一月爲奉先令，依詩意觀之，張愿爲奉先令時，孟浩然正經江淮，於遊越途中。可爲吳越漫遊的時間於開元十七年提出一證。

是專爲越中山水而來。他在越州停留了近兩年，遊覽名勝，憑弔古蹟，遍覽越州一帶的山川勝地。「懷仙梅福市，訪舊若耶溪」（〈久滯越中貽謝南池會稽賀少府〉）、「試覽鏡湖物，中流到底清」、「將探夏禹穴，稍背越王城」（〈與崔二十一遊鏡湖寄包二公〉），還有雲門山、秦望山等地方，都是浩然尋遊的風景名勝。

之後，他行海路到達永嘉（今浙江省永嘉縣），在永嘉上浦館遇見多年不見的好友張子容，一個失意漫遊，一個遠謫海裔，二人相偕登上江心孤嶼，詩酒唱和，感慨頗多。他寫下〈永嘉浦館逢張子容〉：

逆旅相逢處，江村日暮時。眾山遙對酒，孤嶼共題詩。

廨宇鄰蛟室，人煙接島夷。鄉園萬餘里，失路一相悲。

張子容貶樂城尉，浩然隨子容至樂城度歲。但是「異縣天隅僻，孤帆海畔過。往來鄉信斷，留滯客情多」（〈初年樂城館中臥疾懷歸〉）長期飄零異鄉，加上臥疾的苦悶，使他心中興起思鄉之情。於是掛帆返鄉，結束這次吳越漫遊。此次相聚，張子容有〈除夜樂城逢孟浩然〉、〈樂城歲日贈孟浩然〉，表達樂城相逢之樂；臨別時有〈送孟八浩然歸襄陽〉，「因懷故園意，歸與孟家鄰」（《全唐詩》卷一一六，1177），可見兩人深摯的情誼。

孟浩然久有遊越之意，求仕失意後如願盤遊。在越中，他的思想是複雜的。他想借越中山水，洗去心中的「塵慮」（〈經七里灘〉），然而失意的創傷使山水也染上羈旅不遇的客愁；有時他聽任本眞，以熱情投身自然大化，「舟行自無悶，況値晴景豁」（〈早發漁浦潭〉），在山水中隨興自足。有時山水的壯闊使他忘卻失意，「今日觀溟漲，垂綸欲釣鼇」（〈與杭州薛司户登樟亭作〉），更興起壯志，希冀君主賞拔；有時想皈依佛門，「依止此山門，誰能效孔丘」（〈雲門寺西六七里聞符公蘭若最幽與薛八同往〉），甚至想學仙修道，「願言解纓絡，從此去煩惱」（〈宿天台桐柏觀〉）。

在吳越漫遊期間，他結識不少朋友。如詩人崔國輔，時爲山陰縣縣尉，擅長以樂府舊題寫民歌體小詩，詩風「婉孌清楚，深宜諷詠」（殷璠《河嶽英靈集》），孟浩然有〈宿永嘉江寄山陰崔國少輔〉一詩相贈。此期足跡遍歷吳越，創作了不少以吳越山水爲題材的詩歌，而其所歷之地，也是吳越山水詩所流行的範圍，吳越清麗詩風無形中影響著他。不論是滯居洛陽，長安求仕，結識包融、賀知章等吳越詩人，或在此次漫遊中再接觸崔國輔、張子容，都對孟浩然的山水詩風有潛移默化的影響。

（五）二上長安：寄語朝廷當路人，何時重見長安道〔註 58〕

孟浩然游越歸來，耽於任眞忘機的田園情趣，與奉先令張愿、襄州刺史獨孤冊、襄陽令盧僎〔註 59〕等人往來唱和，同覽襄陽名勝。

開元二十一年五月，張九齡被任命爲檢校中書郎、同中書門下平章事。孟浩然一直苦於無親故的援引，張九齡的復起，對他而言無異是求仕的好機會。「寄語朝廷當路人，何時重見長安道」（〈和盧明府送鄭十三還京兼寄之什〉），詩人長安求仕之意再度萌發。丁鳳應進士舉，他作詩相送兼呈九齡：

> 吾觀鷦鷯賦，君負王佐才。惜無金張援，十上空歸來。
> 棄置鄉園老，翻飛羽翼摧。故人今在位，歧路莫遲迴。
> （〈送丁大鳳進士赴舉呈張九齡〉）

既是勉勵丁鳳，也是自勉。

開元二十二年，九齡爲中書令。據《資治通鑑》卷二一四〈玄宗至道大聖大明孝皇帝中之中〉載：「開元二十二年：……五月，戊子，

〔註 58〕孟浩然二上長安之說，王士源序、兩唐書傳都無記載。但是他的〈題終南翠微寺空上人房〉中有「暝還高窗昏，時見遠山燒。緬懷赤城標，更憶臨海嶠」，登終南山而憶天台，可做爲二上長安的一證。

〔註 59〕王士源〈孟浩然集序〉中說：「丞相范陽張九齡、侍御史京兆王維、尚書侍郎河東裴朏、范陽盧僎、大理評事河東裴總、華陰太守鄭倩之、守河南獨孤策（冊），率與浩然爲忘形之交。」孟浩然與孤獨冊、盧僎定交於此時。又盧僎當時頗負詩名，芮挺章《國秀集》選其詩十三首，在選者中數量居第一。兩人詩文契合，是成交的重要因素。

以裴耀卿爲侍中，張九齡爲中書令，李林甫爲禮部尚書、同中書門下三品。」王維在濟州時，裴耀卿任濟州刺史，王維在他的推舉下，與張九齡相識，並行干謁，深得九齡賞識而擢爲右拾遺。孟浩然滿懷期待而來，不知是張九齡援引不力，或是權貴李林甫等人從中梗阻，求仕再度落空。失意的打擊使他悲憤，欲與仕途絕裂，歸隱的心志更加濃厚。〈京還贈王維〉〔註60〕表露此時的心境：

拂衣何處去？高枕南山南。欲徇五斗祿，其如七不堪。
早朝非晏起，束帶異抽簪。因向知者說，游魚思舊潭。

二上長安期間，浩然曾遊終南山，有詩〈題終南翠微寺空上人房〉：

翠微終南裡，雨後宜返照。閉關久沈冥，杖策一登眺。
遂造幽人室，始知靜者妙。儒道雖異門，雲林頗同調。
兩心喜相得，畢景共談笑。暝還高窗昏，時見遠山燒。
緬懷赤城標，更憶臨海嶠。風泉有清音，何必蘇門嘯。

林泉之樂可以消解仕途頓挫的苦悶，可以超然物外。「因向知者說，游魚思舊潭」，浩然只有同淵明大唱「歸去來兮」。

冬天，浩然行至南陽一帶又遇雪，抵家後作〈歲暮歸南山〉，抒發自己求仕不成的痛楚。「晚塗歸丘壑，山林情轉殷」（〈還山贈湛禪師〉）他再度寄情山林，臥松雲，以消解其欲仕不得的失意。

孟浩然重要的游蹤還包括入蜀，陶翰〈送孟六入蜀序〉，云：

襄陽孟浩然，……天寶（按應爲開元）年始遊西秦，京師詞人皆嘆其曠絕也。……翰讀古人文，見〈長楊〉、〈羽獵〉、〈子虛〉賦，壯哉！至廣漢域而三千里，清江夤緣，兩山如劍，中有微徑，西入岷峨。有奇幽，皆感子之興矣，勉旃！故交不才，以文投贈。」（《文苑英華》卷七二〇）

陶翰開元十八年（730）登進士第，《河嶽英靈集》評道：「既多興象，復備風骨」。陶翰認爲蜀地的奇幽之景，足以感發孟浩然的情興。從

〔註60〕〈京還贈王維〉一作〈京還贈張維〉，蕭繼宗《孟浩然詩說》：「作『王』爲近。此自京還山以後，即寄王維之作。」（台北：台灣商務印書館，1985年，頁201。）今從其說。

序的內容觀之，此行應於一上長安之後。他的〈除夜〉（一作〈歲除夜有懷〉）「迢遞三巴路，羈危萬里身。亂山殘雪夜，孤獨異鄉人。漸與骨肉遠，轉於童僕親。那堪正飄泊，來日歲華新？」寫除夕登臨蜀道的孤淒之情。「漸與」一聯，蕭繼宗評道：「寫客中情緒，非老于行役者，不能解此；亦非深於世情者，不能解此。」〔註 61〕言外，是認定此詩爲年長時之作。而〈行出東山望漢川〉應作於隔年之春，除了寫漢川一帶的山水與風土，並表達歸鄉的喜悅。筆者認爲孟浩然入蜀當有二次，因〈入峽寄弟〉提到「吾昔與爾輩，讀書常閉門。未嘗冒湍險，豈顧垂堂言。自此歷江湖，辛勤難具論。」與〈途中遇晴〉應是早期入蜀的詩作。

三、晚年入幕：共理分荊國，招賢愧楚材

開元二十三年一月（735），玄宗下令廣招人才，詔令說：「其才有霸王之略、學究天人之際，及堪將帥牧宰者，令五品以上清官及刺史各舉一人。」（《舊唐書・玄宗本記》卷八）韓朝宗爲山南東道採訪使兼襄州刺史，依令薦舉孟浩然。一來是因爲孟浩然與韓朝宗是世交，關係是較爲密切的。朝宗之父韓思復兩任襄州刺史，治蹟名滿天下，自開元十三年去職後，回任太子賓客，卒於任所。孟浩然與盧僎爲韓思復立碑在峴山，宣揚功德，朝宗不能不感念於心。〔註 62〕二來韓朝宗素有舉賢之名，對孟浩然「閑深詩律，置諸周行，必詠穆如之頌」（王士源〈孟浩然集序〉）的才德亦有所肯定。韓朝宗要保薦他應制舉，約好一同去長安。這對於「不忘魏闕」的孟浩然，是仕進的好機會。約期日，正巧友人來訪，開懷暢飲，有人提醒他：「君與韓公有期。」他呵斥說：「業已飲，遑恤他！」最後並未成行。浩然因「好

〔註 61〕見蕭繼宗《孟浩然詩說》，200 頁。

〔註 62〕〔宋〕歐陽脩、宋祈《新唐書・韓思復傳》：「卒，年七十四，謚曰文。天子親題其碑曰：『有唐忠孝韓長山之墓』。故吏盧僎，邑人孟浩然立石峴山。」（卷一一八，頁 4273。）可知盧僎曾任事於韓思復手下。

樂忘名」（王士源語）而失去仕進的機會，不過此後仍然與韓朝宗保持著深摯的友誼。開元二十四年，韓朝宗貶洪州刺史，浩然有〈送韓使君除洪州都督〉、〈和張判官登萬山亭因贈洪府都督韓公〉之作，對韓朝宗由衷的讚美和懷念，對韓朝宗的知遇之情是十分感激的。

開元二十五年，張九齡貶荊州大都督府長史，五月八日到達荊州任上。張九齡在政治上不僅是賢相，也是一代文宗。不僅追求王霸之業、風雅之道，對人才的獎掖與提拔也是不遺餘力。到任不久，即招孟浩然入幕，辟為從事。他對自己能得張九齡賞識而歡欣鼓舞：「覯止欣眉睫，沈淪拔草萊。坐登徐孺榻，頻接李膺杯。」（〈荊門上張丞相〉）這一時期，他隨九齡外出行縣、祠祭、打獵，是他一生中最愜意的時期，不時在詩中表現出歡快而自豪的意緒：「何意狂歌客，從公亦在旃」（〈從張丞相遊紀南城獵戲贈裴迪參軍〉）。他的〈陪張丞相登當陽樓〉一詩，對張九齡的知遇有深切的感懷：

獨步人何在，當陽有故樓。歲寒問耆舊，行縣擁諸侯。

林莽北彌望，沮漳東會流。客中遇知己，無復越鄉憂。

浩然身在幕府關心朝政，對李林甫獨擅朝政而無濟民生，深感痛惡；對於張九齡以賢相之材屈身荊州，深為嘆惋：「謝公還欲臥，誰與濟蒼生」（〈陪張丞相祠紫蓋山途經玉泉寺〉），用謝安東山高臥事，謂張九齡尚未復起，國家失人。

開元二十六年正月立春後，由於健康因素，辭幕歸襄陽養疾，結束不滿一年的幕府生涯。「養疾衡宇下」（〈重酬李少府見尋〉）、「已抱沈痼疾」（〈送王昌齡之嶺南〉），直到開元二十八年，浩然主要在家鄉抱疾閒居。

開元二十六年，王昌齡貶謫嶺南，經襄陽與浩然相聚。王昌齡開元十五年登第，任秘書省校書郎〔註63〕，兩人定交當於孟浩然一上長

〔註63〕王昌齡登士第與中博學宏辭所任的官職，史傳記載有疏略、牴牾之處，諸家考訂看法不一。譚優學〈王昌齡行年考〉（收入《唐詩人行止考》，成都：四川人民出版社，1981），贊同《唐才子傳》載昌齡：

安之時，情誼深厚，孟浩然有〈初出關旅亭夜坐懷王大校書〉。此次再聚，臨別孟浩然作〈送王昌齡之嶺南〉。

開元二十七年李白遊巴陵，經襄陽與浩然一起遊山，作〈春日歸山寄孟浩然〉〔註64〕、〈贈孟浩然〉，詩中傾吐對浩然品格與生活的景仰之情。李白與孟浩然的結識交游，早在開元十五年李白到安陸後，開元十六年暮春浩然從江夏（今湖北省武昌市）下揚州時，二人已是故舊。李白有〈黃鶴樓送孟浩然之廣陵〉，洋溢著對浩然的深厚情誼。開元二十二年，李白曾到過襄陽，干謁韓朝宗，浩然此時亦在襄陽，揆之情理，此次當有一番交往，可惜現存史料不載。〔註65〕

據《舊唐書・玄宗紀》載：「（開元二十七年）二月己巳，加尊號開元聖文神武皇帝，大赦天下，常赦所不免者咸赦除之，開元以來諸

「開元十五年李嶷榜進士，授汜水尉。又中宏辭，遷校書郎。」其因是官職由低而高，唐世重內任輕外任。傅璇琮據《舊唐書・文苑傳》卷一九〇王昌齡傳云：「進士登第，補秘書省校書郎。又以博學宏辭登科，再遷汜水尉。」並據《直齋書錄解題》卷一九〈王江寧集〉下云：「（開元）二十二年選宏辭超絕群類，爲汜水尉。」（見傅璇琮〈王昌齡事迹新考〉，《唐詩論學叢稿》，哈爾濱：黑龍江人民出版社，1992）認爲由校書郎轉爲河南府縣尉，雖去高就卑，但從閒入劇，仕途外遷仍有其意義。今從傅說。

〔註64〕李白〈春日歸山寄孟浩然〉：「朱紱遺塵境，青山謁梵筵。……鳥聚疑聞法，龍參若護禪。」孟浩然曾應辟入張九齡荊州幕，「朱紱遺塵境」指浩然辭幕還山。（郁賢皓以爲詩題與內容不切，當作〈與孟浩然春日遊山〉）。李詩中有「鳥聚疑聞法」句，與浩然〈本闍黎新亭作〉中「戲魚聞法聚，閒鳥誦經來」之意與用語相近，故兩詩可能爲同遊山時所作。

〔註65〕郁賢皓根據詹鍈《李白詩文繫年》，而定出李白與孟浩然交遊的年代，詳見郁氏〈李白與孟浩然交遊考〉《天上謫仙人的秘密——李白考論集》（臺北：臺灣商務書局，1997年），頁123～134。二人交往的過程中，有一些共同的友人，如一、王昌齡：孟浩然有〈初出關旅亭夜坐懷王大書校〉、〈送王昌齡之嶺南〉；李白則有〈同王昌齡送族弟襄歸桂陽二首〉，和著名的七絕〈聞王昌齡左遷龍標遙有此寄〉。二、崔宗之：孟浩然有〈峴山餞房琯崔宗之〉；李白〈上韓荊州書〉提及崔宗之。三、元丹丘：孟浩然有〈送元公之鄂渚尋觀主張驂鸞〉；李白則有〈元丹丘歌〉、〈以詩代書答元丹丘〉等。四、參寥子：孟浩然有〈贈道士參寥〉；李白有〈贈參寥子〉。

色痕瑕人咸從洗滌，左降官量移近處。百姓免今年租稅。」（卷九）開元二十八年，王昌齡依此赦令從嶺南赦回，北返時路過襄陽，與他相聚甚歡。這時浩然「疾疹發背」的舊疾剛癒，因一時的暢飲，「食鮮疾動」，舊疾復發而終，年五十二歲。《舊唐書》本傳說他「不達而卒」，就如同他在三十二歲病中作詩說：「常恐填溝壑，無由振羽儀。窮通若有病，欲向論中推」（〈晚春臥疾寄張八子容〉），孟浩然可以說是齎志而卒。

盛唐國勢與社會文化、開元詩壇的文學傳統與新局，山川形勢的襄陽、以及詩人生平的經歷，這些都提供了孟浩然詩歌創作的背景與開展的契機。

孟浩然在盛唐詩人中，是屬年長的一輩。開元二十八年去世，生命的精華主要在開元年間，並未接觸到政治日趨腐敗的天寶時代。開元時期的政治安定與社會經濟，加強漫遊的風尚；科舉、薦舉等掄才士爲寒士打開仕進之門；儒道佛三家思想的影響文士的立身與出處。強盛的國勢與積極進取的時代精神，影響他的隱居、漫遊、求仕的生活，並以儒道佛的思想來調合人生價值。孟浩然一生重要事蹟可分爲：遊前鄉居、中年求仕漫遊與晚年入幕三期。他的中年的求仕與漫遊，包括了湖湘之旅、滯居洛陽、二上長安求仕、以及吳越入蜀等漫遊。晚年被張九齡徵辟入幕，是其一生僅有政治生活。

孟浩然一生除了短暫隱居鹿門山、出外求仕和幾次漫遊，大部分的時間均在家鄉澗南園度過。除了閒居的田園生活外，與襄陽各級官吏登覽宴飲、往來酬唱，與僧人逸士相交尋訪，造成其隱居生活的多樣性。他求仕、漫遊，更是讓他與眾多文士接觸。長安在開元時已形成眾多傑出詩人雲集之處，他的京洛求仕已然從政治追求，開展成文學交往，並延續到在他日後的漫遊或閒居的生活，並與其他落第還鄉、貶官外放、以及長途漫遊的友人維持聯繫。他結識了張說、張九齡、王維、王昌齡、李白、劉昚虛、儲光羲、盧僎等詩人。孟浩然所呈現的是一個「盛世」文士，雖終身布衣，但有著豐富的人際往來，並且透過詩歌交往。

山川形勝的襄陽，使孟浩然在閒居家鄉澗南園時，就能在附近名勝留連，造就他荊楚山水田園詩的創作。孟浩然漫遊遊綜的考訂，不論路線、時間、次數都眾說紛紜。但他的遊歷主要是以吳越為主，並及大江兩岸名勝。他的遊蹤包括了開元前期吳越詩人的生活所居，並接續謝朓與陰鏗的行旅，以及以張說為中心的文人群的岳州覽唱，他也將謝靈運在越中、永嘉的登覽包覽於中。吳越等地的漫遊，使他接觸大小謝以來的南朝山水詩傳統，體會開元前期吳越山水詩的清新俊秀，更認識到二張山水詩的復革，從自然到人文都提供他山水詩創作的重要滋養。

第三章　唐文化影響下孟浩然的仕隱心態

仕與隱，是中國知識分子心中交拔的人生抉擇。孟浩然一生時時體驗隱逸生活，但用世之心未嘗止息。其實仕隱並非截然二分，井河不犯，而是彼此漬漸。後人評價孟浩然，或以一棄世而思想消極的高人視之，或以「尋終南捷徑」的假隱士鄙之，未免盲人摸象，失之一偏。本章試圖從唐代文化、時代風尚、思想淵源、生命情意本質等角度來探討孟浩然仕隱心態的形成，期能對孟浩然的心靈境界有深一層的了解。

第一節　孟浩然的仕進心態

孟浩然的仕進心態受到盛唐時代精神與儒家養成教育的影響，分述如下：

一、盛唐的時代精神與文人的仕進之心

仕，是中國文人生命的基調。自孔子以來，士以安百姓、平天下為最高目標。孔子對子貢說：「行己有恥，使於四方，不辱君命，可謂士矣」(《論語・子路》)，明白的揭示讀書做官於政治上有所建樹，是士人應盡的職責。子夏承繼孔子之言，更鏗鏘的道出「學而優則仕」

（《論語‧子張》）。「仕」也是讀書人的生活方式和生計依傍，孟子說：「孔子三月無君，則皇皇如也，出疆必載質。」又說：「士之失位也，猶諸侯之失國也。士之仕也，猶農夫之耕。」（《孟子‧滕文公》）百工各有所司，而讀書求仕是知識分子的本業。〈大學〉提出「誠意、正心、修身、齊家、治國、平天下」，這一條由內聖而外王的工夫，是中國知識分子最高的價值取向。

唐代前期政治開明，知識分子生於有為的時代，面對空前開闊的前途，強化了從政的追求，而以功業自許。唐太宗以其開闊的政治胸襟，表明「明非獨材力，終藉棟梁深」（〈初春登樓即目觀作述懷〉），鼓勵賢良輔佐，激發士人建功立業的壯志。當時的重臣「虞、李、岑、許之儔，以文章進，王、魏、來、褚之輩以材術顯，咸能起自布衣，蔚為卿相」（盧照鄰〈南陽公集序〉）〔註 1〕，他們「起布衣，蔚為卿相」的舉措，不但為文人求仕立下楷模，也使文士產生「拾青紫於俯仰，取公卿於朝夕」（〈上絳州上官司馬書〉）的幻想，激發求仕從政的熱情。「初唐四傑」屢次出仕，王勃以「材足以動俗，智足以濟時」（〈上絳州上官司馬書〉）自負；楊炯有「丈夫皆有志，會見立功勛」（〈出塞〉）的自許；盧照鄰立下「名與日月懸」（〈詠史〉）的遠大抱負；駱賓王有「重義輕生懷一顧」、「但令一被君王知」（〈從軍中行路難二首〉《全唐詩》卷七十七，頁 833）的豪氣，並參與徐敬業討武則天的政治活動。繼起的陳子昂不願以文人自限，屢次上書論事和從軍出征，希望在政治上有所建樹，被譽為「其立言措意，在王霸大略而已」（盧藏用〈陳氏別傳〉）。他在武則天萬歲通天二年（697），登上幽州的薊北樓，吶喊出一代文人的心聲：

> 前不見古人，後不見來者。念天地之悠悠，獨愴然而涕下。
> （〈登幽州臺歌〉）

萬歲通天元年九月，建安郡王武攸宜率兵討伐契丹，陳子昂被邀出任

〔註 1〕 盧照鄰〈南陽公集序〉，見李雲逸校注《盧照鄰集校注》（北京：中華書局，2005 年）卷六，頁 324。

參謀。武氏不善用兵，前軍失利。子昂直言勸諫，提供對策，卻被免除職位，只做軍曹兼掌書記。他登上薊北樓，懷古傷今，欽羡樂毅受燕昭王的賞識，官拜上將軍，統率諸侯大敗齊國，名垂千古；自己卻不得主將重用，感慨萬千。在宇宙無窮和生命短暫的慨嘆中，飽含著建功立業的嚮往。「大澤一呼，爲群雄驅先」（胡震亨《唐音癸籤》），開啓了盛唐文人拯世濟民、治國平天下的熱望。

開元之治是物質、精神文明的黃金時代，各種掄才方式，提供文人更多輔弼國事、經邦濟世的機會。玄宗開元時期，更多的布衣之士躋身政治，姚崇、宋璟、張說和張九齡，或以德行，或以勛勞，或以文學至顯位。玄宗任用姚、宋、二張等賢相，勵精圖治，恢復貞觀時期鼓勵爲君輔弼、建功立業的精神。革除則天、中宗時濫施官職的弊病，從下階層徵求人才，又精加選擇，不僅給各階層的士人開放入仕的大門，並且以出將入相的遠大目標激勵文人。「東風動百物，草木盡欲言」〔註2〕，時代氛圍引發知識份子積極用世，建功立業。李白在安州被徐園師家招婿時，曾作〈代壽山答孟少府移文〉，深切的說出盛唐文人的共同志意：

> 達則兼濟天下，窮則獨善其身，安能餐君紫霞，映君青松，乘君鸞鶴，駕君虬龍，一朝飛騰，爲方丈蓬萊之人耳？此則未可也。乃相與卷其丹書，匣其瑤瑟，申管晏之談，謀帝王之術，奮其智能，願爲輔弼。使寰區大定，海縣清一，事君之道成，榮親之義畢，然後與陶朱、留侯、浮五湖，戲滄洲，不足爲難矣。〔註3〕

而孟浩然發出「欲濟無舟楫，端居恥聖明」（〈望洞庭湖贈張丞相〉）的求仕之聲，正是受到這奮發昂揚的時代精神的影響。

二、儒家的養成教育和孟浩然的功名追求

孟浩然早年即深受儒家入世思想的影響。他出生在薄有恆產的詩

〔註2〕見瞿蛻園《李白集校注》（台北：里仁書局，1881）卷六，頁459。
〔註3〕見瞿蛻園《李白集校注》，卷二十六，頁1526。

書家庭，重儒的家世，詩禮的陶養，常自強的精神〔註4〕，命不通的嘆息，表露入世的心理。他「少年弄文墨，屬意在文章」（〈南歸北阻雪〉）、「詞賦亦頗工」，是爲了唐代參加以經策、詩賦取士的科舉，實踐儒家「學而優則仕」的入世原則。

孟浩然建功立業的願望和襟抱是強烈的，「欲濟無舟楫，端居恥聖明」（〈望洞庭湖贈張丞相〉）、「安能與斥鷃，決起但槍榆」（〈送吳悅遊韶陽〉）。他恥於碌碌無爲的心情流露於詩篇中，而濟時用世的志向貫穿浩然一生。「誰能爲揚雄，一薦甘泉賦」（〈田園作〉），揚雄祖輩以農爲生，至揚雄家貧，四十歲左右遊京師，工於辭賦，後來被推薦給漢成帝而得仕。浩然期望能如揚雄，以詞賦受明主賞識，一展鴻圖。「衝天羨鴻鵠，爭食羞雞鶩」（同上），期盼自己能如衝天鴻鵠，搏扶桑，凌清風，飄揚高翔。而鴻鵠超凡凌眾，無拘無束遨翔於天地的原型意象，氣勢浩大的表達出胸中的遠大抱負。

孟浩然在四十歲時遊京師的原因，一怕生命的落空，尤其是近四十歲時，孔子之言在士子心中警醒。二是親老家貧，迫於生計。中國文人都有四十歲的時間壓迫感，這種文化根源於孔子。孔子說：「後生可畏」、「四十五十而無聞焉，斯亦不足畏也矣。」（《論語．子罕》）年少者擁有生命力，前途無可限量，自然可畏。但是若到四十、五十仍沒沒無聞，年歲已過，則難有所成。隱居田園的陶淵明，對於孔子之言深有所感，〈榮木〉序有「榮木，念將老也。日月推遷，已復九夏。總角聞道，白首無成。」「先師遺訓，余豈云墜。四十無聞，斯不足畏。脂我名車，策我名驥。千里雖遙，孰敢不至！」因此，在晉安帝元興三年（404），他四十歲時，入劉裕幕擔任鎮軍參軍。盛唐文人有四十歲的憂慮感，如高適「一生徒羨魚，四十猶聚螢。從此日閒

〔註4〕孟浩然〈書懷貽京邑故人〉「維先自鄒魯，家世重儒風。詩禮襲遺訓，趨庭霑末躬。晝夜常自強，詞翰頗亦工。」「晝夜常自強」一句，用《易．乾．象》「天行健，君子以自強不息」之意，反映出孟浩然繫心立身之源是傳統的儒家思想。

放，焉能懷拾青。」（〈奉酬北海李太守丈人夏日平陰亭〉）、杜甫「四十明朝過，飛騰暮景斜。誰能更拘束，爛醉是生涯。」（〈杜位宅守歲〉）都是經由四十歲意識到生命的短暫，卻一事無成，而有深沈的失落感。孟浩然怕生命落空，也在四十歲時到長安參加科舉。

孟浩然四十歲到京師積極求仕，一方面也是迫於生計，他在〈書懷貽京邑故人〉說：

慈親向羸老，喜懼在深衷。甘脆朝不足，簞瓢夕屢空。

執鞭慕夫子，捧檄懷毛公。感激遂彈冠，安能守固窮。

「執鞭」，用孔子事，孔子於《論語・述而》：「富而可求也，雖執鞭之事，吾亦爲之。」〔註5〕「棒檄」句用毛義典，東漢廬江毛義家貧，以孝行著稱，官府徵召他作官，喜形於色。母死後，辭官守服。後來官府又徵召他，不再受就。浩然直言若富貴可求，願求富貴而不辭卑賤之事，願效毛義因家貧而喜於徵召，都說明他是因家貧爲侍養老母而求仕。《孟子・萬章》：「仕非爲貧也，而有時乎爲貧。」百工各有專職，而「士」的專職，是以天下爲己任，讀書求仕，是爲完成治國平天下的理想，並非只爲俸祿和名位。但親老家貧時，是可爲俸祿而求仕的。〔註6〕

盛唐時代，尚武的風氣很盛，由邊功求進身以達建功立業的理想，瀰漫於士人心中。浩然雖未從軍，但也鼓吹從軍報國，建功立勛的生命理想。他在〈送吳宣從軍〉中說：

才有幕中畫，寧無塞上勳？漢兵將滅虜，王粲始從軍。

旌旆邊庭去，山川地脈分。平生一匕首，感激贈夫君。

吳宣具有運籌帷幄的才能，當有決勝邊陲、保家衛國的戰績。才能見用，生命的價值才能實踐。

〔註5〕朱熹《四書集註・論語集註》卷四「執鞭，賤者之事，設言富若可求，則雖身爲賤役以求之，亦所不辭。」，頁96。

〔註6〕葉嘉瑩認爲孟浩然在四十歲時遊京師可能的原因有三：一不甘生命的落空，如陳子昂所云「遲遲白日晚，裊裊秋風生。歲華盡搖落，芳意竟何成。」二「家貧親老」。三不論是早年的求隱，中年的求仕，都與政治背景有密切的關係。《國文天地》17卷9期（91年2月）。

「忠欲事明主，孝思侍老親」(〈仲夏歸南園寄京邑舊遊〉) 儒家濃厚的宗法意識深潛在傳統知識分子的心理結構中，浩然欲求仕進，忠君報國，事君榮親的觀念，正是儒家仕進思想的體現。

第二節　孟浩然的隱逸心態

孟浩然的隱逸心態，分從儒道佛三家對其隱逸觀的形成、唐代的隱逸求仕之風，以及情意本意三方面來探究。

一、孟浩然隱逸觀的由來

孟浩然隱逸與所受的儒家思想淵源頗深。儒家主張積極用世，有「知其不可而為之」的執著，卻也推崇隱逸，因儒家的仕進與尚隱並不矛盾。孔子推崇隱逸有兩種情形：一是嘉許伯夷、叔齊，「天下有道則見，無道則隱」(《論語・泰伯》)、「賢者避世」、「邦有道危言危行，邦無道危行言遜」(《論語・憲問》)、「邦有道，則仕；邦無道，則可卷而懷之」(《論語・衛靈公》) 主張賢者逃避惡濁無道的社會而隱居。二是嘉許士不被用於世時，隱居以獨善其身，他說：「用之則行，舍之則藏。」(《論語・述而》) 以「道」能否推行、「才」能否被用而決定出處，「道不行，則乘桴浮於海」(《論語・公冶長》)。他讚美顏回說：「賢哉，回也！一簞食，一瓢飲，在陋巷。人不堪其憂，回也不改其樂。賢哉，回也！」(《論語・雍也》) 稱許其安貧樂道。《荀子・子道》載：

> 顏淵入，子曰：「回，知者若何？仁者若何？」顏淵對曰：「知者自知，仁者自愛。」子曰：「可謂明君子矣。」

孔子以精神價值的追求、德性的成全做為人生的標的，「仕」當如是，「隱」更當如此。而儒家以隱逸避世作為獨善其身的觀念自此而來。

《左傳》襄公二十四年：「太上有立德，其次有立功，其次有立言。雖久不廢，此之謂不朽。」德行與功業同屬不朽，並且列於「太上」層次，比立功、立言還高出一階，可見精神提升在中國傳統中的價值和地位。由於窮時的獨善，對中國知識分子影響極為深遠。在傳統社會中，政治體制多方的原因，造成大多數士子不偶，或得到任用也不能施展抱負，「窮則獨善其身，達則兼濟天下」(《孟子·盡心上》)，成爲失意文人立身行事的準則和心理規範。

唐代前期政治安定社會繁榮，也使士子以爲可以不受阻礙的施展抱負，唾手取功名，立登要路津。然而僧多粥少的情形，在開元盛世也是存在的。浩然在赴試不第，又在「欲渡無舟楫」乏人援引的情況下，回歸田園再度隱居，過著「君子固窮」的生活。他在〈西山尋辛諤〉中說：「回也一瓢飲，賢哉常晏如」，賢者能守道安貧度日，而有自得之樂。雖是讚美辛諤，何嘗不是自吐心聲和自我期許；也就是在現實人生無法達成理想，轉向內在精神的自我成全。

除儒家薰陶外，浩然的隱逸思想亦受佛、道的影響。唐朝是儒、道、佛三家並行，自高祖、太宗起，除尊孔讀經，還把《老子》、《莊子》定爲士子必讀之書，到武則天朝更廣設佛寺，弘揚佛學。孟浩然一生是在後世史學家所稱的「三教鼎盛」的時代度過的，不能不受佛、道思想的影響。

襄陽是歷史上有名的隱居聖地，也是中國佛學的興盛地。東晉佛教領袖、創立「無本」學派的道安，率僧徒四百多人，在襄陽弘法十五年，這對當時和後代的襄陽人，定然會產生深遠的影響。孟浩然在〈還山贈湛禪師〉中自述其從小受過佛家思想影響：

> 幼聞無生理，常欲觀此身。心跡罕兼遂，崎嶇多在塵。
> 晚途歸舊壑，偶與支公鄰。導以微妙法，結爲清靜因。
> 煩惱業頓捨，山林情轉殷。朝來問疑義，夕話得清眞。
> 墨妙稱古絕，詞華驚世人。禪房閑虛靜，花藥連冬春。
> 平石藉琴硯，落泉灑衣巾。欲知冥滅意，朝夕海鷗馴。

「幼聞無生理，常欲觀此身」，可見他雖生於「重儒風」的家庭，但隨著佛教於民間的流傳，在街談巷議、參禪拜佛等活動中，亦習得「常、樂、我、淨」等道理，佛、道恬退謙守的精神自髫齡之時亦有浸濡。他一生中，訪問過不少禪林古寺，結交過不少僧人、道士，無論他隱居鄉里，或是壯遊京洛，還是泛舟吳越，「願言解纓絡，從此去煩惱」（〈宿天台桐柏觀〉）、「羽人在丹丘，吾亦從此逝」（〈將適天台留別臨安李主簿〉）、「願言投此山，身世兩相棄」（〈尋香山湛上人〉）、「我來從所好、停策夏雲多；重以觀魚樂，因之鼓枻歌」，都表明他從受佛、道的思想影響，並且從中尋找調適之道。

因此，孟浩然一生對理想人格的企慕與自由境界的嚮往，以及求仕失意後的歸隱，實是佛道出世的思想與他原有的儒家退隱思想的合流。

二、孟浩然與唐代的隱逸求仕之風

盛唐人的隱逸動機及其時代色彩、孟浩然長安求仕前的隱逸心態

（一）盛唐人的隱逸動機及其時代色彩

隱逸之風由來已久，唐堯時有不受禪讓而隱於箕山的許由和隱士巢父，周武王時有不食周粟而餓死首陽山的伯夷和叔齊，孔子時有躬耕不仕的長沮、桀溺及楚狂接輿。隱士並不是一個固定的階層，隨著人生際遇和時勢影響，有由隱而仕者，有由仕而隱者，有由隱而仕、再而隱者；有邀名避世而隱者，有逃名避世而隱者；有處衰世而隱者，也有處盛世而隱者。隱逸的動機各不相同，隱居的時間長短也不一。隱士的流變性大，甘心一輩子做隱士的讀書人並不多。

社會風尚是在一定歷史時期內，社會上某個民族、地區、階層中普遍流行的風氣和習慣；它既受民族文化心理結構的影響，也受到特定歷史時期經濟、政治的制約。一般而言，隱士多出於亂世，魏晉南北朝時期，政治黑暗、社會紛擾不安，爲躲避戰亂和政治壓迫而遁隱山林的，大有所在。王瑤指出：魏晉南北朝，隱逸動機是由憂患曲壁漸趨欣羨那隱逸生活本身的「崇高」；士大夫由「心跡相離」的「朝隱」漸趨於「心跡合一」的「半官半隱」。〔註 7〕因此，豪門士流的慕隱，除了附庸風雅，往往帶有全身遠禍，及時行樂的因素。而唐代，

〔註 7〕參見王瑤《中古文人生活》（台北：三人行出版社，1974 年），頁 106～109。

特別是盛唐，士人隱逸的動機不同於前代，且具有時代色彩。

唐代君王對隱士的獎勵尊重是隱逸蔚爲風尚的根本〔註8〕，並且形成「隱士意識」〔註9〕影響世人的價値觀。孔子說：「舉逸民，天下之民歸心焉」(《論語・堯曰》)。君王若重視隱士的舉用，可以造成「野無遺賢」、「四海歸心」的政治氛圍；再者，隱士有賢德正直之名，一旦出山，成爲肱股之臣，成就事功，也可以提高君王任賢舉能的政治風範。這種現象唐代尤甚。唐代建國頗得隱士高人相助，如王珪、魏徵以草澤遺民成爲輔國的重臣。高祖頒布「授逸民道士等官教」(《全唐文》卷一，頁17)，奠定了唐王朝重視隱逸之士的傳統，太宗、高宗、武后、中宗、睿宗和玄宗等君王，也都屢次頒布詔書，搜訪遺逸。〔註10〕舉逸民，使唐朝君王有禮賢下士的美名，滿足其虛榮心〔註11〕，也使隱士藉此而達

〔註8〕《新唐書・隱逸傳序》中把隱士分爲三種：「古之隱者，大抵有三概：上焉者，身藏德不晦，故自放草野，而名往從之，雖萬乘之貴，猶尋軌而委聘也；其次，挈治世具弗得伸，或持峭行不可屈於俗，雖有所應，其於爵祿也，汎然受，悠然辭，使人君常有所慕企，怊然如不足，其可貴也；末焉者，資槁薄，樂山林，內審其材，終不可當世取舍，故逃丘園而不返，使人常高其風而不敢加訾焉。」又說「然放利之徒，假隱自名，以詭祿仕，肩相摩於道，至號終南、嵩少爲仕塗捷徑，高尚之節喪焉。」參見〔宋〕歐陽脩、宋祈《新唐書》卷一九六，頁5593～5594。

〔註9〕參見施逢雨〈唐代道教徒式隱士的掘起——論李白隱逸求仙的政治目的〉，《清華學報》16卷1、2期合刊（1989年），頁27～48。

〔註10〕《舊唐書・隱逸傳序》說：「高宗、天后，訪道山林，飛書巖穴，屢造幽人之宅，堅迴隱士之車。」參見〔後晉〕劉昫《舊唐書》卷一九二，頁5116。

〔註11〕《舊唐書・隱逸傳》中記載高宗親訪隱士田遊巖一事：「調露中，高宗幸嵩山，遣中書待郎薛元超就問其母，遊巖山衣田冠出拜，帝令左右扶止之，謂曰：『先生養道山中，比得佳否？』遊巖曰：『臣泉石膏肓，煙霞痼疾，既逢聖代，幸得逍遙。』帝曰：『朕今得卿，何異漢獲四皓乎？』薛元超曰：『漢高祖欲廢嫡立庶，黃、綺方來，豈如陛下崇重隱淪，親問巖穴。』帝甚歡。」可知高宗之親訪巖穴，重隱淪的行爲中，含有媲美高祖時商山四皓歸附的美談。田遊巖識趣的回答，薛元超切中其要的奉承，使高宗龍心大悅。這種虛榮心理正是君王搜訪遺逸背後的動機。參見〔後晉〕劉昫《舊唐書》卷一九二，頁5117。

到邀名或仕進的目的。因此，以退爲進、以隱逸求仕，成爲唐代士子的仕進方式之一。高宗時的盧藏用可以說是以退隱爲仕進的典型。他在高宗時應進士試，落第後與兄盧徵明各隱於終南、少室二山〔註12〕，終南山近長安，少室在嵩山，近洛陽，都是容易接觸賢達顯貴之地。盧藏用雖隱於終南，學道修仙，但志不在隱，「有意當世」，而被目爲「隨駕隱士」。後來隱名大噪，長安年間（701～704）召授左拾遺。《新唐書・盧藏用傳》記載說：

> 司馬承楨嘗召至闕下，將還山，藏用指終南山曰：「此中大有嘉處。」承楨徐曰：「以僕視之，仕宦之捷徑耳。」〔註13〕

此即「終南捷徑」的由來。其實以「假隱自名，以詭祿仕，肩相摩於道，至號終南、嵩少爲仕途捷徑」（《新唐書・隱逸傳序》）的隱逸動機，不免落人口實。這種走「終南捷徑」隱逸之士，其中雖不乏鑽營利祿之徒，但是大多數人藉此仕進，以實踐政治理想，當情有可原。尤其是在以隱爲高的時代風尚中，隱逸已成爲唐代士人普遍的生活體驗〔註14〕，不可全然以「終南捷徑」概括並鄙視之，而忽略它在唐代特定時空背景中所具有的特殊意義。

唐代隨著朝廷獎勵隱逸的各種措施，已形成一種「隱士意識」，一方面是強調士人應有隱士敝屣名位、淡泊明志的品德。另一方面是強調賢能隱者當出山入朝，有所作爲。尤其是到玄宗朝時，這種隱逸意識普遍深入士人心中。朝廷在各種獎勵隱逸的措施，或在徵聘隱士時，屢提倡個人的靜退與社會的淳厚。玄宗敕命說：

> 古之賢君貴重眞隱者，將以勵激浮躁，敦化風俗。傳不云乎：「舉逸人，天下之人歸心焉。」蓋謂此者。朕緬稽古訓，

〔註12〕〔宋〕歐陽脩、宋祈《新唐書・地理志二》卷三十八，河南道河南府所屬登封縣有少室山，與太室山合稱二室。

〔註13〕參見〔宋〕歐陽脩、宋祈《新唐書》卷一二三，頁4375。

〔註14〕有關唐代隱逸與求仕的關係，可參看陳貽焮〈唐代某些知識份子隱逸求仙的知識目的——兼論李白的政治理想和從政途徑〉原載《北京大學學報》3期（1961年），收入《唐詩論叢》（湖南：人民出版社，1980年），頁155～180。

思宏致理，以爲道之爲體，先崇於靜退，政之所急，實仗於賢才。是用求諸巖藪，假以軺傳。虛佇之懷，亦云久矣。（《唐大詔令集》卷一〇六）

強調士人應有隱士敝屣名位、淡泊明志的品德，以敦風化俗。唐朝廷一方面鼓勵士子積極投入仕途，另一方面卻強調靜退品德，無非是對仕途狹隘產生的社會問題提出舒解之道。〔註15〕然而崇道崇隱的宣傳結果，使隱逸生活被認定爲一種重要的人格修養方式，爲有心用世之前需具的磨鍊。張子容出仕前隱居於鹿門山，王昌齡（698～約756）在干謁李侍御的信中也說出隱居修養的重要：

昌齡豈不解置身青山，俯飲白水，飽於道義，然後謁王公大人，以希大遇哉？每思力養不給，則不覺獨坐流涕，啜菽負米。（〈上李侍郎書〉《全唐文》卷三三一，頁3353）

此書是上給李元紘，他約於開元十一、十二年間任吏部侍郎。王昌齡提到自己懂得以隱求仕之理，但家境窘迫無法奉行此道，才急著出來干祿，深知無較長的隱居經歷可能會遭受指責。王昌齡開元十五年登進士第，此文作於進士及第前。可見隱逸成爲士人出仕前基本的經歷，以隱居干取功名成爲時代共識。岑參（715～770）在〈感舊賦并序〉中也說：

志學集其荼蓼，弱冠干於王侯。荷仁兄之教導，方勵己以增修。無負郭之數畝，有嵩陽之一邱。幸逢時主之好文，不學滄浪之垂鈎。我從東山，獻書西周。〔註16〕

〔註15〕唐代科舉取士雖廣開士子仕進之途，事實上登科從仕極爲不易。士子要先通過州縣初試，才能參加禮部考試。禮部錄取的比例，趙匡於〈選舉議〉中說：「舉人大率二十人中方收一人，故沒齒而不登科者甚眾」，可見登第之難。而且，禮部考試通過實際上只取得任用資格，須經吏部銓選才能分發任官。這種情形會形成仕人的競進之風，造成社會問題。參見呂思勉《隋唐五代史》（台北：九思出版社，1977年）；施逢雨〈唐代道教徒式隱士的掘起——論李白隱逸求仙的政治目的〉，《清華學報》16卷2期（1989年）。

〔註16〕陳鐵民、侯忠義《岑參集校注》（臺北：漢京文化事業有限公司，1985年），頁437～450。

岑參隱居前後均熱中政治，他的隱居是受兄長的教導，知道以此修持，才能有所成就。盛唐人把隱居作爲求仕必備的一種經歷，可見一斑。

朝廷在獎勵隱士謙沖的品德時，也強調隱士事君報國的義務。玄宗於開元五年〈徵隱士盧鴻一詔〉中：「禮有大倫，君臣之義，不可廢也」，敦促隱士參與政治活動。與詔書內容相應者，如王維詩所說「聖代無隱者，英靈盡來歸。遂令東山客，不得顧採薇」(〈送綦毋潛落第還鄉〉)，隱者出仕已成爲自然之事。

唐代科舉制度的推行造成知識分子習業山林，閉門苦讀，也是促成隱逸風尚的原因。唐代科舉取士，打破門閥世族壟斷仕途，爲寒門庶族開闢了一條仕進之路，尤其武后廣開科舉之門，並且以注重文辭的進士科爲科進的要目。〔註 17〕唐朝士人爲科舉考試，隱居讀書的情形也相當普遍。如張諲「初隱少室下，閉門修肄，志甚勤苦」〔註18〕、崔曙「少孤貧，不應薦辟。……苦讀書，高栖少室山中」、丘爲「初累舉不第，歸山讀書數年」〔註 19〕、李頎〈緩歌行〉說「男兒立身須自強，十年閉戶穎水陽。業就功成見名主，擊鐘鼎食列華堂」、岑參「五歲讀書，九歲屬文。十五隱於嵩陽，二十獻書闕下」(岑參〈感舊賦〉序)。投跡山林埋首苦讀，生活雖似蕭瑟，心中實是充滿功名的熱望。而進士科以詩文爲重心，使士子殫思殛力於詩賦創作。詩文的創作仰賴性靈者多，所謂「陶鈞氣質，漸潤心靈者，人不若地」〔註 20〕，山

〔註 17〕唐代進士科崇尚文學，有其歷史文化背景。自魏晉南北朝以來，文學的地位大幅提升，到唐代，中國文化崇尚文學已成不可逆轉的趨勢。武則天只是順勢利用這一趨勢。參見鄧小軍《唐代文學的文化精神》(台北：文津出版社，1993 年)，頁 576。

〔註 18〕王維〈戲贈張五弟諲三首〉其二云：「張弟五車書，讀書仍隱居。染翰過草聖，賦詩輕子虛。閉門二室下，隱居十年餘。宛是野人也，時從漁夫魚。」陳鐵民校注《王維集校注》(北京：中華書局，1997 年)，頁 198～203。

〔註 19〕崔曙、丘爲事蹟，分見傅璇琮主編《唐才子傳校箋》卷二，頁 276～278、頁 375。

〔註 20〕徐鍇〈陳氏書堂記〉，《全唐文》卷八八八，頁 9279。

林藪澤乃是培養氣質，陶鈞文思之所。士子隱居於山林廟宇，藉由山水自然陶冶性靈，以文會友相互切磋，有利於增加創作靈感，啓迪個性，甚至形成風格。

孟浩然早年和張子容隱居於鹿門山，本身也有著積極的入世意義，是時代的風尚之下必然的趨向，若徒以「終南捷徑」視其為心術之徒，是缺乏時代考察的

（二）孟浩然長安求仕前的隱逸心態

唐代的隱逸之風，形成一條以隱求仕的進身之路。孟浩然早年的隱逸心態與行為，是時代風氣孕育而成，正也反映特定的時代精神。他隱居讀書作詩賦，一方面為應試作準備，一方面順應時代的風尚，以隱逸為靜退修身、淡泊明志的社會價值的取向。隱居可以造成聲譽，於進於退都是有利的，與求仕進的思想並不矛盾。這種隱居的心情是「幽雅」的，它充滿幻想和期望，並無蕭瑟之感。〔註 21〕他在〈洗然弟竹亭〉寫道：

吾與二三子，平生結交深。俱懷鴻鵠志，共有鶺鴒心。

逸氣假毫翰，清風在竹林。遠是酒中趣，琴上偶然音。

孟浩然前期的隱居，即使隱於鹿門，對時世並不絕望，非如亂世隱者龐德公，絕塵棄世，採藥不返。他隱於鹿門山的時間不長，其因在此。詩中他以「鴻鵠」的意象，象徵自己遠大的心志，能在竹林、毫墨、清風、逸氣中一舉衝天，才是理想之所在。

時代風尚是孟浩然隱逸心態的文化心理結構，而歷史上的隱逸之士，則是他出處進退的典範。伯夷、叔齊是孤竹君二子，因互讓王位而逃隱。後來武王平殷，天下宗周，二人義不食周粟，隱於首陽山，竟至餓死。他們的清高和氣節為歷代文人所讚佩，特別是改朝換代中的遺民，深受伯夷、叔齊遺風的影響。呂尚釣隱於渭水之濱，後遇合文王，建立奇勛，成就功名，為後世漁隱而希企啓用的

〔註 21〕參見陳貽焮〈談孟浩然的「隱逸」〉，《唐詩論叢》（湖南：人民出版社，1980 年）。

士人所企羨。春秋時范蠡在幫助越王勾踐滅吳之後，功成名就，想到勾踐「可與共患難，難與同逸樂」，於是乘舟浮海，改名易姓，爲後代欲「功成身退」的士人所唯崇。夷齊、呂尙和范蠡分別代表三種隱逸的典型：夷齊是逃避權欲名利，保全節操的一類；呂尙是蟄隱而待沽的一類；范蠡是功成身退，全身遠禍的一類。孟浩然早年的隱逸是嚮往呂尙、諸葛亮的蟄隱待沽，〈與白明府遊江〉有「誰識躬耕者，年年梁甫吟」，此二句化用諸葛亮之事，是自嘆亦自負。陳壽《三國志・葛諸亮傳》載：「亮躬耕隴畝，好爲〈梁父吟〉。身長八尺，每自比於管仲、樂毅。」〔註22〕諸葛亮自比管、樂，志在興微繼絕、匡濟天下，於耕讀之餘吟唱〈梁父吟〉〔註23〕遣懷，寄託憂國憂民之念以及明主未逢、夙志未酬的惆悵。孟浩然以諸葛亮自喻，表露韜光養晦，蟄隱待沽的渴望。

他在〈送告八從軍〉中不但抒發這種隱以待時的心志，也道出心中理想的人生境界：

男兒一片氣，何必五車書！好勇方過我，多才便起余。

運籌將入幕，養拙就閑居。正待功名遂，從君繼兩疏。

投身邊塞，追求軍功，是唐代士人建功立業的途徑之一，詩人以雄豪的意氣送告八從軍，也以守拙閑居待時自許。守拙與從軍看似背反的人生選擇，在盛唐卻得到統一，從軍是以進爲進，隱居是以退爲進，二者都是爲了成就功名壯業。「正待功名遂，從君繼兩疏」，兩疏是指漢朝的疏廣和疏受，《漢書・疏廣傳》記載，廣謂受曰：「官成名立，不去恐爲後悔。乃上疏乞骸骨，時人賢之。」二疏的功成身退，是浩

〔註22〕參見〔晉〕陳壽《三國志》（台北：鼎文書局，1984年）卷三十五，頁911。

〔註23〕〈梁父吟〉：「步出齊城門，遙望蕩陰里。里中有三墳，累累正相似。問是誰家墓？田疆古冶子。力能排南山，文能絕地理。一朝被讒言，二桃殺三士。誰能爲此謀？國相齊晏子。」參見逯欽立集校《先秦漢魏晉南北朝詩》（北京：中華書局，1998重印），漢詩卷十，頁282。詩中敘述了晏嬰用「二桃殺三士」的歷史故事。

然心中圓滿的人生境界。由此觀之，盛唐時代的隱逸之風其蘊含的精神是奮發進取、樂觀昂揚的，與先秦及漢魏六朝的隱逸觀念大有不同。隱逸不是消極的避世，而是積極入世的方法之一，正是盛唐開闊向上的時代精神之具體體現。

三、情意本質與孟浩然的隱逸

聞一多提出，孟浩然的隱居是爲襄陽的歷史地理環境所決定：「山水觀形勝，襄陽美會稽」（孟浩然〈登望楚山最高頂〉），「從漢陰丈人到龐德公，多少令人神往的風流人物，我們簡直不能想像一部《襄陽耆舊傳》，對於少年的孟浩然是何等深厚的一個影響。」〔註 24〕環境的習染會對人格造成影響，以龐德公爲例，孟浩然在〈登鹿門山〉中寫道：

昔聞龐德公，采藥遂不返。金澗餌金朮，石床臥苔鮮。

紛吾感耆舊，結纜事攀踐。隱跡今尚存，高風邈已遠。

此詩作於詩人早年未隱居鹿門山時，詩中抒發了對「隱跡尚存」而「高風已遠」的龐德公的仰慕。〈夜歸鹿門歌〉是作於隱居鹿門山之時：「鹿門月照開煙樹，忽到龐公棲隱處。巖扉松徑朝寂寥，唯有幽人夜來去。」他在〈題張野人園盧〉也說「何處先賢傳，唯稱龐德公」。對龐德公的崇敬，是促使他隱居鹿門山的契機，而對龐德公高風亮節的企慕，亦是他在仕途受挫後，選擇歸隱的原因。孟浩然是受地方風俗傳統的影響而喜隱，聞氏之說確然。但個人認爲，若就深層的心理考察，主要還是在於內在情意本質的相契。而這情意本質也使孟浩然順取陶淵明，借由詠陶、效陶完成自我。

（一）孟浩然任真的情意本質

陶淵明在〈歸去來辭〉「質性自然，非矯厲所得，飢凍雖切，違已交病。」「少無適俗韻，性本愛丘山」在時不可爲，以及天性的考量下，選擇歸隱。《後漢書・逸民傳序》早最對於隱逸人士形成的因

〔註 24〕聞一多〈孟浩然〉，收入《唐詩雜論》（上海：上海古籍出版社，1998 年），頁 27～31。

素，提出「性分」之說：

> 或隱居以求其志，或回避以全其道，或靜己以鎮其躁，或去危以圖其安，或垢俗以動其概，或疵物以激其清。然觀其甘心畎畝之中，憔悴江海之上，豈必親魚鳥樂林草哉？亦云性分所至而已。〔註25〕

所謂的「性分」是個人內在的情意本質，個人行動的歸趨緣於自我的性情，因此每一位隱士其隱逸的外在動機或有不同，但是他能自足於田園，或是自放於江海，最主要的還是情意本質。因此，孟浩然的情意本質正是造成其一生隱逸的內在心理導向。

從〈尋香山湛上人〉一詩中，可見出孟浩然任眞自然的本性：

> 朝遊訪名山，山遠在空翠。氛氳亙百里，日入行始至。
> 谷口聞鐘聲，林端識香氣。杖策尋故人，解鞍暫停騎。
> 石門殊壑險，篁逕轉深邃。法侶欣相逢，清談曉不寐。
> 平生慕眞隱，累日探靈異，野老朝入田，山僧暮歸寺。
> 松泉多清響，苔壁饒古意。願言投此山，身世兩相棄。

此詩爲孟浩然滯居洛陽之時，遊覽山寺、尋訪山僧之作。好佛慕道、尋僧訪道，是當時的風尚，而佛道清靜自守的生活和悠閒自得的情調，則是他所企慕的。詩人當時雖抱持追求功名勳業的理想，但是隨著環境的改變，豪壯之氣頓時消解；隨著山徑的幽邃，與僧侶清談不寐的愜意，蘊藏於胸中「平生慕眞隱」、任性自然的情意本質漫開而來，進而有「願言投此山，身世兩相棄」的企求。可見，孟浩然思想上雖以儒風而積極仕進，其志向懷抱是濟民用世，但是卻擁有放曠不羈，樂於隱居山林的性情。因爲天性使然，他對隱逸人物有順取的傾向，並表自己愛好山水田園，崇尚隱逸生活的想法。除了襄陽隱逸的耆舊，他也追慕前代隱士，〈上巳澗南園期王山人陳七諸公不至〉有：「搖艇候明發，花源弄晚春。在山懷綺季，臨漢憶荀陳。」寫他在晚春遊湖之際，追慕往昔隱者的情景。其中所提及的「綺季」和「荀陳」，分別

〔註25〕參見〔南朝宋〕范曄《後漢書》（台北：鼎文書局，1998年）卷八十三，頁2755。

爲漢代和魏晉時期的隱士，前者是著名的商山四皓之一，後者則爲正始中以品藻得名的五荀和五陳。在〈彭蠡湖中望廬山〉有「久欲追尚子，況茲懷遠公」，東漢的尚長（字子平）、東晉遠慧法師也皆是高潔的隱逸之士。他對隱逸高士的仰慕都從天性出發，並且具有理想人格典型的意味。

王士源在〈孟浩然集序〉描寫孟浩然的天性和行止：

> （浩然）行不爲飾，動以求眞，故似誕；游不爲利，期以放性，故常貧。名不繼於選部，聚不盈於擔石，雖屢空不給，而自若也。

強調他崇尚自然的天性，行爲無矯飾，求性情之眞；出處不爲利，純任性之自然，期得心靈之自由。這種率眞、任性、不甘羈靮的性格，對俗世的往來逢迎是格格不入的，他在長安求仕失意後寫下〈京還贈王維〉：

> 拂衣何處去？高枕南山南。欲徇五斗祿，其如七不堪？
> 早朝非晏起，束帶異抽簪。因向智者說，游魚思舊潭。

人的不堪來自於本心與處境、理想與現實的交違。嵇康在〈與山濤絕交書〉中列舉必不堪者七，甚不可者二，因山濤不能眞切知其性，任其情，而不得不終止這分情誼。浩然化用其意，「欲徇五斗祿，其如七不堪」，表達出在求仕的競爭場上，他無法遵從世俗禮法的約束，不能爲五斗米折腰；無法過著「朝扣富兒門，暮隨肥馬塵」（杜甫〈奉贈韋左丞丈二十二韻〉）般的生活，屈從權貴對他而言是「違己交病」。他在〈和宋大使北樓新亭〉〔註26〕中也說：

> 返耕意未遂，日夕登城隅。誰謂山林近，坐爲符竹拘？
> 麗譙非改作，軒檻是新圖。遠水自嶓冢，長雲吞具區。
> 願爲江燕賀，羞逐府僚趨。欲識狂歌客，丘園一豎儒。

他在張九齡幕中被署爲「從事」，但官場上的迎往送來，心爲形役，對

〔註26〕宋太使，名鼎，任襄州刺史。《曲江張先生文集》卷二〈酬宋使君作〉詩前附有宋鼎詩，其題云：「張丞相與余有孝廉校理之舊，又代余爲荊州，故有此贈。襄州刺史宋鼎。」張九齡爲荊州大都督長史，宋鼎正爲襄州刺史。故浩然此詩爲和宋鼎之詩。

他是十分痛苦。《淮南子・說林》:「大廈成而燕雀相賀」，含有流俗的趨炎附勢、錦上添花。宋鼎爲襄州刺史，新亭建成，浩然本有隨俗同趨道賀之意，無奈「羞與府僚趨」，不肯與府僚錦上添花，只好和宋鼎詩表達心意。要心懷鴻鵠之志、卻不得施展抱負的詩人自媚世途，誠然是違背本性的；寧自持己身成爲「豎儒」，被目爲不諳人情的「狂歌者」。

「爭食羞雞鶩」(〈田園作〉)，爲蠅頭之利而汲汲進進，爲諂媚高官而逢逢迎迎，他是深以爲羞愧而不爲。這種放任無拘、適意爲樂的性情，沖淡了孟浩然的用世之心，使他在求仕之途上不夠積極，而喪失時機。他未能忘魏闕，但黃侍御欲引薦他，他卻辭退說:「自顧躬耕者，才非管樂儔。聞君薦草澤，從此泛滄洲。」(〈與黃侍御北津泛舟〉)《新唐書・文藝傳》更記載著:

> 採訪使韓朝宗約浩然偕至京師，欲薦諸朝。會故人至，劇飲，歡甚。或曰:「君與韓公有期。」浩然叱曰:「業已飲，遑恤他！」卒不赴，朝宗怒，辭行。浩然不悔也。〔註27〕

玄宗下詔廣求人才，浩然能得襄陽刺史韓朝宗的薦舉，平步青雲的希望應是不小，理想懷抱的成全當有可爲。但他率性而行，甘心與故人痛飲放棄舉薦，因而坐失成就功業的時機。

由此可見，由於任性自然，使他不能忍受揖拜權貴、媚俗交際，這與李白「焉能與群雞，刺蹙爭一餐」、「安能摧眉折腰事權貴，使我不得開心顏」(〈夢遊天姥吟留別〉)的精神是一致。由於性情本眞，使他不能在功名無成、壯志未酬的情況下，堅持心志，把握時機。而與任性自然的生命本質相應的生活方式，就是隱居田園，求山野閒趣以自適；訪僧談道，求物外超脫以自遠；漫遊山水，尋山林逸趣以自遣。這也是浩然求仕落空後，彌補理想的失落與困頓的寄託。

（二）詠陶與效陶的真意

在仕進之途中，君臣遇合能有幾人，功成身退的圓滿境界更是可

〔註27〕參見〔宋〕歐陽脩、宋祈《新唐書》卷二〇三，頁5779。

望而不可及的。《舊唐書・文苑傳》記載說：「開元、天寶間，文士知名者，汴州崔顥，京兆王昌齡、高適，襄陽孟浩然，皆名位不振。」〔註28〕孟浩然在無法兼濟天下的情況下，只好獨善其身，再次退回田園。〈仲夏歸漢南園寄京邑舊遊〉表達其再度選擇田園的心路歷程：

嘗讀高士傳，最嘉陶徵君。日耽田園趣，自謂羲皇人。
余復何爲者，栖栖徒問津。中年廢丘壑，上國旅風塵。
忠欲事明主，孝思侍老親。歸來當炎暑，耕稼不及春。
扇枕北窗下，採芝南澗濱。因聲謝朝列，吾慕潁陽眞。

「嘗讀高士傳，最嘉陶徵君」，表達了早年即對陶淵明的生活與人格有著深刻企慕。「質性自然，非矯厲所得」的陶淵明，在政治黑暗，違己交病中，決意擺脫塵網的羈絆，投向無機巧而簡樸的田園。求仕失敗後，不苟流俗的孟浩然，在世途風塵與田園靜趣的對比下，深刻體悟到陶淵明的羲皇上人之樂，就在於純眞。因此，對淵明守志不阿、高尙俊潔的人格，及其安貧樂道、悠閒自得的生活，更是十分推崇的。「我愛陶家趣，林園無俗情」（〈李氏園臥疾〉）田園的樸實和自足安定的生活情趣，是政治受挫後一個安身立命之所。詠陶與效陶，正是爲「獨善其身」，從功業轉向道德的追求。

他求仕失利後歸隱田園，是理想人格的企慕與自由境界的嚮往，是將儒家的「獨善」思想與道家的「自然」理論結合，追求自由無羈、瀟灑閑適的生活態度。「養疾衡簷下，由來浩氣眞……回看後凋色，青翠有松筠」（〈重酬李少府見贈〉）、「白璧無瑕玷，青松有歲寒」（〈陪張丞相登荊州城樓因寄薊州張使君及浪泊戍主劉家〉），在隱居中養眞全節，保持人品的純潔無瑕。「清節映西關」、「澄清一洗心」（〈和于判官登萬山亭因贈洪府都督韓公〉），希冀如陶淵明完成獨立不媚世的人格以及修養高尙的節操。

綜上所述，影響孟浩然的仕進心態有二：一是盛唐的時代精神，二是儒家的養成教育。盛唐政治的開明，奮發昂揚的時代精神，使孟

〔註28〕參見〔後晉〕劉昫《舊唐書》，卷一九〇下，頁5049。

浩然自覺「端居恥聖明」，在有道的時代應該積極有爲。而儒家的養成教育使他「忠欲事明主，孝思侍老親」(〈仲夏歸南園寄京邑舊遊〉)，深刻的體念事君榮親的重要。他的幾次求仕，是時代與儒家教養下的體現，尤其是四十歲遊京師，雖是親老家貧迫於生計，更是不甘生命落空。

孟浩然的隱逸心態與初盛唐代的隱逸求仕之風、儒道佛三家的隱逸觀、以及其任眞的情意本質有重要的關聯。初盛君王對隱士的獎勵，士人產生「隱逸意識」，隱逸成爲士人的經歷與修養，孟浩然早年與張子容隱於鹿門山，讀書作詩，以隱求仕，是具有時代意識的，其隱逸心境是幽雅的。而他求仕失意後的歸隱，是佛道出世的思想與儒家「用之則行，舍之則藏」退隱思想的合流，從中尋找調適之道。孟浩然任眞的天性，使他在求仕的路途上，不能委屈求全，不夠積極，更是他隱逸重要的原因。這種任眞自然的特質也使他趨向陶淵明，藉由詠陶、效陶，堅持自我，追求人格的完成。

第四章　孟浩然的創作觀與審美觀

美學觀念是創作的基礎，引導作品的表現和創作的發展。孟浩然的詩作中，有不少關於詩歌美學的見解，陶文鵬〈論孟浩然的詩歌美學觀〉〔註 1〕探討了論者較少探析的孟浩然的詩歌見解。本文在其基礎上，鉤輯詩集中談詩的詩句，並加以分析，從創作觀與審美觀兩個角度著手，以期瞭解孟浩然詩歌創作的基礎和其美感觀念。

第一節　孟浩然的創作觀

文學創作是一個複雜的精神活動，是由感覺、幻覺、知覺表象、想像、情感、意象等主觀心理因素構成的藝術世界。孟浩然的創作觀中論及詩歌的性質、創作過程的藝術構思，以及創作時的審美心靈，分述如下：

一、詩歌的性質——翰墨緣情製

詩是心靈的寫照，詩人以富於音律美和圖畫美的語言文字，抒發內心的情感並反映現實生活。在中國詩歌理論史上，屈原最早表露出文學作品的抒情特色。他提到「抒中情而屬詩」(《楚辭・惜誦》)、「發憤以抒情」(《楚辭・哀時命》)，以文學創作來抒發內心感觸，傾泄心

〔註 1〕 陶文鵬〈孟浩然的詩歌美學觀〉，《文學評論》第 1 期（1984 年）。

底的鬱悶憤慨，也就是強調文學的抒情性。陸機在〈文賦〉中提出「詩緣情而綺靡」〔註 2〕，劉勰在《文心雕龍・情采》〔註 3〕中強調「情者文之經也」，鍾嶸《詩品》的「吟詠性情」說〔註 4〕，都是要求文學作品要能抒發內心的眞情實感。

孟浩然亦重視詩歌抒發情感、表達心靈的特徵。他在〈韓大使東齋會岳上人諸學士〉詩中明確的說道：

翰墨緣情製，高深以意裁。

詩必須緣情而作，有眞感情的作品才能感動人心，引起共鳴。眞實飽滿的感情是詩的生命，把深厚的眞情推擴提昇，才能深化詩作的感染力。

他在〈和張明府登鹿門山〉中又說：

忽示登高作，能寬旅寓情。

這就是詩歌藝術的功能。孟浩然的詩在平淡的語調中，正蘊含著深摯的情感而能誠摯動人。

二、創作的方法——湖山發興多

詩歌緣情而作，詩人的情感常觸物引發，「人心之動，物使之然也」（《禮記・樂記》），它是絢麗多彩的大自然和紛紜繁複的社會生活觸發出來的。陸機、劉勰和鍾嶸等文學理論家，都強調客觀外物對情感的激發。〔註 5〕

〔註 2〕〔晉〕陸機〈文賦〉，收入〔唐〕李善注《昭明文選》（台北：五南圖書公司，1990 年）卷十七。

〔註 3〕參見王更生注譯《文心雕龍讀本》卷七，頁 78。

〔註 4〕見曹旭《詩品集注》（上海：上海古籍出版社，1996 年），頁 1～74。

〔註 5〕對於自然景物和文學創作的關係，陸機〈文賦〉中說：「遵四時以嘆逝，瞻萬物而思紛；悲落葉於勁秋，喜柔條於芳春」劉勰於《文心雕龍》有較充分的發揮，〈物色〉中說：「春秋代序，陰陽慘舒，物色之動，心亦搖焉。……歲有其物，物有其容；情以物遷，辭以情發。」〈明詩〉說：「人稟七情，應物斯感。感物吟志，莫非自然。」〈詮賦〉說：「原夫登高之旨，蓋睹物興情。情以物興，故義必明雅；物以情睹，故辭必巧麗。」都指出自然景物的變化激動人的情感，文學作品是「感物斯應」（劉勰語）的產物，「情以物遷，辭以情發」即是強調客觀外物是觸發作家情感、產生創作靈感，從而形成文學作品的契機。孟浩然在創作構思上繼承前人觀點，他在詩中談及「興」：〔註6〕

秋入詩人興，巴歌和者稀。泛湖同旅泊，吟會是歸思。
白簡徒推薦，滄洲已拂衣。杳冥雲外去，誰不羨鴻飛？
（〈同曹三御史行泛湖歸越〉）

浩然指出「詩人」——曹三御史受到秋色秋景等外物的觸動，觸發歸思之情。因感物興情而發於辭，因興會而成詩，所製詩篇，如陽春白雪，曲高而能和者寡。可知浩然所提的「興」，當指感興、興會，即是指觀物有感，產生，詩情的噴湧、靈感的勃發。又如：

愁因薄暮起，興是清秋發。（〈秋登萬山寄張五〉）
晨興自多懷，晝坐常寡悟。（〈田園作〉）
百里行春返，清流逸興多。（〈陪盧明府泛舟回峴山作〉）
何以發佳興？陰蟲鳴夜階。（〈奉先張明府休沐還鄉海亭集探得階字〉）
夕陽開返照，中坐興非一。（〈登江中孤嶼贈白雲先生王迥〉）
風俗因時見，湖山發興多。（〈九日龍沙作寄劉大昚虛〉）
款言忘景夕，清興屬涼初。（〈西山尋辛諤〉）
雲山阻夢思，衾枕勞感詠。（〈晚春臥疾寄張八子容〉）

是文學作品產生的原因。鍾嶸在《詩品·序》中除了論述自然景物對人們情感的激發，如「氣之動人，物之感人，故搖蕩性情，形諸舞詠」，更進一步強調社會生活對人情感的激發，如「嘉會寄詩以親，離群託詩以怨。至於楚臣去境，漢妾辭宮，或骨橫朔野，魂逐飛蓬；或負戈外戍，殺氣雄邊；塞客衣單，孀閨淚盡；或士有解佩出朝，一去忘返；女有揚蛾入寵，再盼傾國。凡斯種種，感蕩心靈，非陳詩何以展其義？非長歌何以騁其情？」

〔註6〕關於「興」，晉朝摯虞〈文章流別志論〉：「興者，有感之辭也。」劉勰於《文心雕龍·比興》說：「興者，起也。……起情者依微以擬議。」所謂「起情」，即是觸物而生情（黃侃《文心雕龍劄記》解），說明「興」字的感興、興發的意義。

孟浩然反複強調，「興」——感興、興會，這種創作靈感，乃是諸如清秋、蟲鳴、清流、夕照、湖山、旅枕等外在客觀事物，觸發詩人的感情而產生的。「興」作爲主體與外界相契合而產生的一種創作萌動、一種積極的藝術思維閃現。

關於「興」，稍晚於孟浩然的唐代詩人亦多有提及。李白的「俱懷逸興壯思飛」（〈宣州謝朓樓餞別校書叔雲〉）、「試發清秋興，因爲吳會吟」（〈送麴少府〉）、韋應物的「蕭條孤興發」（〈同德寺雨後〉），其中的「興」字都是感興的意思。杜甫「東閣官梅動詩興」（〈和裴迪登蜀州東亭送客逢早梅相憶見尋〉）、「稼穡動詩興」（〈偶題〉）、「老去才難盡，秋來興甚長」（〈寄彭州高三十五使君適虢州岑二十七長史參三十韻〉），高適「晚清催翰墨，秋興引風騷」（〈同崔員外綦毋拾遺九日宴京兆府李士曹〉）正說明創作的萌動乃是外界與主體相契合。賈至曾說：「詩人之興，常在四時，四時之興，秋興最高。」（〈沔州秋興亭記〉《全唐文》卷三六八，頁3738）四季自然景物的變遷，能引發詩人創作。而四時之中以秋天最能引起詩興，因夏之盛至秋之蕭瑟變化最大，也最能牽動詩人的情思。題爲賈島所作的〈二南密旨〉有：「興者，情也，謂外感於物，內動於情；情不可遏故曰興。」可知在唐人的觀念裡，「興」這一詞已突破《詩經》六義之一的界說範圍，已經不是因事起興的靜態，而是詩人的一種創作躍動，既是外界的反映，又是對外界的把握，創作主體處在一種亢奮狀態，有一種籠萬物爲己有的情狀。

在詩歌創作方法上，孟浩然標舉「興」，說明他已深刻體會到：感物是詩人抒情言志的前提，而詩人的創作構思即是情與物的交融。王士源〈孟浩然集序〉說浩然「文不爲仕，佇興而作」〔註7〕，皮日

〔註7〕「佇興而作」，王士禛《帶經堂詩話・佇興類》說：「蕭子顯云：『登高極目，臨水送歸；早雁初鶯，花開葉落。有來斯應，每不能已；須其自來，不以力構』。」也就是情以物興，有所感觸。他於「眞訣類」，稱此種感觸爲興會，比作「鏡中之像，水中之月，相中之色，羚羊掛角，無跡可求，此興會也。」所謂的「興會」，即是文學創作

休也指出「浩然詩遇景入詠，不鉤奇抉異，令齷齪束人口者，涵涵然有干宵之興」(〈郢州孟亭記〉《全唐文》卷七九七，8356)，足以證明浩然詩確是遇景入詠、乘興而成。因此，「興」是孟浩然用以表述詩歌創作源於大自然和社會生活的常用語，表徵著物我、主客、外物內情的綜合蘊釀，以及創作靈感的勃發。

三、形象的思維——想像若在眼

在詩歌創作中，情感與想像是相互爲用的。阿迭生在《想像論》中特別強調:「詩人所安排的事件，爲什麼比實際的事件更加有力動人？不快的行爲或物象透過詩人的描繪，爲何會使我們愉快得感動呢？無非是由於這些藝術訴諸想像的緣故。」〔註8〕通過想像，詩人才能將內心興起的感情，凝結爲生動鮮明的藝術形象〔註9〕；進而對萬物情狀進行深刻的藝術概括,創作出比現實更集中、更生動的形象。

「想像」一詞最早見於《楚辭》。〈遠遊〉中說:「思舊故以想像兮，長太息而掩涕。」用「想像」來說明詩人思維活動的狀態。中國古代詩論家很早就論述詩人在想像活動中如何蘊釀、組合、凝聚生動鮮明的審美意象。陸機在〈文賦〉中說:

> 其始也，皆收視反聽，耽思傍訊，精騖八極，心遊萬仞。
>
> 其致也，情曈曨而彌鮮，物昭晰而互進。

詩人專心致志，心力集中，情感激發想像的開展，使詩思無遠不至，無高不達；而想像帶著情感飛騰，超越時空限制，心籠天地，涵蓋萬

中的靈感。

〔註8〕轉引沈謙，〈神思與想像〉，《文學概論》(台北：五南圖書出版，2004年)，頁143。

〔註9〕張少康提到，關於藝術想像和藝術創造的關係，宋代詩僧惠洪於《冷齋夜話》中，有很精闢的概括，他說:「詩者，妙觀逸想之所寓也。」認爲詩歌是詩人絢麗多姿的藝術想像的寄託。詩歌所描寫的內容是詩人觀察、研究現實有所感而發，但它不是現實照相式反映，而是經過詩人心靈的改造，而成爲「靈想之所獨辟」(惲格〈題潔庵圖〉)的意象。參見張少康《中國古代文學創作論》(台北：文史哲出版社，1991年)，頁20。

有，並且「籠天地於形內，挫萬物於筆端」（〈文賦〉），想像活動最終要創造出具有高度概括意義的藝術形象。劉勰《文心雕龍・神思》亦論曰：〔註 10〕

文之思也，其神遠矣。故寂然凝慮，思接千載；悄焉動容，視通萬里。

說明藝術想像不受時空的限制。又說：「獨匠之照，窺意象而運斧斤」，並將意想中的形象，通過語言文字呈現。二者都說明想像在藝術創作中構思的特徵和作用，但他們並未提出「想像」這個概念來概括。

孟浩然在詩作中遠接屈原提及「想像」一詞，他在〈陪張丞相祠紫蓋山途經玉泉寺〉中：

人隨逝水嘆，波逐覆舟傾。想像若在眼，周流空復情。

一般而言，藝術想像的類型可分爲三大類：再造性想像、聯想性想像、創造性想像。再造性的想像是藝術創作中最基本的心理能力。作家首先要極力調動記憶儲備，將過去曾經親眼目睹的人和事重新在腦海裡復現出來，從中尋找具有特徵、有表現價值的東西作爲自己將要創造的藝術世界的基本材料。聯想性想像以聯想爲依據，由一物的觸發聯想到另一物的心理過程，如比喻、象徵、擬人等。創造性想像，作家對經驗所得來的種種物象，在再現記憶表象的基礎上，進行加工改造、重新鎔鑄，從而創造出不同於其生活原型的藝術形象。〔註 11〕「想像若在眼，周流空復情」二句，描寫他在玉泉邊觸景生情、浮想聯翩的內心活動，也揭示出詩人藝術創作構思時的心理結構，以及創造性想像的特徵和作用；即是在情感的推動下，透過想像的開展，而形成鮮明的審美意象，躍現於目前。由此顯示孟浩然直接運用「想像」這

〔註 10〕劉勰以「神思」作爲文學創作理論中的重要概念，以此來概括文學創作時形象思維的特徵和過程。

〔註 11〕有關想像的種類，英國批評家溫徹斯特分爲：創造的想像、聯想的想像和解釋的想像。法國哲學家伏爾泰則指出想像有兩種：一種簡單地保存對事物的印象；另一種將這些印象千變萬化地排列組合。（轉引《外國理論家、作家論形象思維》（中國社會科學出版社，1979年），頁 14。

一概念，說明詩歌創作形象思維的特徵。

唐代一些詩人也運用「想像」這一概念，表述形象思維凝情顯現的美學特徵。如高適「想像邈遠」（〈奉和鶻賦〉）、「想像見深意」（〈同呂判官從哥舒大夫破洪濟城回積石軍多福七級浮圖〉），杜甫「翠華想像空山裡」（〈詠懷古跡五首〉其四），不過孟浩然是較早標舉想像的一位。

四、謀篇的完成——高深以意裁

詩人的想像受著情感的推動非常的自由活躍。在想像過程中，可以「收視反聽，耽思旁訊」（陸機〈文賦〉），也可以「寂然凝慮，思接千載，悄然動容，視通千里」（《文心雕龍・神思》）。但詩人是不能任憑自發感情的驅遣，漫無目的的想像。事實上想像受感情的推動時，也受到理智的約束。爲了創作出意象鮮明、意境渾成的好作品，詩人必須善於以「意」——即自己的創作思想意圖，去統率和支配自由活躍的想像。

中國古典詩歌美學十分重視「意」的主導統攝作用。陸機於〈文賦〉中說：「恆患意不稱物，文不逮意，蓋非知之難，能之難也。」所謂「意不稱物」，是指構思之意，不能恰切的反映客觀物象、或具體的生活內容；所謂「文不逮意」，是指語言表達之文，與構思之意互不稱副。文學創作是形象的思維，因此詩歌創作中的「意」，不是作家抽象的思想或觀點，也不是衛道之士勸惡懲善的說教，而是「意」結合「象」的具體呈現。劉勰於《文心雕龍・神思》中說：「意翻空而易奇，言徵實而難巧。」〈時序〉中說屈宋作品「煒燁之奇意，出乎縱橫之詭俗」，所說的「意」是具體的藝術意象，藝術家已把自己抽象的「意」化爲作品中具體形象的「意」。

孟浩然認識到藝術想像過程「情」、「意」的聯繫，所以在提出「翰墨緣情製」之後，緊接著強調「高深以意裁」，就是要以「意」來總裁感情和想像，統率整個創作過程，透過具體形象的「意」，才能寫出思想格調高和藝術境界深的作品。宋徐俯也說：「目力所及，皆詩也。但以意裁之，馳騁約束，觸類而長，皆當如人意。切不可閉門合目，作鑴空妄實之想也。」（曾敏行《獨醒雜志》引）王夫之更強調說：「無論詩歌與長行文字，俱以意爲主。意猶帥也，無帥之兵，謂之烏合……煙雲泉石，花鳥苔林，金鋪錦帳，寓意則靈。」（《薑齋詩話》卷二）這些論述都可以說是浩然「高深以意裁」一語的最好詮釋。王士源說浩然「常自嘆爲文不逮意」（〈孟浩然集序〉），正可說明孟浩然「以意裁篇」對詩歌以具體形象表達內容主旨的重視。

值得一提的是孟浩然不僅強調以意裁篇、文要逮意，而寫出高深之作。還明確表示反對當時那股內容空虛、詞藻浮艷的形式主義的詩風。他在〈陪盧明府泛舟回峴山作〉中，稱讚盧僎「文章推後輩，風雅激頹波」，正說明他對《詩經》傳統的重視，並提倡以《風》、《雅》式的作品掃蕩詩壇上的齊、梁餘風。

五、審美的心境——心靜水亭開

審美心境是審美主體進行審美觀照和審美創造的精神條件。在體玄悟道上，老子提出「滌除玄鑑」，莊子提出「坐忘」、「心齋」，強調人在觀照自然時，須有「虛靜」「空虛」的心境，要能除去一切的世俗雜念，使心境虛靜恬淡，方能領會最高境界的「道」，與自然契合無間；佛家主張「空」、「靜」、「無我」、「淨心」，以達到人與宇宙本體冥契合一的極至境界。道家與佛家在人生境界的追求上雖有顯著的差別，但在觀照自然時應具備的心理狀態是一致的。莊子進一步認爲，通過「坐忘」、「心齋」，可以創造出與自然相合的最高藝術。因此「虛靜」、「空靜」正是審美觀照和藝術構思時應有的精神狀態。〔註 12〕孟浩然必然

〔註 12〕支遁在〈不眴菩薩贊〉中說：「何以虛靜間，恬智翳神穎。」慧遠〈念佛三昧詩集序〉中亦說：「夫稱三昧者何？專思寂想之謂也。思專則志一不分，想寂則氣虛而神朗。氣虛則知恬其照，神朗則無幽不徹。」佛家主張空無寂靜，用「空靜」來說明藝術構思應有的精神狀態，主要是摒除閒雜思慮的幹擾，使心清淨虛明、強調精神上的專一。參見張少康《中國古代文學創作論》，頁 5～15。

接受到這股思潮的影響。他在〈遊精思題觀主山房〉說：

誤入花源裡，初憐竹徑深。方知仙子宅，未有世人尋。

舞鶴過閑砌，飛猿嘯密林。漸通玄妙理，深得坐忘心。

鶴鳥或梳翎振羽，或緩步階除，猿或攀馳，或高嘯，自然萬物各得其所，展現其生命本質。孟浩然認爲，能觀照此幽深雅靜的自然景色，並體悟玄妙之理，是由「無我」、「坐忘」的審美心境使然。

在審美感知活動中，保持特定的審美心境是必須的。因爲在物我的遊目觀覽中，客體多方面的特性和主體的紛雜思緒必然會阻礙藝術活動的深入，必須去物去我，使紛雜定於一，躁慮歸於靜，造成一種靜態的心理定勢。因此孟浩然在〈陪姚使君題惠上人房〉說：

會理知無我，觀空厭有形。

在〈本闍黎新亭作〉說：

地偏香界遠，心靜水亭開。……棄象玄應悟，忘言理必該。

靜中何所得，吟詠也徒哉。

孟浩然認爲只要心靜，水亭的美景自然一一在前呈現；只要保持心的虛靜，就能以靜制動，將外界紛紜萬狀、變動不居的景色含攝內心。

「虛靜」也是藝術構思時應有的心理狀態。東晉王羲之在〈蘭亭〉詩中說：「靜照在忘求」。晉宋山水畫家宗炳也說：「澄懷觀道，臥以遊之」。〔註13〕陸機最先自覺的把「虛靜」說引入文學創作理論，〈文賦〉開篇說：「佇中區以玄覽」，以虛靜覽物來促進感興的產生。劉勰《文心雕龍・神思》中更明確的說：「陶鈞文思，貴在虛靜，疏瀹五臟，澡雪精神。」孟浩然既接受「虛靜」說，也就必然按照這一觀點去捕捉自然美，在虛靜的心境中陶理詩思。蘇軾〈送參寥師〉提到：「欲令詩語妙，無厭空且靜。靜故了群動，空故納萬境」，王國維也指出：「無我之境，人惟於靜中得之。有我之境，於由動之靜時得之」，這種虛靜的心境，最利於創作那種沖淡高古，意在象外的詩。浩然的山水詩，多數是清曠

〔註13〕參見〔宋〕張彥遠《歷代名畫記》（臺北：台灣商務印書館，1975年）卷六，頁207。

淡遠之作，正是把心靜作爲詩歌創作的一個重要的主觀因素，並身體力行。葛曉音在〈論山水田園詩派的藝術特徵〉認爲：山水田園詩派是融合陶謝詩的精神旨趣、審美觀照方式以及表現藝術。山水田園詩靜照忘求的審美方式，是受玄學和禪學澄懷觀道的哲學思維的影響，王維、常建、韋應物等所創造的某些清空之境，確乎是將禪宗的性空之說發揮到藝術創作之中的結果。〔註 14〕沈德潛說：「襄陽詩從靜悟得之，故語淡而味終不薄。」（《唐詩別裁》卷一）〔註 15〕正是孟浩然重視詩歌創作保持心境「虛靜」的注腳。

第二節　孟浩然的審美觀

審美趣味是人在審美活動中表現出主觀的愛好，且具有一定穩定性的審美傾向。它反映著審美主體對審美物件和審美創造的需求，常在審美評價和審美判斷中表現出來。文學創作是一種創作性的審美活動，在創作中作家不但要遵循審美原則，而且指向特定的藝術追求，但這一切都以作家的審美趣味爲基礎，加以開展、深化和落實。孟浩然在審美上有何重要的趨向？而此審美觀成爲他詩歌美規範的基礎。後代評論者多以「清」作爲孟浩然詩的主體風格，如胡應麟在《詩藪》稱其「清而曠」、清人劉邦彥認爲「孟詩以清勝，其入悟處，非學可及」（《唐詩歸折衷》）。風格的形成與作家的審美趣味、審美理想有極大的關係。孟浩然集中，雖沒有直接用「清」來論詩（如杜甫「清新庾開府」），但不難看到他自對「清」美的崇尚。影響審美觀念產生的原因，可總括爲：作者的心理、時代的一般審美趣味、所處社會的客觀環境，以及哲人及一般思想的感應。〔註 16〕此節先論清美產生的

〔註 14〕參見葛曉音〈論山水田園詩派的藝術特徵〉原載於《國學研究》第 1 卷（北京：北京大學出版社，1993 年），收錄《詩國高潮與盛唐文化》（北京：北京大學出版社，1998 年），頁 108～132。

〔註 15〕〔清〕沈德潛《唐詩別裁》（上海：上海古籍出版社，1979 年），頁 19。

〔註 16〕參見龔鵬程〈文學的美學思考〉，收入《文學散步》（台北：台灣學

思想與文化淵源，繼而討論孟浩然崇尚清美的趣味。本節主要討論孟浩然美感觀念重要的趨向，至於他是否能落實這種觀念，而形成詩歌的藝術美，觀念與詩作是否能相吻，則留待後章討論。〔註 17〕

一、崇尚清美的文化淵源

自古儒道兩家在審美情趣的建構與追尋上，有明顯的不同。儒家講究個體的道德修養，重視文飾，強調文質的相稱，孔子說「質勝文則野，文勝質則史，文質彬彬，然後君子。」（《論語・雍也》）只有內在道德品質的高尚與相應禮儀的文飾，才能達到美善的統一。儒家重視禮樂教化，強調後天文飾的作用，因而產生一種偏向人工藻飾之美的審美追求。「美盛德之形容」、「潤色鴻業」，漢賦中呈現雕飾滿眼的世界，是儒家美學觀至極的體現。但錯采鏤金之美易促使文風的華靡。

道家老子提出「人法地，地法天，天法道，道法自然」（《老子》二十五章），以「自然」爲人倫、社會的最高法則；而「自然」就是事物各按其貌而存，各依其規律而演化。莊子承繼老子法自然之說，提出「禮者，世俗之所爲也。眞者，所以受於天也，自然不可易也。故聖人法天貴眞，不拘於俗」（《莊子・漁父》），進而將自然與天眞揉爲一體。而「法自然」、「貴眞」，在藝術情味上就是崇尚自然眞趣、清眞之美，反對人工雕飾的巧僞。《老子》說：「信言不美，美言不信。」認爲未經雕飾的樸素語，才具眞美。《莊子・天道》中指出「樸素而天下莫能與之爭美」，〈刻意〉中明確說道「澹然無極而眾美從之」，都以自然爲最高境界的美。道家雖不提倡雕飾之美，但若經雕飾符合天工的人文化成的自然，也是美。老子說：「大巧若拙，大辯若訥」（《老子》四十五章），

生書局，2003 年），頁 179～190。

〔註 17〕陶文鵬認爲，孟浩然創作中的美學追求是「以清眞爲核心，在清空、清幽、清淡、清曠的多種美感中洋溢著清新氣息。」他對孟浩然詩歌美學觀的評價：認爲它「較早反映了盛唐審美風格的變化，並體見了當時詩人們共同的美學追求」，「是由陳子昂過渡到李白的詩美學觀的一座橋梁」。參見陶文鵬〈論孟浩然的詩歌美學觀〉，《文學評論》第 1 期（1984 年），頁 91～101。

莊子所謂「既雕且琢，復歸於樸」(《莊子・山木》)，人工的巧與琢，必須服從於自然的拙與樸，道家藝術的目的是以自然爲依歸。

魏晉以來，玄學興盛，老莊崇尙自然的美學理想方始漫衍，並表現於人生理想、人物品評、藝術創作與文學理論中。「法自然」使人由仕途轉入山林，渴求精神超脫，保持心性的天眞。嵇康等人以自然放達爲人生理想和審美創作的追求。〔註18〕陶淵明以「自然」爲生活和創作的最高標準，而「抱樸還眞」的人生理想，使他不爲五斗米折腰，歸隱田園，躬耕自給，縱浪大化，不喜不懼。他的詩歌創作體現純以自然本色取勝的自然之美。顧愷之的繪畫、王羲之的書法、謝靈運的山水詩、酈道元的山水小品，都是這種美學觀的藝術表現。

在文學理論中，陸雲提出清省自然的美學觀，糾正當詩鋪錦列繡，華麗雕飾的審美風尙。〔註19〕而「清新」、「清省」，就是指自然清爽、不假雕飾的審美風趣。劉勰《文心雕龍・明詩》說：「人稟七情，應物斯應，感物吟志，莫非自然」，鍾嶸《詩品・序》亦主張「自然英旨」，以「直尋」爲「眞美」的衡量標準。

然而文學的自覺之後，歷代君主仍有需要大雅頌聲，文學的貴族化也使詩歌看重技巧和形式之美，使詩壇由西晉的典則頌聖，進入南朝的彩繁競麗、雕飾華美。在「文貴形似」、「功在密附」(《文心雕龍・物色》)，窮形盡相的風潮中，老莊「法自然」、自然眞美的審美趣味再度沈寂。

唐代道教文化盛行，士人的審美情趣在老莊思想影響下也跟著改

〔註18〕王世貞《藝苑卮言》中說：「嵇叔夜土木形骸，不事雕飾，想於文亦爾。如〈養生論〉、〈絕交書〉……自是奇麗超逸。」唐代張懷瓘《書議》中評嵇康書法作品云：「觀其體勢，得之自然，意不在於筆墨，若高逸之士，雖在布衣，有傲然之色。故知臨不測之水，使人神清，登萬仞之岩，自然意遠。」都說明嵇康以自然爲美的人格理想和審美情趣。參見袁濟喜《六朝美學》(北京：北京大學出版社，1989年)，頁154。

〔註19〕劉勰《文心雕龍・鎔裁》：「士衡才優，而綴辭尤繁；士龍思劣，而雅好清省。及雲之論機，亟恨其多，而稱清新相接，不以爲病。」

變。自然天眞的審美理想不僅體現於山水田園的歌詠，也成爲一種普遍的價値觀和批評標準。唐人揚棄齊梁以來尚形式、貴人工、專以翰藻爲美的審美趣味和浮艷華靡的文風。陳子昂批評齊梁綺麗詩風「彩繁競麗，而興寄都絕」。李白認爲「自從建安來，綺麗不足珍。聖代復元古，垂衣貴清眞。」（〈古風〉其一），「一曲斐然子，雕蟲喪天眞」（〈古風〉其三十五）推崇清眞、自然，要求詩歌要有眞實的情感，在藝術表現上反對綺麗雕飾，要求天然渾成，如「清水出芙蓉，天然去雕飾」（〈經亂離後天恩流夜郎憶舊遊書懷贈江夏韋太守良宰〉）。殷璠在《河嶽英靈集》中總結「聲律風骨」兼備的盛唐詩形成原因，「實由主上惡華好樸，去僞存眞」，盛唐詩歌的審美傾向就是崇尙眞率、清眞自然，這也正是老莊審美理想的體現。而孟浩然正處於這股時代的潮流的前導中。

二、孟浩然崇尚清美的審美趣味

「清」，原是個純粹的自然概念，指水的澄澈見底，亦指空氣的透明。《孟子・離婁》：「滄浪之水清兮，可以濯我纓；滄浪之水濁兮，可以濯我足。」清，指水的澄澈。《老子》十五章：「靜勝躁，寒勝熱，清靜以爲天下正。」清與靜相聯，指人的心靈空虛澄明，在老莊的語例中，「清」，成爲一種人格境界，蘊含著以自然的本性來規範人生理想的道家旨趣。

魏晉六朝中，「清」成爲品評人物品行風度的概念，讚賞人物風神的通脫自然，如《世說新語》中「體識清遠」、「清通簡要」、「清簡蔚令」、「清易令達」、「風骨清舉」。

孟浩然而在兩百六十七首詩中，清字出現有五十三次，從這些「清」字構詞面向、「清」衍生出來的美學詞彙，以及詩句的旁輔，可歸納出孟浩然「清美」的美學見解，主要表現在人格美、自然美，以及創作感興三方面的追求。

一、在人格美的追尋上，「清眞」作爲品鑑人物的標準。孟浩然承接魏晉審美趣味，以任性自然做爲理想人格，在人物風神的審美上是以「清、「眞」爲標的。他企慕仕情適性、質樸率眞的古人，如〈尋梅道士〉有：

彭澤先生柳，山陰道士鵝。我來從所好，停策漢陰多。

重以觀魚樂，因之鼓枻歌。崔徐跡未朽，千載挹清波。

「崔徐跡未朽，千載挹清波」、「耆舊眇不接，崔徐無處尋」（〈和于判官登萬山亭因贈洪府都督韓公〉）崔州平和徐庶爲三國時人，是諸葛亮的好友，曾隱於襄陽，品格清高，足爲後人典範。生長於襄陽的孟浩然，當然心儀企慕。而詩中更包舉陶淵明、王羲之、莊周、漁父，都是任情適性的高人。

他在〈洗然弟竹亭〉「逸氣假毫翰，清風在竹林」、以及〈聽鄭五愔彈琴〉「阮籍推名飲，清風在竹林」，兩次提及「清風」。「清風」具有多義性，是實指竹亭清爽，也暗喻兄弟的清操節行，他藉著七賢竹林之遊而喻指與諸弟的竹亭雅集、遊樂之事。比況古人以寄懷，竹林七賢清逸放達、清高絕俗的風神，正是他欣賞而嚮往的人格美。「我愛陶家趣，林園無俗情」（〈李氏園林臥疾〉）、「嘗讀高士傳，最嘉陶徵君。日耽田園趣，自謂羲皇人」（〈仲夏歸漢南園寄京邑舊耆〉），陶淵明質性自然、耿介清高、懷抱曠眞、篤意眞古的人格美，更爲浩然所崇敬。「因聲謝同列，吾慕穎陽眞」（同上），隱於穎陽之南的許由，眞率樸質的自然本性，也是他所欣賞的。

孟浩然日常的交遊中，亦顯現對清美風神的讚揚。他在〈贈蕭少府〉：

上德如流水，安仁道若山。聞君秉高節，而得奉清顏。

鴻漸昇儀羽，牛刀列下班。處腴能不潤，居劇體長閑。

去詐人無諂，除邪吏息姦。欲知清與潔，明月照澄灣。

詩中歌頌蕭少府尚德安仁，秉持高節輔佐縣令。不恥官卑，居官膏腴而不沾，身處繁雜而安閒，爲民除惡政績斐然。結聯以明月下的澄清河水，以喻少府爲官的清正與廉節。詩中極力刻畫蕭少府清廉的形象，可見出浩然人物風格美的欣賞趣味。又如〈白雲先生王迥見尋〉：

閑歸日無事，雲臥晝不起。有客款柴扉，自云巢居子。

居閑好芝朮，采藥來城市。家在鹿門山，常遊澗澤水。

手持白羽扇，腳步青芒履。聞道鶴書徵，臨流還洗耳。

詩中描寫王迥野服雲游的生活，雖受徵辟，不爲所動「巢居子」、「臨流洗千」化用巢父和許由之典，喻指王迥超然物外的品格。全詩呈現清逸高潔的隱者形象。〈還山贈湛禪師〉中也提到「朝來問疑義，夕話得清眞」，《世說新語・賞譽》：「山公舉阮咸爲吏部郎，目曰：『清眞寡欲，萬物不能移也。』」清眞，是浩然對湛禪師的品評。以「清眞」這一具有道家色彩的詞彙冠之於禪人，可見在詩人心中，不論是儒、道、佛家中人，這種樸質率眞的自然本性，不但是令人激賞的風神，也是浩然心中理想的精神境界。

二、在自然美的追尋上，他標舉清明的山水景色。有形容詞加上名詞，如「清風」、「清江」；有主謂結構，如「二月湖水清」。在他筆下的風物都帶著光亮透明的色彩，如寫山水：

悠悠清水江，水落沙嶼出。(〈登江中孤嶼贈白雲先生王迥〉)

何時還清溪，從爾煉雲液。(〈山中逢道士雲公〉)

聞鐘度門近，照膽玉泉清。(〈陪張丞相祠紫蓋山途經玉泉寺〉)

崔徐跡未朽，千載揖清波。(〈尋梅道士〉)

野曠天低樹，江清月近人。(〈宿建德江〉)

寫聲響：

荷風送香氣，竹露滴清響。(〈夏日南亭懷辛大〉)

風泉有清音，何必蘇門嘯。(〈題終南翠微寺空上人房〉)

松月生夜涼，風泉滿清聽。(〈宿業師山房期丁大不至〉)

松泉多清響，苔壁饒古意。(〈尋香山湛上人〉)

寫光影：

清曉因興來，乘流越江峴。(〈登鹿門山〉)

妾有盤龍鏡，清光常晝發。(〈同張明府清鏡歎〉)

落景餘清輝，輕橈弄溪渚。(〈耶溪泛舟〉)

竹露閒夜滴，松風清晝吹。(〈齒坐呈山南諸隱〉)

日夕弄清淺，林湍逆上流。(〈送張祥之房陵〉)

寫節候寫天象：

聞君尋寂樂，清夜宿招提。(〈夜泊廬江聞故人在東林寺以詩寄之〉)

愁因薄暮起，興是清秋發。(〈秋登蘭山寄張五〉)

清旦江天迥，涼風西北吹。(〈送謝錄事之越〉)

不覺初秋夜漸長，清風習習重淒涼。(〈初秋〉)

高友工、梅祖麟從語言學的角度來分析唐詩的構詞，談到明月、白露、長河、綠水、彎弓、白雲、清風等複合詞，其形容詞的功用不在縮小指涉的範圍，而在強調物性。〔註20〕審美趣味有能動的選擇性，具有明顯的定向功能。它不僅反映客體的審美屬性，而且表現出主體審美觀照的取向和特性。因此，在孟浩然筆下以「清」字的構詞強調物性之美與人物之美，也正是他個人審美趨向的展現。

三、在創作感興與構思上，強調清朗、清明的創作狀態。孟浩然也用「清」來強調創作主體本身的審美追求：

款言忘景夕，清興屬涼初。(〈西山尋辛諤〉)

弦歌既多暇，山水思彌清。(〈和張明府登鹿門作〉)

前面我們已經強調孟浩然在創作上強調「興」，觀物有感，產生強烈的詩情與創作的靈感。這裡則進一層強調「清興」、「清思」，經由清景的引發、山水的滌蕩，使審美構思、審美感興朝向清拔脫俗、清暢自然。

作者在美感活動中的心理特質會影響審美取向，特殊的心理因素會產生特殊的美感（學）觀念，進而創作特殊型態的美。孟浩然對清美的審美偏好，與人自身人格與心境有極大的相關係。他有任眞自然的生命本質，有「骨貌淑清，風神散朗」的人品風度，正是造就這種審美趨向的重要原因。

〔註20〕高友工、梅祖麟著、黃宣範譯〈唐詩的語法、用字與意象〉，《中外文學》第1卷10～12期（1973年3月～5月）。

綜合上述，孟浩然的詩歌美學觀，包括了他對詩歌創作的自覺省察，和他在審美上重要趨向。在詩歌創作觀上，他重視詩歌的情意本質，強調眞情實感；重視感物興情，強調心物交融的創作靈感；重視審美觀照和藝術構思時心靈的虛靜和空觀；重視形象思維，強調創作時馳騁想像；甚至要以意運思，以意去統攝想像、構思。這些都是具有眞知灼見的。雖然這些見解零星散見、片片斷斷，未足以成爲嚴謹的理論系統，但是具有內在連貫的理路，從「情」、「興」、創作心靈、到重視想像、提倡意趣，呈現對詩歌創作的美學規律。在審美觀上，孟浩然崇尚清美，表現在三方面：以清眞作爲人格美的理想、以清景作爲自然美的理想，和以清興、清思作爲創作感興與詩歌審美理想。這種審美趨向的形成，來自於詩人本身任眞的生命本質與「骨貌淑清，風神散朗」的人格特質，再加上老莊的思想與六朝以清爲美的審美文化。

沈約在《宋書‧謝靈運傳》提到「徒以賞好異情，故意製相詭」，強調歷代文體體製和風格的變遷，來自於美感觀念的改變。孟浩然對創作的自我省覺與審美自覺，是他詩歌內容、情感表現與風格取向的重要基礎。以下各章也將在此基礎上，去考察他在創作上的實踐。

第五章　孟浩然的詩歌創作

孟浩然吸收六朝至初唐的藝術經驗，並在時代與文化的交映下抒志述情，創作出文質相兼、且具有濃厚時代色彩的詩篇。從實際批評的角度來看，中國古典文學的批評主要有兩種型態：一是情志批評，一是文體批評。前者主要透過「以意逆志」、「知人論世」，了解作品中所寓含的情志。後者則是從辨體的角度，觀察作品是否遵循文體規範完成某一文體，而評判優劣。因此，本章從這兩個角度著手，首先縷析孟浩然於各類體製的表現特色與成就；其次歸納他詩歌作品中的題材情志，以呈現孟詩的風貌，俾進孟詩之堂奧。

第一節　孟浩然詩歌的體裁

盛唐古、近體詩並行。近體詩的發展從南朝齊、梁萌芽，形成於唐朝初期，到盛唐已發展較爲完備；五古的復興與歌行的演進，分頭並馳，聯轡齊行。近體的聲律影響古詩，而古詩的風骨也促進律、絕格調的提高。盛唐詩歌體製蔚爲大觀，「三四五言，六七雜言，樂府歌行，近體絕句，靡弗備矣」（胡應麟《詩藪》外編卷三）。

孟浩然詩歌的體裁，古、近體齊備，五、七言並用，但以五言創作爲主，七言較少。王世貞評浩然詩說：「第其句不能出五字，篇不能出四十字外」(《藝苑卮言》卷四)〔註1〕,認爲孟詩在七古、七律創作上的不足。此評值得進一層考察,原因有二:首先,各類詩歌體裁的流衍變化,發展與成熟的速度並不一,孟浩然處初、盛唐之交,體裁發展的完備與否,對他影響頗大。其次,不同的詩歌體裁,有不同的美學原則和功能,胡應麟說:「古詩之妙,專求意象;歌行之暢,必由才氣;近體之攻,務先法律;絕句之構,獨主風神。」(《詩藪》內編卷一)劉熙載亦言:「長篇以敘事,短篇以寫意;七言以浩歌,五言以穆誦。」(《藝概·詩概》)〔註2〕都指出各種體裁在內容、手法、風格等方面具有不同的美學特色。體裁選擇除了個人才力,也與作家表現的題材相關,這也是詩人在體裁使用上有所偏重的要因之一。因此,要結合詩歌體裁發展與美學功能,才能給予孟詩在體裁表現上公允的評價。

孟浩然詩共267首,其中五言古詩有59首,七言古詩6首,五言律詩134首,五言排律38首,七言律詩4首,五言絕句19首,七言絕句7首。本節分別探究孟詩在各類體裁的創作風貌、表現特色和成就。

一、古體詩

(一)五言古詩

五言古詩醞釀於西漢,成立於班固的〈詠史〉,東漢末年的《古詩十九首》是五言詩的成熟作品,魏晉南北朝是五言詩的興盛期。

五言古詩就體製而言,本有古詩渾厚樸茂的特點,但每句二、三節奏的變化,古樸中透著活脫。鍾嶸《詩品·序》說四言「每苦文繁而意少,故世罕習焉。五言居文詞之要,是眾作之有滋味者也,故云會於流俗。豈不以指事造形,窮情寫物,最爲詳切者邪!」〔註3〕胡

〔註1〕見〔明〕王世貞《藝苑卮言》,收入丁福保輯《歷代詩話續編》(北京:中華書局,1997年),頁1006。
〔註2〕見〔清〕劉熙載《藝概》(台北:華正書局,1988年),頁78。
〔註3〕見曹旭《詩品集注》,頁36。

應麟於《詩藪・內編》亦云：「折繁簡之衷，居文質之要，蓋莫尚於五言。」足見五言古詩的表現力。〔註4〕

孟浩然集中的五言古詩有五十九首，他的五言詩本得力於漢魏詩的通脫、陶淵明詩的平淡自然和謝靈運詩的清新流麗總體體材特色。而山水田園詩既源出於陶謝，以五言古詩最能寫出山水田園的清麗與閒適。孟浩然沿用陶、謝之舊體裁，以五古寫了許多閒淡俊逸的山水行旅、田園隱逸的詩篇。如〈早發漁浦潭〉、〈夜渡湘水〉、〈夏日南亭懷辛大〉等，不論寫景、抒情、紀遊，淺而愈深，隨語成韻，隨韻成趣，古而不奧，厚而不滯，樸而不澀。他的〈夏日南亭懷辛大〉：

> 山光忽西落，池月漸東上。散髮乘夕涼，開軒臥閑敞。
> 荷風送香氣，竹露滴清響。欲取鳴琴彈，恨無知音賞。
> 感此懷故人，中宵勞夢想。

詩寫夏日傍晚，詩人在南亭隱居生活閑靜的美感和缺少知音的惆悵；寫景自然深具情致，「荷風」、「竹露」一聯，是清幽之美的最佳表現。晚唐的皮日休在〈郢州孟亭記〉中曾讚美孟浩然能「遇景入詠，不鉤奇抉異」，並舉此詩中「荷風送香氣，竹露滴清響」二句，與何遜的名句「露濕寒塘草，月映清淮流」作比，認爲可「爭勝於毫釐間」。

他也使用五古抒發建功立業的心志，〈洗然弟竹亭〉、〈田園作〉、〈書懷貽京邑故人〉、〈晚春臥疾寄張八子容〉、〈題長安王人壁〉、〈仲夏歸南園寄京邑舊遊〉等作，都頗有建安風力。如〈洗然弟竹亭〉全詩通過竹亭敘志：以「但懷鴻鵠志，共有鶺鴒心」寫情誼志向，還以「逸氣假毫翰，清風在竹林。達是酒中趣，琴上偶然音」，將他們竹林雅集、賦詩飲酒彈琴的豪情逸氣，與竹林七賢的清操、陶淵明的雅韻做一結合。

〔註 4〕《詩經》中的四言詩兩句一意，如「關關雎鳩，在河之洲」(〈關雎〉)。而漢魏五言詩多一句一意，在容涵上，五言勝於四言。後人續作四言，常凝縮爲一句一意。如曹操〈短歌行〉：「對酒當歌，人生幾何？譬如朝露，去日苦多。慨當以慷，憂思難忘。何以解憂？唯有杜康。」以四言在一句之中要表達完整的意思較爲費力，不如五言自然，這是在詩體發展中，五言取代四言而風行的原因。

他的〈大堤行寄萬七〉是借樂府古題寫懷人：

大堤行樂處，車馬相馳突。歲歲春草生，踏青二三月。

王孫挾珠彈，游女矜羅襪。攜手今莫同，江花為誰發。

「大堤行」是從樂府〈襄陽樂〉而來，《古今樂錄》提到：「〈襄陽樂〉者，宋隨王誕之所作也。誕始爲襄陽郡，元嘉二十六年仍爲雍州刺史，夜聞諸女歌謠因而作之，所以歌和中有『襄陽來夜樂』之語也。……又有〈大堤曲〉，亦出於此。」〔註 5〕此詩擬作，題末有「寄萬七」，是取本地風謠而寄懷人之意。前六句寫芳春行樂之盛，搖蕩心目的盎然春意與遊客乘春冶遊的情貌，都充滿蓬勃的生意。結句溫婉而見情意，良辰美景若無好友攜手同遊，雖江花如錦，亦形同虛設，故有「攜手今莫同，江花爲誰發」的遺憾。全詩流麗自然，充滿盛唐襄陽的生活氣息。

胡應麟《詩藪》說：「孟五古不甚拘偶者，自是六朝短古，加以聲律，便覺神韻超然，此其佔便宜處，英雄欺人，要領未易勘也。」孟浩然五古，以樸實的語言寫出深遠的意境，韻味實是深長。

（二）七言古詩〔註 6〕

方東樹《昭昧詹言》：「詩莫難於七古，七古以才氣爲主，縱橫變化，雄奇渾灝，皆由天授，不可強能。杜公太白，天地元氣，直與《史記》相捋，二千年來只此二人。其次則須解古文者而後爲主。觀韓、

〔註 5〕參見郭茂倩《樂府詩集》（北京：中華書局，1996 年）卷四十八，頁 703。

〔註 6〕今日通稱的七言古詩，是合唐人「歌行」、「樂府」兩類。唐人將不用樂府題的七言（或雜言）古詩，稱爲「歌行」，而用樂府題寫的詩歌，稱爲「樂府古題」。《文苑英華》分「樂府」、「歌行」兩類，即反映唐人的看法。而孟浩然的〈夜歸鹿門山歌〉，於唐時，是爲七言歌行。「歌行」一詞（或單稱「歌」、「行」），是源於漢樂府，是漢樂府常用的題目，與一般七古最明顯的區別，是具有豐富的民間色彩，屬於樂府。而唐人以自立新題的七古稱爲「歌行」，是借用舊稱，賦予新義。有關七言歌行的討論，有葛曉音〈初盛唐七言歌行的發展〉，收入《文學遺產》第 5 期（1997 年）。王錫九《唐代的七言古詩》（江蘇：江蘇教育出版社，1991 年）。

歐、蘇三家章法剪裁，純以古文之法行之，所以獨步千古。」正道出七古體裁的特色。但孟浩然的七古不同於此，或寫閑居生活，或抒別情，有〈夜歸鹿門山歌〉、〈鸚鵡洲送王九之江左〉、〈送王七尉松滋得陽臺雲〉、〈高陽池送朱二〉、〈和盧明府送鄭十三還京兼寄之什〉、〈長樂宮〉六首。雖然篇什不多，但都寫景如畫，清新流麗，述情親切，語淡味濃。

孟浩然的七言古詩雖然只有六首，個人認爲對七言歌行的發展卻有重要的意義。從題面上來看，孟浩然直接以「歌行」命名的只有〈夜歸鹿門山歌〉，但是除了〈和盧明府送鄭十三還京兼寄之什〉較具七古即興、直白特色，其他的詩作都雖未以「歌行」命名，但帶有歌行反覆吟詠的情韻，如〈鸚鵡洲送王九之江左〉：

> 昔登江上黃鶴樓，遙愛江中鸚鵡洲。洲勢逶迤遶碧流，鴛鴦鸂鶒滿灘頭。灘頭日落沙磧長，金沙熠熠動飆光。舟人牽錦纜，浣女結羅裳。月明全見蘆花白，風起遙聞杜若香。君行采采莫相忘。

這首七古贈別詩，極力描繪鸚鵡洲從白天到黃昏、夜晚的勝景，濃筆重彩，聲光滿紙，色調溫暖，情感飽滿。詩人對王九的離別之情，都寄寓在鸚鵡洲的勝景之中。結句以單行煞住，以表不盡的情感。層意的複沓，五、七言句錯落，駢散句交替，頂眞句的運用，最後單行結句，都使詩的聲情流暢。

又如〈高陽池送朱二〉，是結合登臨懷古的送別詩，詩中運用今昔對比的手法，先追憶高陽池的繁華：「當昔襄陽雄盛時，山公常醉習家池。……」再寫今日荒涼的景象：「一朝物變人亦非，四面荒涼人住稀。意氣豪華何處在？空餘草露濕羅衣」，繼而引入送別的主題，並表達歸隱的心願。「山公常醉昔家池，池邊釣女自相隨」利用頂眞，以及「澄波澹澹」、「綠岸毿毿」使用疊字造成韻律的美感。〈送王七尉松滋得陽臺雲〉是送別宴中的分題之作。「陽雲臺」典出宋玉〈高唐賦〉：「妾在巫山之陽，高丘之阻，旦爲行雲，暮爲行雨，朝朝暮暮，陽臺之下。」詩以「君不見巫山神女作行雲」十字長句開篇，敘寫襄王夢魂迷離中的巫山神女，結語化用梅福任南昌尉的典故，畏其「行雲不歸」，與送別作一巧妙結合。清人詩話中吳師曾《文體明辨序說》提到：「然樂府歌行，貴抑揚頓挫。古詩則優柔和平，循守法度，其體自不同也。學者熟復而涵詠之，庶乎其有得矣。」孟浩然這些具有歌行聲情、並結合懷古、寫景來送別的七言古詩，從歌行的發展角度來看，無疑是對岑參產生某種影響。岑參的歌行都用來送別，他的〈白雪歌送武判官歸京〉、〈熱海行送崔侍御還京〉、〈輪臺歌奉送封大夫出師西征〉都是結合詠物、寫景，或詠人作為情感發展的主線。

孟浩然的七古雖然沒有波瀾壯闊、開闔動蕩氣勢，沒有瑰奇磊落、慷慨激揚的情思，但其幽閑古澹、一味自然則是其七古短章最大的特色。孟浩然這些具有歌行聲情的七言古詩，結合寫景、懷古，使人如同置身於秀美淡雅的環境中，而得江山洲渚、幽泉曲澗、煙雲草木、清風明月的自然韻致。

二、近體詩

（一）五言絕句

絕句，源於漢魏南北朝樂府。〔註7〕唐人絕句，格律有古體絕句與近體絕句之分，前者平仄不拘，等於短篇古風，後者格律與律詩相同。一般來說，五絕近於樂府中的小詩，七絕近於歌行。五絕既發源於小詩，故取其天然，二十字如彈丸脫手乃妙。七絕自歌行來，故就一氣中駘宕靈通，只眼前景、口頭語，而有弦外音、味外味。〔註8〕

〔註7〕〔清〕徐師曾《文體明辨》說：「五言絕句始自漢魏樂府……唐人始穩順聲勢，定為絕句。」徐陵《玉臺新詠》錄漢代「藁砧今何在」等古絕四首，黃盛雄《唐人絕句研究》（台北：文史哲出版社，1979）以此為五絕始祖。

〔註8〕參見呂興昌〈奔騰與內斂——盛唐詩歌〉，收入蔡英俊編《意象的流變》（台北：聯經出版社，1982年），頁155～201。

五言絕句體制短小，尤宜表現刹那的感覺和意念、片斷的生活內容和自然景物；在情意上尚眞切，在風格上尚安恬〔註9〕，並以意境的深化爲工，講求含蓄深遠的藝術風貌。孟浩然五絕有十九首，主要的題材是山水田園和送別酬贈。詩精雅而含蓄蘊藉，體物言情十分工妙，淡然出之意境渾成，在尋常語言中寄寓深遠幽渺的情感。如〈問舟子〉：

向夕問舟子，前程復幾許？灣頭正好泊，淮裡足風波。

此詩寫於漫遊吳越之時，以問答體寫行旅的心情，尋常語卻耐人尋味。詩人「前程復幾許」的一問，表達了期盼抵達目的急切之情，而舟子「灣頭正好泊，淮裡足風波」的一答，除了表明浪高風大，只好灣頭停泊，又興寄了仕途坎坷，日暮窮途之感。又如〈登峴山亭寄晉陵張少府〉：

峴首風湍急，雲帆若鳥飛。憑軒試一問：張翰欲來歸？

詩寫秋登峴山引起思友之情。詩由峴山風高、漢水湍急起興，不但作爲雲帆倏忽如飛鳥的張本，也引出由吳入西晉的張翰因秋風思念家鄉的鱸魚、菰菜，而辭官歸里的典故。〔註10〕以張翰比張子容，寓辭官歸田的勸諷和深切思念。

詩人以五言小詩寫田園生活頗富意趣，如〈尋菊花潭主人不遇〉：

行至菊花潭，村西日已斜。主人登高去，雞犬空在家。

據陳元靚〈歲時雜記〉引《續齊諧記》說：「汝南桓景隨費長房遊學累年。長房因謂景曰：『九月九日汝家當有災厄，宜急去，令家人各作絳囊，盛茱萸以繫臂，登高飲菊酒，禍乃可消。』景如其言，舉家登山。夕還，見雞犬牛羊一時暴死。長房聞之曰：『此可以代之矣。』」〔註11〕九月九日登高賞菊等風俗由此而來。此詩擷取尋訪菊花潭主人

〔註9〕劉熙載《藝概．詩概》：「五言尚安恬，七言尚揮霍。」胡應麟《詩藪．內編》卷六：「五言絕尚眞切，質多勝文；七言絕尚高華，文多勝質。」

〔註10〕見〔唐〕房玄齡《晉書．文苑傳》卷九十二，頁2384。

〔註11〕見〔元〕陳元靚《事林廣記》（北京：中華書局，1999年）卷二，頁57。

撲空情節，化用典故入景，點出重陽節令，也將尋訪不遇的淡然愁悵寓寄於中，風雅有趣。詩中依尋常語入詩，疏放而不俗。又如〈戲贈主人〉：

客醉眠未起，主人呼解酲。已言雞黍熟，復道甕頭清。

取尋常語入詩，疏放而不俗。他的〈春曉〉膾炙人口，傳誦古今：

春眠不覺曉，處處聞啼鳥。夜來風雨聲，花落知多少。

劉辰翁說：「風流閑美，正在不多」，李攀龍云：「首句破題，次句即景，下聯有惜春意。昔人謂詩如參禪，如此等語，非妙悟者不能道。」〔註 12〕衡塘退士孫洙提及其選《唐詩三百首》的標準說：「專就唐詩中膾炙人口之作，擇其尤要者。」〔註 13〕可見在孫洙選詩之前，此詩早已風靡，流傳普遍。

孟浩然的五言絕句，經過情思整體的錘鍊，實景實情宛然如現，語言自然而富餘味。楊載《詩法家數》中說：「絕句之法，要婉轉迴環，刪蕪就簡，句絕而意不絕。」〔註 14〕這正是浩然五絕的表現特色。

（二）七言絕句

施補華《峴傭說詩・一九二條》：「五絕、七絕作法略同，而七絕言情出韻較五絕易，蓋每句多兩字，故轉折不迫促也。」〔註 15〕在體裁雖然七絕同五絕都很短小，但是多兩言，在容量上彈性限度大，能適應更爲廣泛的題材。浩然七絕不多，只有六題七首（其中〈涼州詞〉二首），題材上寫行旅、送別，大致與五絕無異。不過，〈涼州詞〉二首以七言寫邊塞生活和景象，符合邊塞詩以七言爲上的體裁表現，在其總體的題材中，是較爲特出。

一般而言，七絕結構不外乎對起散結（截律詩後半）、散起對

〔註 12〕劉評、李評見蕭繼宗《孟浩然詩說》，頁 260。

〔註 13〕參見〔清〕衡塘退士編《唐詩三百首集釋》（台北：藝文印書館，1990 年）〈題解〉，頁 5。

〔註 14〕〔元〕楊載《詩法家數》，收入〔清〕何文煥編《歷代詩話》，頁 732。

〔註 15〕〔清〕施補華《峴傭說詩》，收入丁福保《清詩話》（台北：木鐸出版社，1988 年），頁 996。

結（截律詩前半）、對起對結（截律詩中間二聯），以及散起散結（截律首尾二聯）四式。〔註16〕孟浩然的七絕有八首，都用散起散結的體式，全篇散行句式，如行雲流水，渾融沖淡，風格與五絕相近；並善於寓情於景，借景抒情，把深切凝鍊的感情寄託在景物的描寫中，故而「造境飄逸，初似常語」而「其神甚遠」。〔註17〕如〈過融上人蘭若〉：〔註18〕

山頭禪室挂僧衣，窗外無人溪鳥飛。黃昏半在下山路，
卻聽泉聲戀翠微。

訪人而來，融上人不知所在，但見禪衣高掛，水鳥款飛，更顯山寺的空寂。相訪不遇，不直道出惆悵，寓情於山景中。詩人著一「戀」字，使傳響於青山的泉水充滿情意，也寓託他依戀不捨和不可名狀的惆悵，眞是「含不盡之意，見於言外」。

又如〈渡浙江問舟中人〉：

潮落江平未有風，扁舟共濟與君同。時時引領望天末，
何處青山是越中？

〈送杜晃進士之東吳〉：

荊吳相接水爲鄉，君去春江正渺茫。日暮征帆何處泊？
天涯一望斷人腸。

〔註16〕關於絕句的起源，另有「絕截律半」之說，〔元〕范德機《詩格》首倡其說，〔清〕王堯衢《古唐詩合解》闡其說，〔清〕施補華《峴傭說詩》加以申述說：「五言絕句，截五言律詩之半也。有截前四句者，如『移舟泊煙渚，日暮客愁新。野曠天低樹，江清月近人。』是也。有截後四句者，如『功蓋三分國，名成八陣圖。江流石不轉，遺恨失吞吳。』是也。有截中四句者，如『白日依山盡，黃河入海流。欲窮千里目，更上一層樓。』是也。有截前後四句，如『山中相送罷，日暮掩柴扉。春草明年綠，王孫歸不歸。』是也。七絕亦然。」黃盛雄於《唐人絕句研究》「絕截律半辨誤」中，辨駁此說之誤。在此無意強調此說，只是借律詩的體式，來說明絕句的句式。

〔註17〕陳延杰〈論唐人七絕〉，《東方雜誌》，22卷11期（1925年）。

〔註18〕此詩亦見於綦毋潛集中，但景空寺爲浩然常遊之所，浩然集中有〈遊景空寺蘭若〉、〈題融上人蘭若〉詩，故應爲浩然所作，誤入綦毋潛集中。

接近口語的語彙和散行的句法樸實敘寫，呈顯風神散朗的詩人形象，頗富神韻，可謂寄至味於淡泊。沈德潛說：「七言絕句，以語近情遙，含吐不露爲貴；只眼前景，口頭語，而有絃外音，使人神遠。」(《唐詩別裁》卷二十評李白)〔註19〕這也孟浩然七絕所達到的藝術境界。

（三）五言律詩

五律在初唐已有少量完篇，如王績〈野望〉，經四傑大量創作，奠定良好基礎；到杜審言、沈佺期、宋之問，完成體裁的規範，形成凝鍊、工整的體式風格。聞一多在〈四傑〉一文中說：「五律到王、楊的時代從臺閣移至江山與寒漠。」〔註20〕從初唐到盛唐，也是五律題材擴展、情感內蘊深化的整個過程。盛唐時以五律體裁創作詩歌蔚爲風尚。據《全唐詩》所錄，盛唐重要詩家的五律數量，孟浩然、李白、王維，分別爲 134 首、112 首、114 首，是杜甫之外著力於五律的詩家。〔註21〕從比例來看，孟浩然五律幾乎佔全部作品的二分之一，是盛唐詩壇第一位大量創作五律的詩人。

明代高棅《唐詩品彙》中評定孟浩然爲「五律正宗」〔註22〕，認爲他是五言律體進入成熟期的典範性詩人。孟浩然的五律典範性的意義表現在三方面：〔註23〕

〔註19〕參見〔清〕沈德潛《唐詩別裁》，頁653。

〔註20〕聞一多〈四傑〉，收入《唐詩雜論》(上海：上海古籍出版社，1998)，頁20～26。

〔註21〕盛唐五律以王維、孟浩然、李白和杜甫四家爲上。孫琴安認爲：「王維五律之淡泊高遠，孟浩然五律之清新飄逸，李白五律之一氣揮灑，杜甫五律之千滙萬狀，都達到令人讚嘆、難以企及的高度。」參見《唐五律詩精品》(上海：上海社會科學院出版社，1995年)，頁3。

〔註22〕〔明〕高棅《唐詩品學彙·敘目》言：「盛唐律句之妙者，李翰林氣象雄逸，孟襄陽興致清逸，王右丞詞意雅秀，參嘉州造浯新峻，高常侍骨格渾厚，皆開元天寶以來名家，今俱列正宗。」(《文淵閣四庫全書》，台北：台灣商務印書館，1983)，頁27。

〔註23〕參見蔡玲婉〈論孟浩然在五律發展中的地位〉(山東煙台大學人文學

一、藉著五律的體式，來抒發種種境遇和感受，題材亦廣，包括登覽、抒懷、寄贈、送別、行旅、田家、閨情等。他的田園詩，如〈過故人莊〉、〈田家元日〉、〈東陂遇雨率爾貽謝南池〉等，生動傳神的表現田園生活的恬靜與自足。他的山水詩，如〈萬山潭〉、〈武陵泛舟〉、〈遊鳳林寺西嶺〉等，清新俊逸的描繪出自然景物的神態，以及詩人的登山臨水的興味。這些五律山水田園詩，宕機神遠，語意天成，自然入妙，眞所謂「不求工而自工」，而呈現出清淡閒遠的境界。他的五律交往之作以送別詩最多，送人赴舉，如〈送張子容進士舉〉；送人從軍，如〈送告八從軍〉；留別詩，如〈留王維別〉、〈廣陵別薛八〉。其他類型，如〈尋滕逸故居〉爲傷弔之作，〈宴榮二池亭〉爲宴飲之作等。他的交往詩所呈現的意義是五律從宮廷應酬，普及化成爲人際交往的重要媒介。

二、興象生動，自然開闊。「興象」是結合內心感發、表達興會的形象。前面第四章已提到孟浩然在創作觀上強調「興」——感興、興會，經由觀物有感、觸景生情，產生詩情和靈感。他的創作方式是遇景入詠、乘興而成。因此，在他的五律中，這些表達興會的形象是情景高度結合，並且開闊生動。以他的〈永嘉上浦館逢張八子容〉爲例：

逆旅相逢處，江村日暮時。眾山遙對酒，孤嶼共題詩。

廨宇鄰蛟室，人煙接島夷。鄉園萬餘里，失路一相悲。

張子容貶爲樂城尉，浩然因科舉的失利、干謁無成而漫遊吳越，兩人相逢於永嘉上浦館。江村、日暮、眾山、孤嶼、蛟室、島夷，一派荒涼的景象襯托出心緒的蒼涼，並點染出子容處境的蕭瑟。好友相聚，同是天涯淪落人，對於仕途失意，家在迢迢萬里之外，感慨萬千，悲情迤邐。由景起筆，景中含情，以情作結，情中有景，情景渾然無間。殷璠於《河嶽英靈集》中評說：「至如『眾山遙對酒，孤嶼共題詩』，無論興象，兼復故實。」〔註 24〕孤嶼是謝靈運遊蹤所及之處，永初三

院「第五屆語體與風格學術研討會」論文）（2009.8），頁 1～18。

〔註 24〕參見〔唐〕殷璠《河嶽英靈集》卷下，收入李珍華、傅璇琮《河嶽

年秋他到溫州，翌年景平元年（423）夏，登覽而作〈登江中孤嶼〉，有「亂流趨正絕，孤嶼媚中川。雲日相輝映，空水共澄鮮。」以細緻的筆觸寫孤嶼在雲日交輝、天水澄清的明麗。「眾山遙對酒，孤嶼共題詩」化用謝詩典故，但又是眞切的即景興情，構思新穎，因此殷璠才會讚美他「興象」、「故實」融化無跡。全詩用語俊美、興象超邁，呈現出蒼勁的氣勢，情感十分眞切。在煙水空茫之中，也形成清曠的意境。黃培芳也評道：「氣魄自大，此孟之似杜者。」（引自《孟浩然詩說》頁156）肯定孟浩然詩開闊的氣魄。全詩在俊美的用語、超邁的興象中，呈現出蒼勁的氣勢，情感十分眞切。許學夷《詩源辨體》說：

> 胡元端云：「孟詩淡而不幽，閑而匪遠，可取者一味自然。」愚按：「唐人律詩以興象爲主，風神爲宗，浩然五言律興象玲瓏，風神超邁，即元瑞所謂大本先立，乃盛唐最上乘，不得偏於閑淡幽遠求之也。」（卷十六）〔註25〕

認爲胡應麟以閑淡幽遠來談孟浩然詩的特色是不夠全面的，在唐人講興象、談風神的藝術特質中，孟浩然的五律「興象玲瓏，風神超邁」最具典範意義，除了傳達興會的藝術形象情景結合、生動鮮明，也傳達了他特有的風采，具有極高藝術價值。

三、借鑑古體，運古於律。中國古詩的句法是承轉通順近於散文，直到聲律的興起，爲求精美而趨於濃縮與工整。到了初唐，隨律體的確立，句法更趨工整緊縮，如「露重飛難進，風多響易沈」（駱賓王〈在獄詠蟬〉）、「雲霞出海曙，梅柳渡江春」（杜審言〈早春望遊〉）。面對這工整凝鍊的形式，孟浩然直取興會的創作方式，以及他任眞自然的天性，促使他借鑑古體，尤其表現在句法的平順與律對鬆綁上，並且造成他五律平緩舒散的特色。

他在五律中使用古詩句法，平易淺白而出之，使詩語通順流貫。

英靈集研究》，頁205。

〔註25〕〔明〕許學夷《詩源辨體》，收入吳文治主編《明詩話全編》（南京：江蘇古籍出版社，1997），頁1659。

如〈過故人莊〉：

故人具雞黍，邀我至田家。綠樹村邊合，青山郭外斜。

開軒面場圃，把酒話桑麻。待到重陽日，還來就菊花。

以簡淡的語言將拜訪故人過程中的事、景、人和物，按照時間順序明白道出，如話家常，淺淡中餘味不盡。詩中不但呈現清新而恬淡秀美的農村風光、單純樸素的農家生活、真摯親切的人情味，詩人淡遠的心境也寓寄其中。中間兩聯的對偶是以古詩句法，使律對自由活潑，而形成平緩疏放的體式風貌，不同於初唐五律工整凝鍊。《唐詩成法》評道：「以古為律，得閑適之意，使靖節為近體，想亦不過如此。」〔註26〕古詩式平暢自然的語言與沖淡樸實的情趣相合，產生閑適淡遠詩風。

他的五律甚至於打破律對的拘限，只合平仄、聲韻的工穩，並不拘拘於對偶，直取興會而成。頷聯不對，如〈洞庭湖寄閻九〉：

洞庭秋正闊，余欲泛歸船。莫辨荊吳地，唯餘水共天。

渺彌江樹沒，合沓海潮連。遲爾為舟楫，相將濟巨川。

頸聯不對，如〈都下送席大之鄂〉：

南國辛居士，言歸舊竹林。未逢調鼎用，徒有濟川心。

余亦忘機者，田園在漢陰。因君故鄉去，遙寄式微吟。

中二聯全不對，如〈洛下送奚三還揚州〉：

水國無邊際，舟行共使風。羨君從此去，朝夕見鄉中。

余亦離家久，南歸恨不同。音書若有問，江上會相逢。

又如〈舟中曉望〉：

挂席東南望，青山水國遙。舳艫爭利涉，來往接風潮。

問我今何適？天台訪石橋。坐看霞色曉，疑是赤城標。

對於這種不拘於對偶的創作特色，許學夷道：「浩然五言律，如『少小學書劍』、『挂席東南望』等篇，首尾不對，然皆神會興到，一掃而成，非有意創別也。」（《詩源辨體》）強調是由於詩人神會興到，不

〔註26〕轉引自陳伯海《唐詩彙評》（浙江：浙江教育出版社，1995）孟浩然匯評，頁539。

拘於律對。楊愼也說：「五言律八句不對，太白、浩然集有之，乃是平仄穩貼古詩也。」(《升庵詩話》卷二)〔註 27〕這種律詩，一氣如注，富古詩風貌。

至於〈與諸子登峴山〉，把頷聯的對仗用在首聯：

人事有代謝，往來成古今。江山留勝跡，我輩復登臨。

水落魚梁淺，天寒夢澤深。羊公碑尚在，讀罷淚沾襟。

這種作法，宋人稱爲「移柱」。

孟浩然以古爲律的特質，成爲盛唐詩人對初唐五律的一種變革，其中影響最深的是李白。清季王溥等人選輯的《聞鶴軒初盛唐近體讀本》，於孟浩然的〈舟中曉望〉一詩下引徐中崖語說「前四一氣自爽，後半複成別調，純作散行，已開供奉（李白）津梁。」〔註 28〕都指出了孟浩然以古入律的作法對李白五律的影響。施補華《峴傭說詩》:「五言律有中二語不對者，如『倚杖柴門外，臨風聽暮蟬』是也，有全首不對者，如『挂席幾千里』、『牛渚西江月』是也，須一氣揮灑，妙極自然。初學人當講究對仗，不能臻此化境。」〔註 29〕孟浩然、李白確有對偶不工，卻自然渾成之作。而這種「化境」，是盛唐人有意去除格律規範所產生的現象，更是創作者興會神到能入於格律，並出於格律繩縛之外。這些形式的五言律詩，在孟浩然、李白以及同時代的詩人的詩中，常可見到；而在中唐以後，除非刻意模仿，十分少見。

律詩講對仗，浩然詩中不少屬對精工，而又渾成自然的對句。如「廚人具雞黍，稚子摘楊梅」(〈裴司戶員司士見尋〉)一聯，沈括《夢溪筆談》卷十五云:「又如『廚人具雞黍，稚子摘楊梅』，……以雞對楊，……如此之類，皆爲假對。」〔註 30〕運用假對，以楊（羊）對雞，

〔註 27〕參見〔明〕楊愼《升庵詩話》，收入丁福保輯《歷代詩話續編》，頁 661。

〔註 28〕轉引自陳伯海主編《唐詩彙評》頁，541。

〔註 29〕參見〔清〕施補華《峴傭說詩‧》，收入丁福保編《清詩話》，頁 974。

〔註 30〕參見〔宋〕沈括《夢溪筆談》(台北：台灣商務印書館，1970 年)，

富有創意，爲後人稱賞。

總體而言，浩然五律情感深厚、工整清麗、省淨自然、閒淡而有味。毛先舒《詩辯坻》評道：

> 襄陽五言律體無他長，只清蒼醞藉，遂自名家，佳什亦多。〔註 31〕

盧㽦、王溥《聞鶴軒初盛唐近體讀本》評道：

> 孟公五律，筆潔氣逸，爲品最高；較之儲生，尤爲神足。故能指作自如，不窘邊幅。自是一代家數，未易軒輊也。（引自《唐詩彙評》頁 517）

在在都說明浩然實是五律的大家。

（四）七言律詩

七律興起晚於五律，沈佺期、宋之問、杜審言、李嶠始有成篇，至王維、李頎、岑參、賈至等人刻意錘煉，才使它在體製上較爲純熟，崔顥、李白仍有駢散交雜、半古半律之作。直到杜甫在內容的拓展與手法的錘鍊，才使七律藝術達成高峰。〔註 32〕

孟浩然擅長五言，七言作品甚少，律詩亦不例外，集中七律只有〈登安陽城樓〉、〈歲除夜有懷〉、〈登萬歲樓〉、〈春情〉四首。〈登安陽城樓〉云：

> 縣城南面漢江流，江嶂開成南雍州。才子乘春來騁望，群公暇日坐銷憂。樓臺晚映青山郭，羅綺晴嬌綠水洲。向夕波搖明月動，更疑神女弄珠遊。

以七律寫閒適之情。〈登萬歲樓〉稍具規模：

頁 101。〔宋〕計有功《唐詩記事》卷十八：「〈寄韋有夏郎中詩〉云：『省郎憂病士，書信有柴胡。飲子頻通汗，懷君想報珠』，飲子對懷君，或云沈佺期齒錄對牙緋，孟浩然雞黍對楊梅之類也。」參見王仲鏞《唐詩紀事校箋》（成都：巴蜀書社，1989 年），頁 469。

〔註 31〕參見〔明〕毛先舒《詩辯坻》，收入郭紹虞《清詩話續編》，頁 520。

〔註 32〕有關七律的發展與杜甫七律的成就，參見葉嘉瑩〈論杜甫七律之演進及承先啓後之成就——秋興八首集説代序〉，收入《迦陵談詩》（台北：三民書局，1983 年），頁 56～128。

萬歲樓頭望故鄉，獨令鄉思更茫茫。天寒雁度堪垂淚，
日落猿啼欲斷腸。曲引古隄臨凍浦，斜分遠岸近枯楊。
今朝偶見同袍友，卻喜家書寄八行。

以登萬歲樓所見的景物抒發羈旅的鄉愁。開篇點題，「登高可以遠望，遠望可以當歸」，久滯異鄉，本欲以登高望鄉而抒懷解憂，望而不見，反使鄉愁更加幽幽茫茫。中間二聯借遠望的景物抒發鄉愁，仰視長空，以鴻雁南飛暗寓有家歸未得，以嶺猿夜啼烘托心境的悲涼；平視歸路，以古堤、凍浦、遠岸、枯楊，滿目蕭條之景寓愁情，再襯上天寒淒冷，日落昏暝，遊子飄零的形象歷歷。結聯轉憂爲喜，以偶遇故人，更得家書而解鄉愁。感情深摯而跌宕有致，章法錯落又渾然一體。〈除夜有懷〉有時序推移的感慨、佳節思親的寂寞。「漸看春逼芙蓉枕，頓覺寒消竹葉杯」一聯，毛奇齡評道「此寫除夜最親切語。」（引自《孟浩然詩說》，頁 256）結尾經由「守歲家家應未臥，想思那得夢魂來」使愁苦更加一層。

七律難作，更甚於七古，七古可以憑藉才氣，短長高下、馳驟疾徐，可隨意起迄。但是七律起結轉折，收束於八句之中，以短篇而須具有縱橫開闔之勢，章法十分井嚴。王世貞說浩然詩：「造思極苦，既成乃得超然之致。……第其句不能出五字外，篇不能出四十字外，此其所短也。」（《藝苑卮言》卷四）〔註 33〕如以詩作數目觀之，浩然七律之作少，這與個人才性和學養，不無關係。但其要因正是七言律詩的成熟較晚，而他在長安時間較短所致。高棅《唐詩品彙》中，評孟浩然爲「七律正宗」，雖加譽過甚，卻也從體裁發展的角度上肯挈的道出其七律的成就。

（五）五言排律

五言排律是唐代新興的詩體，誠如高棅所說：「唐興，始專此體，與古詩差別。」（《唐詩品彙・五言排律敘目》）〔註 34〕五言排律是由八

〔註 33〕參見王世貞《藝苑卮言》，收入丁福保《歷代詩話續編》，頁 1006。
〔註 34〕高棅《唐詩品彙》立五言排律的部目，才命名爲「排律」。對於排

言的律詩發展而來，其四句一黏，對偶與平仄之法與律詩相同，除首尾兩聯不求對仗，中間諸聯，皆求相對。唐初應制、贈送多用此體，科舉以詩賦取士，也以五言排律作爲試詩的格律。因爲律詩四韻八句，稍加研精覃思，即可作成，排律則不然。排律要求氣局嚴整，屬對工切，段落分明，又能排奡縱橫，動盪變化，開合相生，節奏相和，而不露鋪敘之痕，轉折過接之跡。排律的體式，正可以試鍊詩家的才學、才力，摛掞其宏富的才藻，發揮其鋪敘鎔裁的技巧，因此章士釗說：「凡詩人不能爲五言排律，即不成家數。」（《柳文探微‧通要之部》卷十三）可見排律之難工。〔註35〕

浩然集中五言排律有三十八首，從韻數形式上可分爲六韻（25首）、八韻（9首）、十韻（4首）三種。唐代試帖以五排，主要是六韻和八韻，他的寫作也偏於這兩類，可見孟浩然在排律寫作上與當時試帖的風尚有極大的關聯。他的五排內容多爲與各層官吏飲宴遊賞、唱和酬贈，以及參佛禮寺、山水行旅的描寫。〈贈蕭少府〉、〈送王昌齡之嶺南〉〈秦中苦雨思歸贈袁左丞賀侍郎〉、〈下灨石〉、〈夜泊宣城界〉、〈行出竹東山望漢川〉等都是其中佳作。他的〈行出東山望漢川〉〔註36〕：

異縣非吾土，連山盡綠篁。平田出郭少，盤坂入雲長。
萬壑歸於漢，千峰劃彼蒼。猿聲亂楚峽，人語帶巴鄉。
石上攢椒樹，藤間綴蜜房。雪餘春未煖，嵐解晝初陽。

律的來源，他認爲「排律之作，其源自顏、謝諸人古詩之變，首尾排句聯對精密，梁陳以還，儷句尤切。」見《唐詩品彙》，頁31～32。

〔註35〕排律之工歷來首推杜甫，章士釗《柳文探微》說：「凡詩人不能爲五言排律，即不成家數。姚姬傳最服老杜五排，以其對仗工，使典切，而又氣勢縱橫，惟意之所之，無不恰到好處也。」（台北：華正書局，1980年），頁1875。〔清〕王夫之《唐詩評選》卷四「五言排律」中，更爲推崇：「（排律）及杜少陵出，瑰奇鴻麗，視難爲易，履險如夷，一變故常之態，是實千古一人，前無古人，後無來者也。」見王學太點校《唐詩評選》（北京：文化藝術出版社，1997年）。

〔註36〕詩題一作〈行至漢川作〉。

征馬疲登頓，歸帆愛渺茫。坐欣沿溜下，信宿見維桑。

孟浩然的五古〈入峽寄弟〉，描寫行經三峽入蜀時行旅艱險和思鄉憶弟之情，詩中「壁立千峰峻，潨流萬壑奔。我來凡幾宿，無夕不聞猿。」對三峽險境作高度的概括。而這首詩則寫巴楚之間的山水風俗。全詩使用白描的手法，將出蜀入楚之處的崇山峻嶺、茂林脩竹、千峰入雲、萬壑競流的景色，以及楚峽猿啼、花椒叢聚、巴地口音等風物，都作了細緻的觀賞，全詩宛如一幅生動的風土畫。全詩平仄粘對皆合，由於直接由景物發興，語言自然曉暢。

孟集中與張九齡有關的詩作有七首，其中以五言排律寫成的就有五首。九齡曾爲丞相，浩然和其遊賞以五言排律寫詩，一者欲表露其才學和才藻，一者顯現他對九齡的敬重，正因爲五言排律的形式，可以鋪排，也可以造成典重的氣勢。

孟浩然的排律，在體製上雖然沒有長篇洋洋灑灑，一瀉千里，不過遣辭構局，工巧細緻，亦可見其恭慎不苟。其〈登龍興寺閣〉：

閣道乘空出，披軒遠目開。逶迤見江勢，客至屢緣回。
茲郡何塡委，遙山復幾哉。蒼蒼皆草木，處處盡樓臺。
驟雨一陽散，行舟四海來。鳥歸餘興遠，周覽更徘徊。

寫登高望遠之景，從大處遠處落筆，將襄陽山水形勝、秀麗風光，以及舟行往來的生活氣息描摹而生，而詩人周覽徘徊的審美之情亦充沛盎然。〈陪張丞相自松滋江東泊渚宮〉是此中的佳作：

放溜下松滋，登舟命楫師。寧忘經濟日，不憚沍寒時。
岸幘豈獨古，濯纓良在茲。政成人自理，機息鳥無疑。
雲物凝孤嶼，江天辨四維。晚來風稍緊，冬至日行遲。
獵響驚雲夢，漁歌激楚辭。渚宮何處是，川暝欲安之。

此詩爲紀行之作。張九齡於開元二十五年貶爲荊州長吏，召浩然於幕中。他慨嘆九齡爲李林甫所讒而罷相位，並感念九齡能賞其才，招爲從事，廢上下之禮。渚宮爲楚襄王的離宮，宋玉的故宅，全詩在紀遊中興感。一、二句寫出行，三、四句寫九齡雖遭貶謫，但經世濟民之志未嘗自忘。「不憚沍寒」辭意雙關，既實指天氣嚴寒，亦言九齡有「歲寒，然後知松柏之後凋」的高節，不畏處境艱辛，心懸廟堂國事。「岸幘豈獨古」用事〔註37〕，以桓溫擬九齡，以謝奕自況，兩人稍廢上下之禮，岸幘笑詠，媲美古人。他稱讚九齡的美政，並以「機息鳥無疑」，暗指李林甫、牛仙客狡詐包心。「獵響驚雲夢，漁歌激楚辭」，就眼前景而寄寓感慨，賢明如九齡以直見黜，因讒言而罷相，而楚歌聲中，屈原忠而見黜，懷才不遇之慨油然而興。晚來風緊，冬至日遲，和「不憚沍寒時」照應，點明時序，而暮年蕭瑟之感漾然。因此結尾二句，向夜而渚宮未至，也意味浩然侘傺彷徨，理想壯志未成，生命價值不知何所寓托。此詩整密緊嚴，屬對精工，氣勢雄渾磅礡。劉辰翁評說：「工處渾然不似深思者。」又說：「都有雅致，非思索可及。」〔註38〕全篇以比興手法，味在象外，是一首特出的五言排律。

施閏章《蠖齋詩話》說：「襄陽五言律、絕句，清空自在，淡然有餘；衍作五言排律，轉覺易盡，大遜右丞。蓋長篇中須警策語耐看，不得專以氣體取勝也。」〔註39〕浩然五言排律的確有衍作排律而覺易盡的篇什，如〈峴山送朱大去非遊巴東〉，蕭繼宗《孟浩然詩說》評：「此詩誠無不眷戀之情，然行文終覺辭費。詩材止足八句，衍爲排律，便傷於浮，如去『沙岸』四句，豈不更警鍊耶？」〔註40〕但整體而言，仍不失工巧、典麗，並且顯透經緯綿密的創作特色。

第二節　孟浩然詩歌的題材與情志

文學史上最早對詩歌進行分類，始於《昭明文選》〔註41〕，唐

〔註37〕《晉書・謝奕傳》：「（桓）溫辟爲安西司馬，猶推布衣好，（奕）在溫坐，岸幘笑詠，無異常日。」參見〔唐〕房玄齡等《晉書》（台北：鼎文書局，1987年）卷七十九，頁2080。

〔註38〕見蕭繼宗《孟浩然詩說》（台北：台灣商務印書館，1985年）卷二，頁211。

〔註39〕參見〔清〕施閏章《蠖齋詩話》，收入丁福保《清詩話》，頁392。

〔註40〕同上註，頁220。

〔註41〕《昭明文選》分詩爲二十三類：補亡、述德、勸勵、獻詩、公讌、祖餞、詠史、百一、遊仙、招隱、反招隱、遊覽、詠懷、哀傷、贈

代習讀《文選》是文人風尚。王士源對孟詩進行分類，應是受《文選》的影響。王士源分孟詩爲：遊覽、贈答、旅行、送別、宴樂、懷思和田園七類。宋末元初劉辰翁以王編本孟集爲底本，增加「美人、時節、拾遺」三類別爲十類，收詩二百三十三首，進行評點。從分類的角度而言，《文選》的編選分類過細，王、劉的分類亦然。結合詩歌的發展、詩人創作的特質、作品的性質與書寫的角度，大體而言，孟浩然詩從題材而言，可分爲山水田園、人際交往、登臨詠懷、邊塞閨怨四類。

山水田園詩從陶、謝以來奠定精神旨趣與審美觀照，爲文人所追效，並成流派。孟浩然是唐代最先大量創作山水田園詩的作家，此類可以涵蓋王士源分類中的遊覽、旅行與田園。論者研究研究孟浩然詩，也主要集中在山水田園的部分，如葛曉音《山水田園詩派研究・孟浩然》〔註42〕；進而比較王孟山水田園詩的差異，如李浩〈王維與孟浩然山水田園詩之比較〉、房日晰〈王維孟浩然田園山水詩比較〉。〔註43〕交往詩則是涵蓋以詩進行詩歌交誼的作品，唐代以詩歌交往蔚爲風尚，孟浩然集中以這類詩最多。這類人際交往之作，可涵蓋王士源歸類的贈答、送別以及部分的懷思（有特定思念的對象）之作。至於感遇詠懷主要是抒寫在政治追求或對人生的看法，最足以表現詩人內在感受。前幾類的詩歌都是抒情自我的直接剖白，而擬代之作則否，孟浩然集中的閨思之作，有六首，爲女子代言，在劉辰翁的分類是在「美人」一類。孟浩然〈涼州詞二首〉是集中僅有的樂府詩，以樂章爲體，亦是擬作，一併歸入。

答、行旅、軍戎、郊廟、樂府、挽歌、雜歌、雜詩、雜擬。參見〔梁〕蕭統編、〔唐〕李善注《文選》（台北：五南圖書出版公司，1990年）。從內容觀之，分類觀點游移，標準並不統一。

〔註42〕葛曉音《山水田園詩派研究》，（瀋陽：遼寧大學出版社，1993年）。

〔註43〕李浩〈王維與孟浩然山水田園詩之比較〉，《西北大學學報》，第3期（1998年），頁68～73。房日晰《唐詩比較論》（陝西：陝西人民出版社，1992年），頁12～23。

《文心雕龍．知音》說：「夫綴文者情動而辭發，觀文者披文以入情。沿波討源，雖幽必顯。世遠莫見其面，覘文輒知其心。」〔註 44〕今將孟浩然詩別爲四類加以探究，分類目的在求便於敘述，其實酬寄、送別何嘗無山水田園的歌詠，故一詩跨二類者，勢不可免。因此，權其輕重，納入一類而研討之。本節結合題材表現與情志批評，以題材爲經，以情志爲緯，借此「沿波討源」，探究孟浩然題材表現下的情志內容與特色。

一、山水田園

從第二章孟浩然的生平觀之，他的一生主要是寓居襄陽家鄉與漫遊南北，這也是其山水田園詩創作的地域。他雖曾滯居京洛，但此期吟詠山水的詩篇不多。山水之作主要以漫遊吳越，並及大江兩岸。他的山水田園詩的內容與情志，主要表現行旅往來的宦遊之情、隱居漫遊的閒逸之趣和尋僧訪道的出塵之思。

（一）行旅往來的宦遊之情

孟浩然山水與宦遊之情結合的山水詩〔註 45〕，其情感主要表現求仕之情、不遇之感與思鄉之情。

盛唐蓬勃向上的時代精神，激發浩然奮發進取、建功立業的志向。他在觀覽神州大好河山，感受盛唐恢宏的國勢，「邦有道，貧且賤，恥也」（《論語．泰伯》）的遺訓盤旋於心，求仕之情隨之紛飛。尤其是泛舟湖海，觀覽山水景物的壯闊，最易激發求仕的懷抱。他將山水與求仕之情結合的詩作，如〈望洞庭湖贈張丞相〉、〈自潯陽泛舟經明海作〉等。

〔註 44〕參見王更生注譯《文心雕龍讀本》卷十，頁 352。

〔註 45〕王國瓔中《山水田園詩研究》提到，中國山水詩的產生在魏晉時代可分爲求仙與山水、隱逸與山水及遊覽與山水。至於南朝至晚唐則分爲山水與莊老名理並存、山水與宦遊生涯共詠、山水與宮廷遊宴同調及山水與田園情趣合流四類。（台北：聯經出版社，1986年）。

開元五年，張說任岳州刺史，浩然慕名而來，面對洞庭勝景，他寫下〈望洞庭湖贈張丞相〉，借山水抒發求仕心情：

八月湖水平，涵虛混太清。氣蒸雲夢澤，波撼岳陽城。

欲濟無舟楫，端居恥聖明。坐觀垂釣者，徒有羨魚情。

范沖淹於〈岳陽樓記〉所描寫的洞庭湖：「予觀夫巴陵勝狀，在洞庭一湖，銜遠山，呑長江，浩浩蕩蕩，橫無際涯，朝輝夕陰，氣象萬千。」壯闊的洞湖庭自古爲騷人墨客所讚歎，在觀覽中引發浩懷逸志。仲秋八月，洞庭湖浩闊涵渾的壯美聲勢〔註 46〕，象徵著盛唐強大的國勢。這盛景激發詩人乘風破浪、揚帆遠航的壯懷遠志。無奈浩浩湖水，無船可渡，正如他空有壯心，無憑以濟世。詩人借著洞庭湖的景象，以「欲濟無舟楫」，傳達出徒有建功立業之志，卻無人推薦；端居閒處，愧於聖世的求仕之情。獻詩權貴，懇請提拔，爲唐代士林風尙。「若濟巨川，用汝作舟楫」（《書・說命上》）、「臨河而羨魚，不若歸家織網」（《淮南子・說林訓》）〔註 47〕，此詩贈「張丞相」，是求薦於張說的，雖爲干求但不露乞相，雖臨公卿不亢不卑。此詩與杜甫的〈登岳陽樓〉素爲詠洞庭湖的雙璧，因此方回《瀛奎律髓》云：「予登岳陽樓，此詩大書左序毬門壁間，右書杜詩，後人自不敢復題也。劉長卿有句云：『疊浪浮元氣，中流沒太陽。』世不甚傳，也可知也。」給予極高的評價。又如〈自潯陽泛舟經明海作〉以「大江分九派，淼漫成水鄉」壯麗雄奇的景色開篇，詩人在漫遊五湖三湘中，憑吊古人遺跡，興發去國懷鄉、渴求入仕的情懷。「觀濤壯枚發，吊屈痛沈湘。魏闕心常在，金門詔不忘。遙憐上林雁，冰洋已回翔。」枚乘〈七發〉中以觀潮的描寫最爲精彩，把潮水寫成一支聲勢顯赫的軍陣，多角度展現潮水與軍陣之間近乎神似的相通。但此文更是勸戒膏粱子弟之作，如《文選》李

〔註 46〕宋人范致明《岳陽風土記》：「孟浩然洞庭詩有『波撼岳陽城』，蓋城據湖東北，湖面百里，常多西南風，夏秋水漲，濤聲喧如萬鼓，晝夜不息。」

〔註 47〕參見〔漢〕劉安等著《淮南子》（台北：台灣古籍出版，2000 年），頁 1195。

善注所稱：「〈七發〉者，說七事以起發太子也。」（卷三十四）賈誼〈弔屈原文〉則是寄寓貶謫之感。詩人結合壯麗山水、歷史人物，並興寄於雁鳥，表達心在朝廷，入仕求用的心志。

漫遊神州山川，雖可以娛人心神，但是旅途中不免引起孤獨飄泊之感。他的〈途中遇晴〉寫蜀中山水而寓思鄉之感：

已失巴陵雨，猶逢蜀阪泥。天開斜景遍，山出晚雲低。

餘濕猶霑草，殘流尚入溪。今宵有明月，鄉思遠悽悽。

雨霽天開，晚雲繞山，殘流漫佈，草濕路滑。詩中寫雨後蜀道光景十分細膩，故沈德潛評道：「狀晚霽如畫」。尾聯因天晴而聯想明月當出，是於沈悶中乍得欣快，但由又觸動鄉思。以「悽悽」二字作結，將遊子跋涉的艱辛，思家愁苦的悲涼心情點染而出。客居他鄉，「每逢佳節倍思親」，他在〈九日懷襄陽〉寫道：

去國如昨日，倏然經杪秋。峴山不可見，風景令人愁。

誰采籬下菊？應閑池上樓？宜城多美酒，歸與葛彊遊。

「歲往月來，忽復九月九日。九爲陽數，而日月並應，俗嘉其名，以爲宜於長久，故以享宴高會」（曹丕〈九日與鍾繇書〉）〔註 48〕，「重九」與親友登高，共祈平安已成傳統。詩人客居他鄉，不禁思鄉懷故，「誰采籬下菊？應閑池上樓」，心念神遠，而有懷歸之意。又如〈夜泊宣城界〉在盡收宣城風光之後，以「離家復水宿，相伴賴沙鷗」，表達懷鄉之意和旅途中與物相親之情。

在山水審美的淨化心靈上，謝靈運注重「忘憂」，「駕言出遊，以寫我憂」（《邶風・泉水》），在自然風光中尋求心靈慰藉，抒發仕途困頓的苦悶。「山水尋吳越，風塵厭京洛」（〈自洛之越〉），孟浩然長安求仕失利後，出遊吳越，一方面爲了領略吳越的山光水色，一方面也藉以排遣苦悶，以山水澡雪精神。然而江南山水雖美，卻不免引起羈旅之感。他借著山水景物抒發旅途飄泊、身世落拓之感，情調低沈。

〔註 48〕見〔清〕嚴可均輯校《全上古三代秦漢三國六朝文》（北京：中華書局，1965 年）卷七十五，頁 1088。

如〈宿桐廬江寄廣陵舊游〉：

山暝聽猿愁，滄江急夜流。風鳴兩岸葉，月照一孤舟。

建德非吾土，維揚憶舊游。還將兩行淚，遙寄海西頭。

桐廬江，又名桐江，是錢塘江流經桐廬縣境一帶的別稱。開元十七年（729），浩然長安求仕失利後，行舟至此，宿於江上。山色昏暝，猿啼聲聲愁切，江流嘶急，樹葉索索作響。「逝者如斯夫，不捨晝夜」、「大江流日夜，客心悲未央」（謝朓〈暫使下都夜發新林至京邑贈西府同僚詩〉），面對急流的滄江是時光徒逝、生命飄泊的傷感；面對高懸的明月，是鄉思客愁的寂寞。客泊於此，「雖信美而非吾土兮」（王粲〈登樓賦〉），獨客異鄉的惆悵、懷念舊友的思緒油然而起。詩人的愁是時光流逝、思土懷舊的愁，更是仕途無路、關山失意的愁。詩含蓄內斂，將失意之苦寄寓懷友之愁中，筆淡意遠。此詩前四句寫景，「一切景語，皆情語也」（王國維《人間詞話》），而這孤寂清峭的山水畫面，深蘊著愁悵與孤寂之情，正是詩人心緒的投影。

又如〈宿建德江〉：

移舟泊煙渚，日暮客愁新。野曠天低樹，江清月近人。

沈德潛《唐詩別裁》：「下半寫景，而客愁自見」〔註49〕，詩的立意在表現客愁，但以景物爲主，描繪出一幅動人的暮江泊舟圖。通過寫景暗示出詩人暮江閑眺的閒淡和獨客異鄉的蹉跎。這類描寫旅途飄泊不定、抒發身世落拓不遇的山水行旅詩，如〈永嘉上浦館逢張八子容〉在江村日暮的晚景中，傾吐鄉關萬里、失路傷悲的滿腹牢騷。〈宿永嘉江寄山陰崔國府少府〉以海天茫茫、孤帆天涯來抒寫遠別摯友的孤寂之感。在清淡自然的詩句裡，情景如繪的風光中，包孕著詩人羈旅懷鄉、窮愁不遇、知己一方的深沈悲傷，也表現出一股遒勁的氣勢。

（二）隱居漫遊的閒逸之趣

「誰采籬下菊，應閒池上樓」（〈途中九日懷襄陽〉），孟浩然隱居

〔註49〕參見〔清〕沈德潛《唐詩別裁》卷十九，頁613。

漫遊的生活，融合陶淵明田園幽居的眞趣、謝靈運山水觀照的興會，使這部分的山水田園詩呈現出閒適之趣。

孟浩然自道：「嘗讀高士傳，最佳陶徵君。日耽田園趣，自謂羲皇人。」（〈仲夏歸南園寄京邑舊遊〉）由於對陶淵明的欣慕，陶詩所描寫的題材、恬靜閑適的生活情趣、平淡樸質的詩風，是他田園詩取法的源頭。《莊子・知北遊》提到「山林歟，皋壤歟，使我欣欣然而樂歟」，山水可以屬耳流目，遊目騁懷，極視聽之娛，山水的內在意蘊和意趣，更可以暢神。孟浩然承繼謝靈運對自然山水的探玩，有極高的興味，「輕舟自往來，探玩無厭足」（〈春初漢中漾舟〉）、「探討意未窮，回艫舟已晚」（〈登鹿門山〉）、「捫蘿亦踐苔，輟舟恣探討」（〈宿天台桐柏觀〉）。當詩人以虛靜的審美心靈、任眞自然的性情放懷山水，其詩自有一股閒逸自得之趣。

孟浩然的田園詩取材於日常閑居的生活，有樸實的勞動生活、幽居遊望的意興、鄉間友人過從的情誼，呈現出蕭散閒適、風神散朗的形象。

孟浩然由於長期隱居田園，爾偶也從事耕作活動，他的田園詩中呈現農家生活，如〈東陂遇雨率爾貽謝南池〉「田家春事起，丁壯就東陂。……予意在耕鑿，因君問土宜。」又如〈南山下與老圃期種瓜〉：

> 樵牧南山近，林閭北郭賒。先人留素業，老圃作鄰家。
> 不種千株橘，惟資五色瓜。邵平能就我，開徑剪蓬麻。

先人所遺田宅與老農爲鄰，他期與老農親近，相約種瓜。「千株橘」用許衡事，《襄陽耆舊傳》：「（三國）李衡於龍陽洲種橘千株，敕兒曰：『吾有木奴千頭，不責汝之食。』」以襄陽典實爲襯托。「五色瓜」用邵平典，據《史記・蕭相國世家》：「邵平者，故秦東陵侯。秦破，爲布衣。貧，種瓜於長安城東。瓜美，故世謂之東陵瓜，從邵平以爲名也。」〔註 50〕浩然不種有「木奴」之用的橘子來豐厚生

〔註 50〕參見〔漢〕司馬遷《史記》（台北：大申書局，1982 年）卷五十三，頁 2017。

活，種五色的東陵瓜，只求恬淡自處。此詩通體閑適，用事恰切，表露田園村居的自足。他的〈田家元日〉：「昨日斗回北，今朝歲起東。我年已強仕，無祿尚憂農。桑野就耕父，荷鋤隨牧童。田家占氣候，共此說年豐。」呈現在元日時與農家共話豐年，憂歡與共的生活，樸實自然中自有平淡之趣。

孟浩然的田園詩也表現出田園生活人情往來的情形。如〈裴司士員司戶見尋〉：

府僚能枉駕，家醞復新開。落日池日酌，清風松下來。

廚人具雞黍，稚子摘楊梅。誰道山公醉？猶能騎馬回。

又如〈張七及辛大見尋南亭醉作〉：

山公能飲酒，居士好彈琴。世外初得交，林中契已并。

納涼風颯至，逃暑日將傾。便就南亭裡，餘尊惜解酲。

二詩均以清新的語言描寫主人盛情款待，客人開懷暢飲的高情遠韻，意境渾成。〈過故人莊〉是：

故人具雞黍，邀我至田家。綠樹村邊合，青山郭外斜。

開軒面場圃，把酒話桑麻。待到重陽日，還來就菊花。

詩的語言樸實自然，表現田園生活的情趣，與陶淵明的「春秋多佳日，登高賦新詩。過門更相呼，有酒斟酌之。農務各自歸，閒暇則相思。」（〈移居詩〉）在詩歌的題材與風格上十分相似。唐汝詢云：「此飲於故人而賞其趣，因結重遊之期。孟之趣味絕類淵明，獨恨以律易古耳。然使靖節下爲近體，亦不過此。」〔註51〕實爲中肯之評論，實境實情，自然而出；農村景物、殷殷情意，躍然紙上。

孟浩然田園、隱逸詩，著重個人隱逸形象的突顯，因此側重於描寫他在襄陽村居種種高雅的行徑，諸如高士的孤懷、隱居的幽寂、登臨的清興和靜夜的相思，以襄陽江村和本人爲原型，經過藝術的概括，成功的創造出幽雅閑靜的意境，以及與此意境相協調的「風神散

〔註51〕參見〔明〕唐汝詢著，王振漢點校《唐詩解》（河北：河北大學出版社，2001年）卷三十五，頁933。

朗」的抒情主人公形象。如〈採樵作〉：

　　採樵入深山，山深水重疊。橋崩臥槎擁，路險垂藤接。

　　日落伴將稀，山風拂薜衣。長歌負輕策，平野望煙歸。

薜衣，即薜荔之衣，借爲隱者之衣。《楚辭．九歌．河伯》：「若有人兮山之阿，被薜荔兮帶女羅。」〔註52〕後稱隱士之衣爲薜蘿衣。前四句極力描寫深山採樵山重水複、道路驚險的景況，後四句筆鋒一轉，寫下山時的舒暢，塑造出神情閑散瀟灑的隱者風度。又如〈夏日南亭懷辛大〉：

　　山光忽西落，池月漸東上。散髮乘夕涼，開軒臥閑敞。

　　荷風送香氣，竹露滴清響。欲取鳴琴彈，恨無知音賞。

　　感此懷故人，終宵勞夢想。

寫夏日水亭納涼的清爽閑適，並表達對友人的懷念。首聯由景入手，寫出夕陽西下、素月東升的景象，以「忽」、「漸」兩字，傳出詩人主觀的感受。詩人散髮傍窗納涼，是陶淵明「五六月中北窗下臥，遇涼風暫至，自謂是羲皇上人」（〈與子儼等疏〉），身心兩得的閑情和適意。再加上風中的荷香、竹露的清響，透過視覺、嗅覺與聽覺，眞切的傳達水亭納涼的清幽絕俗。

　　浩然田園詩重在寧靜安祥的田園風光、悠閑自適的生活情趣，呈現出幽雅的情趣。而這種閒適之趣也同樣的表現在山水詩中，如〈武陵泛舟〉：

　　武陵川路狹，前棹入花林。莫測幽源裡，仙家信幾深。

　　水回青嶂合，雲渡綠溪陰。坐聽閑猿嘯，彌清塵外心。

武陵自陶淵明〈桃花源記〉以來，已成爲詩人筆下的人間仙境。浩然泛舟武陵，一片嚮往。詩中著意表現山水的清虛幽深之美，以及悠閒自得之趣。因此，連一向引人哀愁的猿聲，也顯得悠閒，且能淨化塵心。又如〈夜渡湘水〉：

　　客行貪利涉，夜裡渡湘川。露氣聞芳杜，歌聲識採蓮。

〔註52〕參見〔宋〕朱熹《楚辭集注》（台北：文津出版社，1987年），頁44。

榜人投岸火，漁子宿潭煙。行侶時相問，潯陽何處邊。

這首詩寫夜景，在山水詩中頗爲特殊。寫夜行之趣，最早出自陰鏗〈五洲夜發〉:「夜江霧裡闊，新月迥中明。溜船惟識火，驚鳧但聽聲。勞者時歌榜，愁人數問更。」〔註53〕憑著月光、漁火、驚鳧、漁歌辨識江景，深得夜霧行船之神趣。孟浩然學習陰鏗，通首不離「暗」字。在夜幕籠罩中，本應訴諸視覺的某些景物，只能憑嗅覺與聽覺去欣賞。詩人藉此描繪湘江夜渡煙水朦朧、漁火點點的景況，以及飄傳於夜色中的杜香和蓮歌。這江行夜景，是詩人驅逐塵心，以虛靜的心懷面對自然，所得的美感經驗，閒逸自得之趣正衍漾其中。結尾二句，逗出對潯陽的嚮往，使舟行意味無窮。此外，〈早發漁浦潭〉前八句寫晨曦中的漁浦潭和舟行江上的秀美風光，結尾直筆述懷:「舟行自無悶，況值晴景豁」，表達旅遊的舒暢襟懷。〈下灨石〉寫行經灨石時所見的勝景，而「放溜情彌遠，登艫目自閑」，遊目騁懷的旅趣自在其中。〈行出東山望漢川〉寫遊蜀歸來，途經竹東山所見的景物，遊賞之興見於景中。這些詩都在山水風光的點染中，呈現一股自得之趣。

襄陽的山水形勝，自古以來是騷人墨客登覽遊賞之所。孟浩然長期蟄居家鄉，對襄陽的山川景物，風土民情，體察深切，並懷有熱切的賞愛之情。他在遍覽吳越山水後，面對故鄉風物，仍忍不住發出「山水觀形勝，襄陽美會稽」(〈登望楚山最高頂〉)的嘆讚。他在〈北澗泛舟〉一詩中說：

北澗流恆滿，浮舟觸處通。沿洄自有趣，何必五湖中。

北澗爲襄陽城南的河流，在澗南園的北面，清流常滿無處不通，泛舟其間，移步換景觸處成趣，不必一定要泛舟五湖，觀覽滄海，才足以成樂。這是《莊子・逍遙遊》中學鳩斥鷃之論，是當下知足即爲樂的理思，也飽含著詩人的鄉情。俗語說：「美不美，故鄉水」、「月是故鄉明」，在這種鄉土之情中，詩人創作了不少描繪襄陽之美的山水詩，並將隱逸生活的閑情逸趣包蘊其中。如〈萬山潭作〉：

〔註53〕見逯欽立《先秦漢魏晉南北朝詩》陳詩，卷一，頁2459。

垂釣坐磐石，水清心亦閒。魚行潭下樹，猿挂島藤間。

游女昔解佩，傳聞於此山。求之不可得，沿月棹歌還。

詩先以潭樹蒙絡，潭清水澈，魚游淺底，往來翕忽，類若乘空，猿掛島藤，回巧獻技，熙熙而樂，勾勒萬山潭的清美。再以鄭交甫巧遇神女的傳說，爲萬山潭添上空靈飄逸的色彩。在疏淡的景緻中，詩人素處以默的心境同潭水清冽，足以虛納萬物；同魚、猿自在無拘，各適其性，各得其所，呈現出內心、外境暇逸契合的境界。全詩飄逸自然、氣韻生動。又如〈初春漢中漾舟〉寫「雪罷冰復開，春潭千丈綠」的漢江，以及臨泛漾舟的遊興。〈登望楚山最高頂〉在表現襄陽的形勝中，抒發對家鄉山水的讚美之情。

他的〈秋登萬山寄張五〉結合襄陽山水抒發懷友之意：

北山白雲裡，隱者自怡悅。相望始登高，心逐飛鳥滅。

愁因薄暮起，興是清秋發。時見歸村人，沙平渡頭歇。

天邊樹若薺，江畔洲如月。何當載酒來，共醉重陽節。

詩中開頭二句化用陶弘景〈詔問山中何所有賦詩以答〉:「山中何所有，嶺上多白雲。只可自怡悅，不堪持贈君。」形容張五怡然自樂的隱居生活。繼而表明自己對友人的思念。登高望遠，心亦隨著飛鳥，消逝在遠方，一片空茫。登高凝睇，故人不見，已滋悵惘之情；而黃昏薄暮，眇眇予愁，更滋而起。「愁因薄暮起」是結上，而「興是清秋發」則是啓下。「時見歸村人，沙平渡頭歇。天邊樹若薺，江畔洲如月」，顯現村人的從容不迫，帶有幾分悠閒。不但描繪出自然界優美的景象，也顯現農村靜謐的氣氛，更表露出浩然村居生活的閒逸。

孟浩然能在山水田園之中呈現閒適之趣，與他對大自然的審美觀照的態度是息息相關的。他〈夏日辨玉法師茅齋〉傳達出「萬物靜觀皆自得」的理思。

夏日茅齋裡，無風坐亦涼。竹林深筍穊，藤架引梢長。

燕覓巢窠處，蜂來造蜜房。物華皆可翫，花蕊四時芳。

夏日的茅齋沒有奇山異石、秀水明溪屬耳流目，只有綠竹婆娑，藤蔓攀緣，儲就一片清涼；只有燕覓巢窠，蜂造密房，萬物各得其所，點就一片盎然生機。詩人從中提煉出「物華皆可翫，花蕊四時芳」的生活美學。「會心處不必在遠，翳然林水，便自有濠濮間想也。覺鳥獸群魚，自來親人」（《世說新語．言語》）、「凡物皆有可觀，茍有可觀，皆有可樂，非必怪奇偉麗者也」（蘇軾〈超然臺記〉），遊賞自然山水可以陶養心神，感受人與自然的相親，這種樂趣與興味來自於當下的自足與超脫物外。孟浩然的閑逸之趣正是能超脫個人個成敗得失、以審美的心境面對生活和大自然所致。

（三）尋僧訪道的出塵之思

唐代三教並行，文人好佛慕道是時代風尚。孟浩然「幼聞無生理」，企慕「所居最幽絕，所住皆靜者」（〈雲門寺西六七里符公蘭若幽與薛八同往〉）的寺居生活。許多寺廟、道觀清幽雅靜，有林泉之美，因此孟浩然也寫了遊寺訪山的山水詩，通過山水景物的描寫寄寓對佛、道幽靜自適生活的羨慕，以及出塵隱逸的懷想。

孟浩然訪遊山寺、題山房的諸作，如〈陪姚使君題惠上人房〉、〈題大禹寺義公禪房〉、〈宿立公房〉、〈題融公蘭若〉都刻畫清幽之景，以映照僧道人物〔註 54〕，並表達自己的心靈境界。誠如周珽所言：「浩然志趣，好尋遊方外，故見諸篇章，多脫出風塵語。如尋天台山，遊景光寺、精思觀與題惠上人、義、立、融山房諸詩，寄情賦景，俱有造微入妙處。」（《唐詩選脈會通評林》）〔註 55〕如〈題大禹寺義公禪

〔註 54〕張健提到，孟浩然的詠僧學佛詩，總是以大自然的景象烘托佛詩與僧人，實中有虛，頗似文藝復興時代的畫家達文西、拉斐爾等的人物畫。參見張健〈孟浩然與孟郊的詠僧學佛詩〉，《中外文學》6 卷 11 期，（1978.4），頁 4～23。

〔註 55〕〈陪姚使君題惠上人房〉：「帶雪梅初煖，含煙柳尚青。來窺童子偈，得聽法王經。會理知無我，觀空厭有形。迷心應覺悟，客思未遑寧。」〈宿立公房〉：「支遁初求道，深公笑買山。何如石巖趣，自入户庭間。苔潤春泉滿，蘿軒夜月閒。能令許玄度，吟臥不知還。」〈題融公蘭若〉：「精舍買金開，流泉遶砌回。芰荷薰講席，松柏映香臺。法雨晴飛去，天花晝下來。談玄殊未已，歸騎夕陽催。」

房〉：

義公習禪寂，結宇依空林。户外一峰秀，階前眾壑深。

夕陽連雨足，空翠落亭陰。看取蓮花淨，方知不染心。

義公禪房在空寂的茂林邊，四周峰巒挺秀，群壑幽深。雨霽晚晴，禪房庭院被映照得一片蔥綠，更有清淨的蓮花與之相照。蓮花清淨高潔，佛家以之喻佛眼，用以喻指義公的修行境界。全詩以禪房的山水之清美，襯托人物超脫塵俗、淡泊寧靜的胸次。又如〈遊明禪師西山蘭若〉：

西山多奇狀，秀出傍前楹。亭午收彩翠，夕陽照分明。

吾師住其下，禪坐證無生。結廬就嵌窟，翦竹通徑行。

談空對樵叟，授法與山精。日暮方辭去，田園歸冶城。

詩中除了寫禪師山中「禪坐證無生」的修行與「談空」、「授法」的傳道外，多是狀物擬景，寫山水秀出之美與禪房的幽深，以大自然的景象烘托僧人心性之美。〈晚春題永上人南亭〉「給園支遁隱，虛寂養身和」，詩中著力描寫晚春南亭群木叢竹、鳥鳴鵝行的一派生機，也是借景映人，傳達出空寂的禪境。這些詩都點染山林禪寺的自然之美，烘托禪林人物的空寂之美，也將詩人的閒靜意趣、企隱心境寄託其間。

孟浩然不僅與諸多道士直接交往，也周遊道教名山。天台山歷來是道教仙地，孫綽〈遊天台賦·序〉：「天台山者，蓋山嶽之神秀者也。涉海則有方丈蓬萊；登路則有四明天台，皆玄聖之所遊化，靈仙之所窟宅。夫其峻極之狀，嘉祥之美，窮山海之瑰富，盡人神之壯麗矣。」〔註 56〕孟浩然的天台之旅是於吳越漫遊時，孟集中與天台山相關的詩有〈尋天台山〉、〈宿天台桐柏觀〉、〈寄天台道士〉三首。他的〈尋天台山〉：「吾愛太乙子，餐霞臥赤城。欲尋華頂去，不憚惡谿名。歇馬憑雲宿，揚帆截海行。高高翠微裏，遙見石梁橫。」表達乘風破浪追

〔註 56〕嚴可均校輯《全上古三代秦漢三國六朝文》全晉文，卷六十一，頁 1806。

尋仙蹤的決心。〈宿天台桐柏觀〉則進一層書寫既到之後的探訪之情：

海行信風帆，夕宿逗雲島。緬尋滄洲趣，近愛赤城好。
捫蘿亦踐苔，輟棹恣探討。息陰憩桐柏，采秀尋芝草。
鶴唳清露垂，雞鳴信潮早。願言解纓絡，從此去煩惱。
高步凌四明，玄蹤得三老。紛吾遠遊意，樂彼長生道。
日夕望三山，雲濤空浩浩。

詩人取道海程而來天台山，停舟後捫蘿踐苔，恣意探討，並且留宿桐觀。摘採仙草的生活與觀中清幽絕塵的環境，引發詩人振脫世網，去除煩惱的想法。面對天台聖景，而有「紛吾遠遊意，樂彼長生道」的求仙緬想。詩人的懷仙之趣，也是對長安求仕途失意心境上的調適和超越。這首詩可以說是與遊仙共詠的山水詩。孟浩然訪道中也常把道士修煉的生活環境，當作仙境觀賞，如〈清明日宴梅道士房〉:「忽逢青鳥使，邀入赤松家。丹灶初開火，仙桃正落花。童顏若可駐，何惜醉流霞。」〈與王昌齡宴王道士房〉:「書幌神仙籙，畫屏山海圖。酌霞復對此，宛似入蓬壺。」將所造訪的道士比爲仙人赤松子，詩人對著道房中的丹爐桃樹、神仙祕籙和山海經畫屏酌飲，產生仙遊的妙想。

孟浩然本有一分任眞自然的本性，欣慕佛道超脫物外的自在、不爲形累的曠達，觀覽山寺時總是引發出塵隱逸的懷想。如吳越漫遊時，有〈雲門寺西六七里聞符公蘭若最幽與薛八同往〉：

謂余獨迷方，逢子亦在野。交結指松柏，問法尋蘭若。
小溪劣容舟，怪石屢驚馬。所居最幽絕，所住皆靜者。
密篠夾路旁，清泉流舍下。上人亦何聞，塵念俱已捨。
四禪合眞如，一切是虛假。願承甘露潤，喜得惠風灑。
依止此山門，誰能效丘也？

雲門寺在會稽。〈廣陵別薛八〉中「士有不得志，悽悽吳楚間」，知薛八是政治上不得志而到處漫遊之文士，二人同往尋訪符公蘭若。詩中極力呈現山寺景色之清幽，先以小溪僅能容舟，怪石屢驚行馬的沿途之景做鋪墊；再具體鋪陳蘭若山徑、泉水之清幽。清幽絕塵之景，不但襯托符公與僧眾的修靜守眞，也讓詩人欲棄儒生本分，翛然有出塵之思。

孟浩然晚年在張九齡幕下曾出使揚州，行經彭蠡湖時遙望廬山，有〈彭蠡湖中望廬山〉懷想遠公：「……久欲追尙子，況茲懷遠公。我來限于役，未暇息微躬。淮海途將半，星霜歲欲窮。寄言巖棲者，畢趣當同來。」廬山自東晉慧遠棲息東林寺以來，成爲佛教聖地。詩人面對廬山的雄奇壯偉，望景而生情，懷人思古，追慕向長，緬懷慧遠，興起隱逸的懷想。〈陪張丞相祠紫蓋山途經玉泉寺〉：

　　五馬尋歸路，雙林指化城。聞鐘度門近，照膽玉泉清。
　　皁蓋依松憩，緇徒擁錫迎。天宮近兜率，沙界豁迷明。
　　欲就終焉志，先聞智者名。

玉泉寺在荊州當陽縣西，玉泉山上。山峰形像覆舟，古名爲覆舟山，隋僧智顗爲天台宗第三祖，開皇十三年移居荊州的玉泉寺，才易名爲玉泉，寺廟閎麗。浩然陪張九齡在紫蓋山祭祀後，到玉泉寺。表達登寺而群迷盡除，久聞大師之名，慨然有遁世之心。

其實，浩然的企隱心境與出塵之思，是一種情感上的調適，在出處上，仍是以一介儒者自許。〈陪李侍御訪聰上人禪居〉：

　　欣逢柏臺舊，共謁聰公禪。石室無人到，繩床見虎眠。
　　陰崖常抱雪，枯澗爲生泉。出處雖云異，同歡在法筵。

李侍御爲仕宦中人，聰上人爲佛教中人，浩然爲布衣，出處迥異，但同歡於法筵。〈題終南翠微寺空上人房〉也說：「儒道雖異門，雲林頗同調。兩心喜相得，畢景共談笑」，棲隱山林，雖然結交方外之士，但仍以儒素自守。儒道雖異門，但「雲林頗同調」，因爲山水煙霞泉石之美，爲性靈者所同好。

葛曉音在〈論山水田園詩派的藝術特徵〉中提到：「這派詩人表現方外之情大多沒有縱誕的宗教色彩，而是將仙境、禪境化入靜照忘求的審美觀照方式，創造出清靜空靈的藝術意境。孟浩然的尋訪佛寺道觀的山水詩，都指取其清境之境，掃除此類題材常有的宗教靈異氣息，將梵境化入了山水靜境。」〔註 57〕此說確然。孟浩然的尋僧訪道

〔註 57〕參見葛曉音《詩國高潮與盛唐文化》（北京：北京大學出版社，1998

之詩，可以看到詩人「解鞭暫停騎」拋開世俗的紛擾的象徵意義，進而在山林的景致中，進行「松泉多清響，苔壁饒古意」(〈尋香山湛上人〉)、「舞鶴過閒砌，飛猿嘯密林」(〈遊精思觀題主山房〉) 的審美欣賞。最後在精神得到「滌除」的淨化之中，而有「漸通玄妙理，深得坐忘心」、「願言投此山，身世兩相棄」體禪得道的身心自由。

二、人際交往的誠摯之情

所謂的「交往詩」即是以詩互通往來，交流情意之作。〔註 58〕孔子說「詩可以群」，以詩歌進行交往是自古以來的重要傳統。黃宗羲指出：「『群』是人之相聚，後世公宴、贈答、送別之類皆是也。……善於風人答贈者，可以群也。」(〈汪扶晨詩序〉) 強調贈答、送別、宴會是詩人交往酬酢的重要類型。贈答詩有益於雙方思想情感的交流；送別詩可以寬慰離群之心，增進友誼；宴會詩能添增嘉會的喜慶、歡會的融洽，促進賓主之間的情誼。

唐代以詩爲酬贈唱和、交際往來的風氣十分普遍。而孟浩然「平生重結交」(〈家園臥疾畢太祝耀見尋〉)，交遊十分廣泛。因此浩然集中，題爲「寄」、「贈」(貽)、「送別」、「留別」、「和」、「宴」、「尋」等交往的篇章，有一百三十幾首之多。而其交遊的對象，從京官輔宰、地方官吏、士人舉子、僧道之流到鄉鄰隱士，各色人物應有盡有。

年)，頁 115～116。

〔註 58〕吳汝煜編有《唐五代人交往詩索引》(上海：上海古籍出版社，1993 年)，本書收錄唐五代人所有唱和、贈別、懷念、訪問、宴集、諧謔、祝訟、哀挽、謠諺、酒令、應制之有關詩篇。今用此名。「交往詩」或稱爲「交誼詩」，《古今圖書集成》(台北：鼎文出版社，1964 年) 有〈交誼典〉，彙集了有關交誼的事類及藝文，編目以「交誼總編」起首，其內容包括：一、交誼對象：有師友、師弟、主司門生、朋友、父執、前輩、同學、同年、世誼、結義、賓主、故舊、鄉里、僚屬等十四種；二、交誼形式：居停、拜謁、贈答、餽遺、宴集、乞貸、請託、盟誓、餞別等九種，三、交誼內涵：好惡、毀譽、規諫、品題、薦揚、嫌疑、傲慢、趨附、嘲謔、讒謗、欺紿、疑忌、嫌隙、讒謗、忿爭、搆陷、恩讎等十七種。

從情志的角度來，孟浩然的交往詩所表現的情感特色有三方面：

一、交往詩呈現他重視交道，渴求相知，重視彼此往來的情意，情感眞摯。

孟浩然「行不爲飾，動以求眞」、「游不爲利，期以放性」（王士源〈孟浩然集序〉），對友道氣節極爲推重：「茂林予偃息，喬木爾飛翻。無使谷風誚，須令友道存」（〈送張子容赴進士舉〉），希望人間眞誠友誼不因貴賤道殊而遭破壞。在人際的交往中，他渴求相知，強調「因聲寄流水，善聽在知音」（〈和張判官登萬山亭因贈都督韓公〉），擁有善聽的知音才能得到深切理解。因此，對於缺乏知音相伴、無人理解而產生孤寂之感：「欲取鳴琴彈，恨無知音賞」（〈夏日南亭懷辛大〉）、「當路誰相假，知音世所稀」（〈留別王維〉）。他的〈贈道士參寥〉表達對知音的渴求：

　　蜀琴久不弄，玉匣細塵生。絲脆絃將斷，金徽色尚榮。

　　知音徒自惜，聾俗本相輕。不遇鍾期聽，誰知鸞鳳聲。

全詩使用興寄手法，以蜀琴自喻。蜀琴金徽色榮，能發鸞鳳之聲，但茫茫人世，知音者有幾。浩然此詩贈參寥，以參寥爲知者，也蘊含對知音的企求，是伯牙思子期，是「君子」思「美人」。他在二上長安之時，聽聞好友裴朏移官之訊，寫下〈聞裴侍御朏自襄州司戶除豫州司戶因以投寄〉：

　　故人荊府掾，尚有柏臺威。移職自樊沔，芳聲聞帝畿。

　　昔余臥林巷，載酒過柴扉。松菊無君賞，鄉園嬾欲歸。

陶淵明移居，是爲了尋得相契相諧的「素心人」，樂數晨夕，「奇文共欣賞，疑義相與析」（陶淵明〈移居〉）；浩然所念也是友朋間的相通。他和裴朏出處不同，但過從甚密，彼此投契。〔註59〕〈裴司戶員司士

〔註59〕孟浩然與裴朏交情篤厚。王士源〈孟浩然集序〉載：「丞相范陽張九齡、侍御史京兆王維、尚書侍郎河東裴朏、范陽盧僎、大理評事河東裴總、華陰太守鄭倩之、守河南獨孤策，率與浩然爲忘形之交。」前所引〈裴司戶員司士見尋〉，乃爲裴朏所作。（兩人交往當在開元二十年前後）裴朏，《新唐書・藝文志》卷五十八：「裴朏，《續文士

見尋〉中，寫彼此相契無間開懷暢飲，是「昔余臥林巷，載酒過柴扉」的具體寫照。如今故舊他去，「松菊無君賞，鄉園嬾欲歸」，語帶落寞，深存對裴胐的眷惜，情深語摯。

《莊子・漁父》云：「眞者，精誠之至也。不精不誠，不能動人。故強哭者雖悲不哀，強怒者雖嚴不威，強親者雖笑不和。眞悲無聲而哀，眞怒未發而威，眞親未笑而和。眞在內者，神動於外，是所以貴眞也。」〔註60〕孟浩然與人交往從不掩飾自己的眞情，喜怒哀樂、好惡臧否，或以激越，或以舒緩，自然道出。任眞的特質加上本身重道義、重情誼的思想品德，展露在交往詩中，任憑興之所至，隨意抒寫，切人切事，俱見性情，顯出誠摯動人之美。如〈洛中訪袁拾遺不遇〉是訪人不遇之作：

洛中訪才子，江嶺作流人。聞說梅花早，何如北地春。

詩人洛中訪友，以才子稱袁拾遺，暗用潘岳〈西征賦〉：「賈誼洛陽之才子」〔註61〕，以見其才德之高。然而「洛陽」流放「江嶺」，「才子」反成「流人」；並由江嶺聯想到梅花早開，但早梅雖好，也比不上北地故鄉的旖旎風光，以及朝廷的恩澤。詩透過空間與境遇的對比，以及先揚後抑的手法，使情感波瀾起伏，更見出惜才、惜友之情。

他的傷悼之作，感逝傷懷殷情周復。如〈尋滕逸人故居〉：

人事一朝盡，荒蕪三徑休。始聞漳浦臥，奄作岱宗游。
池水猶含墨，山雲已落秋。今宵泉壑裡，何處覓藏舟。

人事無常、生命有限，最爲人所傷痛。浩然行吟於榛莽之中，面對故舊邈逝，慨然嗟嘆。「池水猶含墨」謂故人遺蹤可尋，而「山雲已落

傳》十卷。」王昶《金石萃編》卷八十四〈大唐故朝議郎行尚書祠部員外郎裴君墓志銘（並序）〉，族叔禮部員外郎胐撰兼書，開元二十九年。碑文：「及我宦成，期于身退，挂冠投紱，臥壑栖林。」可見他與浩然思想的某些契合。

〔註60〕參見郭慶藩輯，王孝魚整理《莊子集釋》（台北：華正書局，2004年），頁1032。

〔註61〕參見潘岳〈西征賦〉，收入〔梁〕蕭統編，〔唐〕李善注《文選》卷十，頁255。

秋」則謂故人音容俱杳。結聯化用《莊子・大宗師》:「夫大塊載我以形，勞我以生，佚我以老，息我以死。故善吾生者，乃所以善吾死也。夫藏舟於壑，藏山以澤，謂之固矣；然而夜半有力者負之而走，昧者不知也。」〔註62〕滕逸人為隱逸之士，晦跡葆眞，是善於藏者，然而大化運乘，是無法遯藏。「今宵泉壑裡，何處覓藏舟」，一方面表達詩人對生死一事的哲理昇華，只有安時處順，才能豁然釋懷；另一方面也深含故人杳逝的嘆然。又如〈傷峴山雲表觀主〉「豈意餐霞客，溘隨朝露先！因之問閭里，把臂幾人全」，登高遠望，江山依舊而故友凋零。盪氣迴腸，令人低抑。

二、他的送別詩擺落感傷離別之情，鼓勵仕進，並以同情共感寬慰懷才不遇的友人。

「黯然消魂者，唯別而已矣」（江淹〈別賦〉）。自古別易會難，道路崎嶇，交通不便，「此地一為別，孤蓬萬里征」（李白〈送友人〉），從此山長水闊，音訊杳杳，因此特別重視送別。士大夫送別，不只是備酒餞行、折柳相贈，還寫詩文送給行者，或留給居者，借以抒發別情、或相互勸勉。唐代送別風尚更甚。〔註63〕由於科舉的盛行、邊塞的重視，士人對從政的追求、邊功的追尋十分熱烈；加上漫遊風氣的盛行，離鄉背井、辭親別友的機會更多。無論應試下第、征戍行邊、行旅漫遊，還是仕遷貶謫，有別必有詩。送別之作貴在語深情摯，而能動人，嚴羽於《滄浪詩話・詩評》中指出:「唐人好詩，多是征戍、遷謫、行旅、離別之作，往往能感動激發人意。」正是如此。

〔註62〕參見郭慶藩輯，王孝魚整理《莊子集釋》卷三，頁242～243。

〔註63〕唐人有別必有詩，從帝王公卿、布衣士子，到南海七歲女子，都寫送別詩。送別的場面盛大壯觀，或天子親臨，百僚祖餞；或招妓高堂，歌舞集聚；吟詠之際，作詩如雲。有時特地推舉「擅場」，進行競賽，據李肇《唐國補史》卷上「李端詩擅場」條:「送王相公之鎮幽朔，韓翃擅場；送劉相公之巡江淮，錢起擅場。」甚至編纂送別詩集。南海七歲女子，名不詳，生於武后時，《全唐詩》載:「武后召見，令賦送兄詩，應聲而就。」其詩〈送兄〉:「別路雲初起，離亭葉正飛。所嗟人異雁，不作一行歸。」（卷799，頁8983）

一般送別的基調是憂愁悲苦，如「攜手上河梁，游子暮何之？徘徊蹊路側，悢悢不能辭」（李陵〈與蘇武〉），但王勃的〈送杜少府之任蜀州〉：「城闕輔三秦，風煙望五津。與君離別意，同是宦遊人。海內存知己，天涯若比鄰。無爲在歧路，兒女共霑巾。」（《全唐詩》卷五六，頁676）以豪邁的歌聲、開朗的情調歌唱離別，呈現出進取的精神，一掃傷感的情緒。孟浩然有些送別詩亦然，超越別離感傷的情閾，而呈現開朗樂觀、惜時奮進的情調，這正是盛唐時代精神的具體呈現。

配合著盛唐國勢的強盛、知識分子追求理想的懷抱，孟浩然在送別詩表現出鼓勵從軍報國，惜時奮進實踐人生理想。如〈送朱大入秦〉：〔註64〕

游人五陵去，寶劍值千金。分手脱相贈，平生一片心。

以寶劍象徵壯志，鼓勵友人積極奮鬥，努力實踐理想，不枉度此生。一個「脱」字，何等豪邁。解劍相贈，既襯托朱大英雄豪俠的性格，又表達對朱大的祝福，而詩人豪情壯志亦寄託其中。又如〈送陳七赴西軍〉：

吾觀非常者，碌碌在目前。君負鴻鵠志，蹉跎書劍年。
一聞邊烽動，萬里忽爭先。余亦赴京國，何當獻凱還。

「寧爲百夫長，勝作一書生」（楊炯〈從軍行〉），唐代開邊之風盛行，激勵文人追求邊功，從戎邊塞蔚爲風尚。邊塞從軍，不但可以展現保家衛國的愛國之心，也提供一道發跡的路途，時人莫不趨騖。詩一開篇，對素有遠大抱負的陳七，無從施展抱負深感惋惜。接著讚揚他能馳效沙場，見機而動、乘時而起。「何當獻凱還」，信心滿懷，一語雙指：一是期待陳七名有所成，功有所建，凱旋歸來；一是期盼自己赴京國，能有遇合之事，一展長才，爲國效勞。令人黯然傷神的離別之苦，在此一掃而空，只顯現一股奮發向上的豪情，情調高昂激越。李

〔註64〕孟浩然還有〈峴山送朱大去非遊巴東〉一詩，朱大，名去非，是浩然同鄉友人。

夢陽評曰：「是盛唐詩」〔註 65〕，正指出了他的送別詩配合著時代的脈動，顯示積極進取的精神，已非南北朝別離的感傷意緒。孟浩然「賦壯詞」送別萬里赴戎機者，如〈送告八從軍〉、〈送吳宣從軍〉、〈送莫氏甥兼諸昆弟從韓司馬入西軍〉與〈送陳七赴西軍〉，都寫得氣勢昂揚，慷慨磊落，無不寄寓其建功之志。

孟浩然的送別詩，送別對象大都是落第的舉子、失意的文人、貶謫或屈居下僚的官吏，他將別離的愁怨昇華爲對友人的同情、關懷和勸慰，情意深厚，語調溫婉。尤其是「奈何偶昌運，獨見遺草澤」（〈山中逢道士雲公〉），這種不遇的悲慨，是多少盛唐士子共同的心聲，也觸發彼此惺惺相惜。〈都下送辛大之鄂〉中道：

南國辛居士，言歸舊竹林。未逢調鼎用，徒有濟川心。

余亦忘機者，田園在漢陰。因君故鄉去，遙寄式微吟。

此詩爲滯留京城時，送辛諤返歸故鄉所作。辛諤曾隱居於襄陽附近的西山〔註 66〕，與浩然爲林泉契友。辛大懷著濟川之心、希冀能獲調鼎之用，輔時濟世，實踐傳統知識分子的志意。他旅遊京華，求取功名，但無人援引失意而歸。詩人此時的境遇同於辛大，感慨特深，抒發了式微歸鄉之感，又如〈送王昌齡之嶺南〉：

洞庭去遠近，楓葉早驚秋。峴首羊公愛，長沙賈誼愁。

土毛無縞紵，鄉味有槎頭。已抱沈痾疾，更貽魑魅憂。

數年同筆硯，茲夕閒衾裯。意氣今何在？相思望斗牛。

王昌齡被貶嶺南，浩然對他深具羊祜的政蹟、賈誼的才華，卻流落不偶的境遇深感惋惜；對他因奸人的讒陷，一去嶺南瘴癘地，深感憂慮。回憶以往友誼，如今天各一方，格外感嘆，並以望斗牛來互解別後的相思。詩中直道出對友人鬱鬱不得志的深切同情。又如〈送吳悅游韶陽〉：

〔註 65〕見蕭繼宗《孟浩然詩說》，頁 66。

〔註 66〕孟浩然詩中有〈西山尋辛諤〉，知辛諤曾隱於西山。此外孟集中提及辛諤者，有〈夏日南亭懷辛大〉、〈送辛大之鄂渚不及〉、〈張七及辛大見尋南亭醉作〉（一作〈張七及辛大見訪〉），可見浩然與辛大的友誼。

五色憐雛鳳，南飛適鷓鴣。楚人不相識，何處求椅梧？
去去日千里，茫茫天一隅。安能與斥鷃，決起但槍榆？

全詩運用比興手法，吳悅失志而離楚入越，浩然以鳳暗喻，憐惜他有美質不爲人識，並以思翥遠翼不屈槍榆而勸慰之。此外〈送席大〉：「惜爾懷其寶，迷邦倦客遊。……知君命不偶，同病亦同憂」，〈送丁大鳳赴舉張九齡〉：「吾觀鷦鷯賦，君負王佐才。惜無金張援，十上空歸來……故人今在位，歧路莫徘徊」。不僅對友人的懷才不遇深感同情，而且掌握了彼此相同的命運、共同的悲慨，使勸慰和勉勵更顯誠摯眞切。

三、寄贈酬和之作隨興書寫，無意不入。

寄贈酬和詩是以詩相贈答唱和，在詩歌的迴還往復之間，達到雙向情意的交流。贈詩在詩題上一般以「贈」、「貽」、「呈」、「獻」、「上」、「示」爲題，贈詩的別稱，一般與受贈者的身分有相關；答詩在詩題上一般以「答」、「酬」、「和」爲題，爲了表示敬重，亦有「奉答」、「奉酬」、「奉和」之稱。

孟然的贈答詩，在綰合人我之際，隨情所至、興之所發。有的以交往對象的性格、行止爲書寫重點，表達欣慕之意，如〈贈蕭少府〉「尙德如流水，安仁道若山。聞君秉高節，而得奉清顏。……欲知清與潔，明月照澄灣。」極力刻畫友人清廉的形象。有以彼此交往、同遊賞會爲抒發內容，表達彼此友誼，抒發思友之情，如〈登江中孤嶼贈白雲先生〉：「……憶與君別時，泛舟如昨日。夕陽開晚照，中坐興非一。南望鹿門山，歸來恨相失。」回憶與友人泛舟的美好情形，表達思念友人的深情。寫思友之情，如〈登峴山寄晉陵張少府〉：「峴首風湍急，雲帆若鳥飛。憑軒試一問：張翰欲來歸？」由秋登峴山引起思友之情，使用張翰見秋風思歸的典故，又暗寓了勸友辭官歸田的諷意。有的落筆在自己，直抒胸懷，這種剖白生命情懷之作，有直接尋求理解之意，如〈京還贈王維〉：「拂衣何處去？高枕南山南。欲尋五斗祿，其如七不堪。早朝非晚起，束帶異抽簪。因向知者說，游魚思舊潭。」求仕不得的牢騷，對當朝權貴的抗議，不能屈於權貴、違己交病的氣節，以及與仕途訣別的選擇，都藉由贈詩取得友人理解。

更有表達對友人箴規之意，如〈寄趙正字〉：

正字芸香閣，幽人竹素園。經過宛如昨，歸臥寂無喧。

高鳥能擇木，羝羊漫觸藩。物情今已見，從此願忘言。

趙爲祕書省正字，屬校書郎，掌讎典籍、刊正文字之職。他屈居下僚，未能施展所長，不甘沈抑，窮愁自困。孟浩然以「高鳥能擇木，羝羊漫觸藩」勸慰他，應如良禽擇木而棲，擇主而事；應以「羝羊觸藩，不能退，不能遂」(《易・大壯》)〔註 67〕爲戒，小心仕進，勿汲汲而自困。語婉意深，一片深情，溢於言表。

由於孟浩然重要的生活經歷不外漫遊、閒居，他的寄贈酬和詩常結合山水登覽、田園閒居發興起情。「寄」題，強調贈詩不是當下面交，而是須付郵傳送。孟浩然在漫遊時常寄詩懷想友人，如〈九日龍沙寄劉大昚虛〉將重陽時節乘船過龍沙的逸興寄詩友人。「客中誰送酒？棹裡自成歌」，化用陶潛重陽無酒，江州刺史王弘送酒之事，暗喻渴望友人相訪之意。〈江上寄山陰崔國輔少府〉「春堤楊柳發，憶與故人期。草木本無意，枯榮自有時。山陰定遠近，江上日相思。不及蘭亭會，空吟祓禊詩。」先用草木無意，榮枯有時，反襯人有情意而不能如約；再以不及相會，獨自吟詩，來表達渴望相聚的思念之情。

贈詩來往，或聚會作詩，先有贈（寄）、有唱，後有酬、有和。詩人聚會設宴作寫下創作的詩篇，孟浩然曾描述聚會中作詩的情景：「列筵邀酒伴，刻燭限詩成」(〈寒夜張明府宅宴〉)，席間以詩會友，增進情誼限時成詩，琢磨詩藝。王迴〈同孟浩然宴賦〉（一作題壁歌）有「屈宋英聲今止已，江山繼嗣多才子。作者于今盡相似，聚宴王家其樂矣。共賦新詩發宮徵，書于屋壁彰厥美。」(《全唐詩》卷 215，頁 2250）描述與孟浩然聚宴賦詩，甚至題詩壁上的盛況。孟浩然詩中以「宴」

〔註 67〕參見〔魏〕王弼注，〔唐〕孔穎達疏《周易正義》（台北：台灣古籍出版，2001 年），頁 176。

爲題名的詩作有十二首。詩人同遊賦詠，有唱有和，而「同」，也就是「和」詩。孟浩然集中「同」、「和」之作有二十多首。這些詩饒富意趣，如〈和賈主簿弁九日登峴山〉：

楚萬重陽日，群公賞讌來。共乘休沐暇，同醉菊花杯。

逸思高秋發，歡情落景催。國人咸寡和，遙愧洛陽才。

寫出了重九之日，官員文士們藉著這休沐之日，同遊登峴山，同醉菊花酒，良辰美景的興會中引發的逸思和歡情。結聯謙稱自己的和詩有愧於友人之作。

酬和，是在接獲贈寄之作，感知對方心靈，給予同等生命的回應。從今存的詩來看，孟浩然的和詩，應是「以意爲主」。〔註68〕他的〈同儲十二洛陽道中作〉：

珠彈繁華子，金羈遊俠人。酒酣白日暮，走馬入紅塵。

書寫遊俠走馬紅塵的生活，是對儲光羲〈洛陽道五首獻呂四郎中〉的和作，觀儲詩其三：

大道直如髮，春日佳氣多。五陵貴公子，雙雙鳴玉珂。

（《全唐詩》卷139，頁1417）

以明暢的筆調，勾勒出繁華富庶的城市風貌，和五陵遊俠公子的放蕩生活。可知孟浩然的和作是和其意。

三、登臨詠懷的人生之感

詠懷、興感的這類詩作，主要是書寫詩人仕途追求理想人格、遭遇感受，以及對宇宙人生的種種思考。它包含了直接抒慨的詠懷之

〔註68〕〔宋〕洪邁《容齋隨筆》卷十六「和詩當和意」：「古人酬和詩，必答其來意，非若今人爲次韻所局也。觀《文選》所編何劭、張華、盧諶、劉琨、二陸、三謝諸人贈答，可知矣。……高適寄杜公云：『愧爾東西南北人』，杜則云：『東西南北更堪論』。高又有詩云：『草玄今已畢，此外更何言？』杜則云：『草玄吾豈敢？賦或似相如。』……皆如鐘磬在簴，叩之則應，往來反復，于是乎有餘味矣。」〔明〕胡震亨《唐音癸籤》說：「盛唐人和詩不和韻。」都認爲盛唐詩人的酬和方式，以答其意爲多。

作，也包含了藉由詠物、登臨懷古來寄託情感的作品。孟浩然這類之作前者如〈田園作〉、〈題長安主人壁〉；後者如〈庭橘〉、〈與諸子登峴山〉等。

渴求知用與懷才不遇，從初唐開始，即是詠物詩重要興寄主題。如駱賓王〈在獄詠蟬〉借蟬自喻，運用比興、雙關、象徵手法，感慨謠言紛紜，儘管立身高潔卻沈冤莫辯。宋之問〈明河篇〉以「明河可望不可即，願得乘槎一問津」，委婉表達仕進的願望。沈佺期〈古鏡〉：「埋落今如此，照心未嘗歇。願垂拂拭恩，爲君鑒玄髮。」（《全唐詩》卷九十五，頁 1026）以鏡發抒自己懷才不遇，冀求知賞，酬主報國的政治懷抱。孟浩然從年少時起，就懷抱「鴻鵠志」，渴望建功立業。他的詠物詩〈庭橘〉，接續屈原〈橘頌〉的傳統：

明發覽群物，萬物何陰森。凝霜漸漸水，庭橘似懸金。
女伴爭攀摘，摘窺礙葉深。並生憐共蔕，相示感同心。
骨刺紅羅被，香黏翠羽簪。擎來玉盤裡，全勝在幽林。

屈原〈橘頌〉藉著讚美橘樹的秉質，以自況其堅貞的情操，絕不從俗的心志。古詩〈橘柚重華實〉中「委身玉盤中，歷年冀見食」，藉橘的形象慨嘆懷才不遇，希冀爲世所用。隱於田園的孟浩然是欲濟時以馳志，渴望出仕，他藉著屈原以來「橘」的傳統象徵，表明自己有美好的品質，而企望見賞晉用，故有「擎來玉盤裡，全勝在幽林」的心意表露。〔註 69〕

他在〈田園作〉是自抒理想、渴求知遇之作：

弊廬隔塵喧，惟先養恬素。卜鄰近三徑，植果盈千樹。
粵余任推遷，三十猶未遇。書劍時將晚，丘園日空暮。
晨興自多懷，晝坐常寡悟。沖天羨鴻鵠，爭食羞雞鶩。
望斷金馬門，勞歌採樵路。鄉曲無知己，朝端乏親故。

〔註 69〕按張九齡〈感遇十二首〉其五也是以橘寄慨：「江南有丹橘，經冬猶綠林。豈伊地氣暖，自有歲寒心。可以薦嘉客，奈何阻重深。運命唯所遇，循環不可尋。徒言樹桃李，此木豈無陰。」此組詩作於開元二十五年張氏貶荊州刺史之時，孟浩然的〈庭橘〉應早於九齡之作。

誰能爲揚雄，一薦甘泉賦。

孔子於《論語・學而》中說：「吾十有五而志於學，三十而立，四十而不惑，五十而知天命，六十而耳順，七十而從心所欲，不踰矩。」他提出人生的每個階段都有不同的開展與進境，深深的影響傳統士人。浩然的早年隱居田園是爲求仕做準備，他晝夜自強，以爲詞賦已工，可以一展長才。然而唐代用人需有力者的援引，他用仕之心雖切，卻沒有知己、親友在朝廷當官可以引薦。屆三十而立之年，功名無成，心中自是憤懣不平。他以朱買臣的不遇自喻，以揚雄自況，抒發感慨，表白希望得到執政者援引，獲得一官半職，早日實現治國安民的理想。

出處窮達是知識分子一生所面對的課題，在出與處、窮與達，理想與現實的矛盾之下，就會產生情感的迭宕起伏。孟浩然有抒發積極進取的求仕之情，也有「寒士失職而志不平」（宋玉〈九辯〉）、「不平則鳴」（韓愈〈送孟東野序〉）之作，也就是懷抱理想，在缺乏時機與當權者的壓抑下，無法施展，感到懷才不遇、便抒發憂憤，或抨擊權貴。唐代不論科舉或是薦舉，都需有力者的援引，「秀色空絕世，馨香誰爲傳」（李白〈古風五十九首〉其二十六），在「朝端乏親故」、「惜無金張援」的孤境中，浩然只有「年年白社客，空滯洛陽城」的落寞失意，和「大道如青天，我獨不得出」（李白〈行路難〉其二）的嗟嘆。他的〈題長安主人壁〉、〈秦中感秋寄遠上人〉、〈歲暮歸南山〉等均是抒發事與願違的不遇之慨。

秋景蕭瑟引人悲愁，乃是秋在四季遞嬗中的特定位置，自然界由生機勃勃、一片繁盛轉向蕭條凋敝、滿目蒼涼的過程。宋玉〈九辯〉「悲哉秋之爲氣也，蕭瑟兮草木搖落而變衰」，而秋士易感，悲秋的心理內質，則是觸物起情，產生人生倏忽韶華難留，生命搖落而功業無成的悲慨。浩然於長安求仕失意，因秋感懷，在〈秦中感秋寄遠上人〉中抒發歲華不再，事與願違的不遇之慨：

一丘常欲臥，三徑苦無資。北土非吾願，東林懷我師。

黃金燃桂盡，壯志逐年衰。日夕涼風至，聞蟬但益悲。

「一丘」是山野景象，「三徑」是田園風光，在生命的情意本質中，浩然本有一分任性自然的高趣，嚮往山林田園閑適自在的隱逸生活。但是閒雲野鶴的日子仍要以物資爲基礎。「仕非爲貧也，而有時乎爲貧」（《孟子‧萬章下》），求仕雖與任性自然的生命情意相違，但是既可以實現儒家傳統教育下「博施，濟眾於民」（《論語‧雍也》）的理想懷抱，也可以舒解生活的困頓。只不過長安居，大不易，「黃金燃桂盡，壯志逐年衰」，旅況的窮困不僅緣於盤纏物資的耗盡，官場情況也使人失望，在內外交煎下，雄心壯志也衰退了。詩中秋風瑟瑟，寒蟬嘶鳴，日夕冥冥，一派蕭瑟的景象，接續悲秋傳統，突出客中抑鬱心情。旅況的艱難、官場的失意，生命的搖落成空與秋景深合爲一。

孟浩然後期的歸隱是不得已的，〈歲暮歸南山〉吐露失意的落寞：

北闕休上書，南山歸敝廬。不才明主棄，多病故人疏。

白髮催年老，青陽逼歲除。永懷愁不寐，松月夜窗虛。

他上書獻賦，干謁權貴，希望能如馬周「直犯龍顏請恩澤」。然而「知音徒自惜，聾俗本相輕。不遇鍾期聽，誰知鸞鳳聲」（〈贈道士參寥〉），現實的境遇是才不見知，良驥未遇伯樂。「不才明主棄，多病故人疏」，委婉深致，是自憐、是哀傷、是懇請。他的挫折寂寞，是無人引薦，世態炎涼所致。歸南山的他，對著仕途的受挫，時光的催逼，月夜裡不是高枕南山的豁達，而是失意落寞、愁思縈懷的夜不成眠。「松月夜窗虛」，景中含情，情景渾融，迷濛空寂的夜景與內心落寞心緒相映。「虛」字更是語涉雙關，把院落的空虛、靜夜的空虛、仕途的空虛和心緒的空虛包蘊無遺。

施蟄存於《唐詩百話》中對詠史、懷古、詠懷作一界定：「詠史詩是有感於某一歷史事實，懷古詩是有感於某一歷史遺跡。但歷史事實或歷史遺跡如果在詩中不佔主要地位，只是用作比喻，那就是詠懷詩。」〔註70〕浩然集中有懷古之作，見古跡、思古人，實是借此抒發懷抱。〈與諸子登峴山〉、〈齒座呈山南諸隱〉、〈登鹿門山懷古〉、〈高

〔註70〕施蟄存《唐詩百話》（台北：文史哲出版社，1994年）。

陽池送朱二〉等都是此類之作。他的〈與諸子登峴山〉：

人事有代謝，往來成古今。江山留勝跡，我輩復登臨。

水落魚梁淺，天寒夢澤深。羊公碑尚在，讀罷淚沾襟。

浩然與友人登臨峴山，憑吊羊祜遺跡而引起人生感慨。首聯具有普遍的哲理，人事的代謝交替，時光的流逝，即成古今，看似憑空落筆，實是由羊祜事提鍊而來。《晉書・羊祜傳》：「祜樂山水，每風景，必造峴山，置酒言詠，終日不倦。嘗慨然歎息，顧謂從事中郎鄒湛等曰：『自有宇宙，便有此山。由來賢達勝士，登此望遠，如我與卿者多矣！皆湮滅無聞，使人悲傷。』」〔註71〕羊祜登峴山，興起宇宙恆久綿遠，自身年命短促的喟嘆。浩然登此山與羊公同慨，然而羊公生前政蹟斐然，死後襄陽百姓於峴山建碑立廟，垂名後世，與山俱傳〔註72〕；自己一介布衣，脩名未立，死後難免湮沒無聞，兩相對比，其悲慨又更深一層。

又如〈齒座呈山南諸隱〉：

習公有遺座，高在白雲陲。樵子見不識，山僧賞自知。

以余爲好事，攜手來一窺。竹露閑夜滴，松風清晝吹。

從來拒微尚，況復感前規。於此無奇策，蒼生奚以爲？

齒座爲習鑿齒的遺跡〔註73〕，據《晉書・習鑿齒傳》：習鑿齒，字彥威，襄陽人，「少有志氣，博學洽聞」，「每處機要，蒞事有績」。〔註74〕事桓溫時，知桓溫野心勃勃，覬覦非望，而著《漢晉春秋》加以裁正。苻堅攻破襄陽時，仰慕他的名聲想要召於幕下，他隱居恬退，辭不受就。苻堅之亂後，朝廷收復襄陽，他論著上疏，申言晉「宜越魏繼漢，不應以爲三恪」之旨。朝廷後來想徵召他做官，

〔註71〕參見〔唐〕房玄齡等《晉書》卷三十四，頁1020。

〔註72〕《晉書・羊祜傳》：「湛曰：『公（羊祜）德冠四海，道嗣前哲。令聞令望，必與此山俱傳。』」（卷三十四，頁1020）《韻語陽秋》亦言：「羊叔子鎮襄陽，嘗與從事鄒湛登峴山，慨然有湮滅無聞之嘆。峴山亦因是以傳，古今名賢賦詠多矣。」

〔註73〕《湖北通志》：「習洞在（棗陽）縣南青峰山，習鑿齒嘗遊於此。」

〔註74〕參見〔唐〕房玄齡等《晉書》卷八十二，頁2152～2153。

但他人已去世。孟浩然在詩中抒發登臨懷古之情，不僅景仰習公隱逸恬退的情操，更仰慕他濟世拯民的功蹟；感慨自己不如習公，無補蒼生，實是感嘆自己懷才不遇。在仕隱兩端之間，詩人兼濟天下的理想是重於隱逸的，隱是不得已的。在懷古傷今中，可見詩人對建功立業的渴望。

儒家積極入世的人生理想是浩然生命價值的底蘊，「常恐塡丘壑，無由振羽翼」的悲戚之感，一直盤旋於浩然心中。所以，他在許多詩篇的結尾，總是落腳到自己的失意。如〈宴張記室宅〉：

甲第金張館，門庭軒騎過。家封漢陽郡，文會楚材多。

曲島浮觴酌，前山入詠歌。妓堂花映發，書閣柳逶迤。

玉指調箏柱，金泥飾舞羅。誰知書劍客，歲月獨蹉跎？

在豪華的宴會中，文客絡繹，浮觴同酌共詠。亭臺樓榭，花映柳垂，笙歌舞起，極盡宴飲之樂。但他興盡悲來，出處得失，求仕不得的心結浮現，仰天喟嘆，「誰知書劍客，歲月獨蹉跎」！在品味「沿洄洲渚趣，演漾弦歌音」（〈與白明府遊江〉）的遊江之樂，卻情由物感，既喜還悲，唱嘆出「誰識躬耕者，年年梁甫吟」。即便是以開朗的筆調寫別館離情，高唱出「江山增潤色，詞賦動陽春」（〈送崔遏〉），仍以「因聲兩京舊，誰念漳浦濱」作結，而哀憐自己。他的〈家園臥疾畢太祝曜見尋〉，爲晚年之作：

隙駒不暫駐，日聽涼蟬悲。壯圖哀未立，斑白恨吾衰。……

是年華老去，壯志未酬的嘆腕，一片淒楚蒼涼。「尤憐不才子，白首未登科」（〈陪盧明府泛舟回峴山作〉）、「奈何偶昌運，獨見遺草澤」（〈山中逢道士雲公〉），這種不遇的悲慨貫穿浩然一生，可知，在他隱棲守靜的境界中，蘊含著理想的落空。

四、閨怨邊塞的擬代之情

在唐代開邊之風的影響下，邊塞題材的詩作盛行，浩然雖然沒有從軍或到過邊塞的經驗，卻也偶試身手。他的〈涼州詞〉二首，一首寫昭君出塞，一首寫戍邊戰士的情思：

渾成紫檀金屑文，作得琵琶聲入雲。胡地迢迢三萬里，那堪馬上送明君。（其一）

異方之樂令人悲，羌笛胡笳不用吹。坐看今夜關山月，思殺邊城遊俠兒。（其二）

石崇〈王明君辭〉之序說：「昔公主嫁烏孫，令琵琶馬上作樂，以慰其道路之思，其送明君，亦必爾。」〔註75〕自此明君辭漢，馬上彈奏琵琶以寬慰離情成為故實。前首由琵琶材質、聲音之美寫起，一方面暗喻昭君內外兼備的才德，一方面以琵琶突顯為異域情調，呈現馬上作樂的悲涼情調。下聯拉出黃漠的黃沙、空闊的胡地，寫出昭君出塞，一去萬里的孤寂。志士仁人的不遇之情，便寄寓於中。〔註76〕次首寫軍士思鄉懷家的心情，羌笛悠悠，明月皎皎，士兵久戍不歸的思鄉之情彌漫；一個「殺」字，深切的點染愁思。這兩首詩都落筆豪壯，立意沈痛。

閨怨詩主要是寫閨中女子的離別相思的愁緒。浩然集中有七首閨怨詩，七言律詩中的〈春情〉、五言律詩中的〈賦得盈盈樓上女〉、〈春怨〉、〈閨情〉、〈寒夜〉、〈美人分香〉、〈同張明府清鏡歎〉。這些詩以擬代的手法，對女子的生活場景與內在心理刻畫生動。如〈閨情〉：

一別隔炎涼，君衣忘短長。裁縫無處等，以意忖情量。畏瘦疑傷窄，防寒更厚裝。半啼封裹了，知欲寄誰將。

〔註75〕石崇〈王明君辭〉，見嚴可均輯校《全上古三代秦漢三國六朝文》全晉文，卷三十三，頁1651。

〔註76〕以詠嘆昭君抒發不遇之情，如杜甫〈詠懷古跡〉其三：「群山萬壑赴荊門，生長明妃尚有村。一去紫臺連朔漠，獨留青冢向黃昏。畫圖省識春風面，環珮空歸月夜魂。千載琵琶作胡語，分明怨恨曲中論。」寫出昭君離別漢宮，飛度沙漠，葬身塞外的悲劇；並點出悲劇產生的原因，在君王不能直接選才，重畫不重人。詩中並借著千載作胡音的琵琶曲調，寫出昭君的「怨恨」。王嗣奭說：「昭有國色，而入宮見妒；公亦國士，而入朝見嫉。正相似也，悲昭而自悲也。」（《杜臆》卷八）杜甫借詠昭君抒發入朝受忌、才高不遇的悲慨。

詩中描寫思婦在寒冬時爲夫婿縫衣一事，表達相思的情懷。全詩以思婦的心理活動開展，首聯從「隔炎涼」、「忘短長」見離別時間之長；中二聯寫縫衣無處比量身形下的揣度，甚至對衣服大小不知合度、厚薄寒暖難以拿捏充滿憂心；結聯寫她在深夜縫完衣，不知夫婿所在而無法寄送的悵惘。情感細膩眞實，思婦形象躍然紙上。其他如〈賦得盈盈樓上女〉:「夫婿久離別，青樓空望歸。妝成卷簾坐，愁思嬾縫衣。燕子家家入，楊花處處飛。空床難獨首，誰爲解金徽？」賦得的詩句出自《古詩十九首・青青河畔草》，孟詩和此內容，進行想像與抒寫，略有古意。「燕子家家入，楊花處處飛」一聯，以景寓情。而〈春意〉也是此類之作。至於〈美人分香〉一首，極寫美人傾城豔色和歌舞之態，格調不高。這些閨怨詩，在風格上矜麗婉約，可能爲少時所作。因爲浩然一生處初盛唐之交，少年時期正値初唐之末，多少受初唐宮體詩風的影響。

孟浩然閨怨言情之作，最爲深刻的是〈同張明府清鏡歎〉，則是中後期的作品：〔註77〕

妾有龍盤鏡，清光常晝發。自從生塵埃，有若霧中月。

愁來試取照，坐歎生白髮。寄語邊塞人，如何久離別？

詩中描寫思婦懷人、坐愁髮白的心情，風調高搴，詞意淒婉。開篇借物言情，以鏡的清發和蒙塵暗喻夫婿的居家與征戍。《詩經・伯兮》有:「自伯之東，首如飛蓬。豈無膏沐？誰適爲容」〔註78〕這裡以「鏡生塵埃」的意象，不但表達良人征戍時久，「誰適爲容」；還增加了「白髮」的意象，加強愁思之深。結聯畫龍點睛，點明夫婿投效邊關，不

〔註77〕浩然集中的張明府是張愿，於開元十七年任奉先令，開元二十一年任駕部郎中。開元二十年秋休假還襄陽，集中與張明府有關的詩作有〈登張明府亭〉、〈和張明府登鹿門作〉、〈寒夜張明府宅宴〉、〈奉先張明府休沐還鄉海亭宴集〉、〈同張明府碧谿贈答〉、〈同張明府清鏡歎〉，當作於張愿回鄉和遷駕部郎中之前。因此〈同張明府清鏡歎〉可歸爲浩然中後期之作。

〔註78〕《詩經・衛風・伯兮》見《詩經》重刊宋本十三經注疏（臺北：藝文印書館，1989年），頁139。

因久戰不歸而責怪朝廷。全詩沈痛而深婉，得詩教溫柔敦厚之旨。劉辰翁云：「語更欲朴，眞不可廢。所謂『增之太長，減之太短』者。」〔註 79〕深得詩中三昧。他的七律〈春情〉：「青樓曉日珠簾映，紅粉春妝寶鏡催。已厭交歡憐枕席，相將遊戲繞池臺。坐時衣帶縈纖草，行即裙裾掃落梅。更道明朝不當作，相期共鬥管弦來。」評者有極大的歧異，有人評爲「風格卑下，句法委弱」，而認爲是「非浩然詩而摻入者」。而清人趙臣瑗《山滿樓箋注唐詩七言律》則有知音「見異」之評：

> 〈春情〉者，閨人春園之情也，艷而不俚，乃上乘。他人寫情，必寫其晏眠不起，而此偏寫其早起；他人寫情，必寫其憐枕席，而此偏寫其慶交歡，落想已高人數等。而尤妙在從朝至暮，曲曲折折寫其初起，寫其妝成，寫其遊戲，既寫其坐，復寫其行，五十六字中使之得幾幅美人圖，眞能事也。

給極它極高的評價，認爲是極盡摹刻之工。

文學創作是作者性情襟抱的體現。孟浩然在「翰墨緣情製」的詩學觀下，以詩歌抒發情感，表露心靈。但詩人在體裁的運用與題材、情志的表現上是有所偏重。

在體裁表現上，孟浩然以五言爲主，有二百五十首，七言（包括古詩、絕句、律詩）只有十七首。他以五言寫山水田園、寫送別酬贈，都十分清新流利，誠如謝榛所評「浩然五言古詩近體，清新高妙，不下李、杜。」（《四溟詩話》）從五言的表現來看，五古、五律、五絕、五排各具特色。他的五古樸質中有清麗中，並且帶有風力；五律以古入律、興象生動；五排有清新、亦有典重；五絕自然精巧，富含餘韻。高棅在《唐詩品彙》中，根據入選的作家和作品，按時期和體裁分爲九格〔註 80〕，在盛唐部分，他分別以正宗、大家、名家、羽翼來進行

〔註 79〕蕭繼宗《孟浩然詩說》卷一，頁 54。

〔註 80〕高棅《唐詩品彙・凡例》云：「大略以初唐爲正始，盛唐爲正宗、大家、名家、羽翼，中唐爲接武，晚唐爲正變、餘響，方外異人等爲

品第。所謂「正宗」是指某一詩歌體裁進入成熟期所產生的典範性詩人；「大家」指成就特高者，全書僅列杜甫一人；「名家」與「羽翼」依序次等於「正宗」、「大家」。孟浩然的五律、五排、五絕都被品評爲「正宗」，五古被評定爲「名家」與王維並列〔註81〕，足以見出孟浩然在五言詩上的成就。而許學夷《詩源辨體》「孟浩然古律之詩，五言爲勝；五言則短篇爲勝。」則認爲其五絕、五律的成就高於五古、五排。

孟浩然的七言少，前人評孟浩然「不甚作七言」（《載酒園詩話・又編》）〔註82〕，是不爭的事實。而五、七言雖每句相差兩字，但造成的節奏感和韻律感卻不一。五言字少，吟哦間有安詳舒緩的氣度；七言音促，上口時有踔厲發揚的神采。但他的七言長篇語調舒緩，如謝榛所評「但七言長篇，語平氣緩，若曲澗流泉，而無風卷江流之勢。」（《四溟詩話》）劉熙載於《藝概・詩概》中說：「五言質，七言文，……幾見田家詩而多作七言者乎？」〔註83〕孟浩然的作品以山水田園詩而主，宜用風格眞切、自然、安恬的五言寫成；即使以七言，無法另闢

旁流。」將品第與詩歌的盛衰正變結合。他以「正始」品第初唐詩人，特指在某一詩體可以爲唐風開創者的詩人。在盛唐部分，他分別以「正宗」、「大家」、「名家」、「羽翼」來進行品第。他以「接武」品第中唐詩人，特指能繼承前代詩風的作者。並以「正變」、「餘響」來品評晚唐詩家，「正變」特那些能「變而不失其正」，使典型的唐風蛻變者；「餘響」指「此晚唐變態之極，而遺風餘韻猶有存者焉」（〈總敘〉）。至於「旁流」，則指文人士大夫以外的和尚、道士、婦女等詩歌作者。參見〔明〕高棅《唐詩品彙》，頁43。

〔註81〕高棅《唐詩品彙・敘目》分體分格，評點詩家，茲將他對孟浩然、王維品第的情形列表如下：

體裁／詩人	五古	五律	五排	五絕	七律	七古	七絕
孟浩然	名家	正宗	正宗	正宗	正宗	羽翼	羽翼
王　維	名家	正宗	正宗	正宗	正宗	名家	羽翼

〔註82〕參見〔清〕賀裳《載酒園詩話》，收入郭紹虞《清詩話續編》（台北：木鐸出版社，1983年），頁312。

〔註83〕參見〔清〕劉熙載《藝概・詩概》，頁69。

題材，亦揮灑不開，劉氏之言，可謂一語道破其中原委。

在題材與情志表現上，孟浩然詩歌題材有山水田園、人際交往、詠懷興慨、閨情擬代四類。他的山水田園詩有行旅往來的宦遊之情、有隱居漫遊的閒逸之興，亦有尋訪山寺下的方外之情。他將山水與求仕之情結合，也寄寓思鄉不遇之情。他的交往詩，體現與人交往互動時的誠摯之情。至於詠懷興慨一類的詩作，更是直接的反映了他對人生理想的渴求與失落，情感眞切，形象鮮明。閨怨擬代之作也可看出他對美人思婦統的承繼。這些詩充滿著他建功立業的用世之心、事與願違的不遇之慨、隱居漫遊的閑情逸興、羈旅往來的思鄉之情、尋僧訪道的出塵之思、人事往來的誠摯之情，都構成孟浩然詩重要的情志特色，不但有風神散朗的詩人形象，呈現出詩人做爲一個盛唐士子的生活與精神風貌。

第六章　孟浩然詩歌的藝術特色

儒家傳統美學觀講究文質相稱，「文質彬彬，然後君子」（《論語・雍也》），重視文學作品形式與內容的統一。深刻的情意結合藝術手法做整體的錘鍊，更能曲盡其情，深達其意。道家「法自然」的審美觀中，強調藝術的最高境界要能「既雕且琢，復歸於樸」，因此藝術技巧絕非自外於內容，而是服從於內容的需要做整體構思，並且達到融化無跡的境界。孟浩然的詩歌，前人都以「佇興而作，不事雕飾」，「若公輸氏當巧而不巧者」（皮日休〈郢州孟亭記〉），認爲他有渾化無跡之妙，這種自然的天工在藝術手法的運用有何特色？

詩的風格是詩人在創作實踐中形成的藝術個性，是作家個性、思想、藝術修養、詩歌美學觀，在作品內容與形式的綜合表現，顯現出來的某種特色。曾國藩《家訓》嘗言：「凡大家名家之作，必有一種面貌，一種神態，與他人迥不相同，若非其貌其神敻絕群倫，不足以當大家之目。」藝術之可貴在於獨創性，顯現作家獨特的風味。本章探析孟浩然詩歌的藝術表現，進而綜合形式與內容，並參考前人對孟浩然詩風的評述，以全面探討「孟浩然體」的面貌和顯透的美感特質。

第一節　孟浩然詩歌的藝術表現

語言是文學載體，詩歌語言的使用不但是表現情思的利器，更是形成作家風格的重要因素，孟浩然在詩歌語言上，有何重要的表現？詩歌的內涵主要是情景兩端，孟浩然感物興情的創作理念和「佇興而作」的詩歌創作實踐，使他在情景的安排形成什麼特色？孟詩以山水田園最多，他如何收攝自然景物，而產生個人獨有的特色？此外，詩歌中使用對比，其效用是在比較作用之下顯映意象，產生特徵，增加情、境張力，孟詩中如何使用對比？本節從遣詞造語、取景方式、情景配合、對比使用四方面探究孟詩的藝術表現。

一、遣詞造語的特色

劉勰《文心雕龍・章句》說：「夫人之立言，因字而生句，積句而爲章，積章而成篇。篇之彪炳，章無疵也；章之明靡，句無玷也；句之清英，字不妄也；振本而末從，知一而萬畢矣。」〔註1〕字句的熔冶是裁構篇章的根本，作者有善驅語言、善遣字詞的文才，才能產生形象鮮明、情感深厚、意境渾成的作品。

作家遣詞造句傳情達意，但是中國文字形、音、義互爲表裡，因此遣詞造語，還須求其聲調協律，聲韻諧和。劉勰於《文心雕龍・聲律》中說：「聲畫妍蚩，寄在吟詠，滋味流於下句，風力窮於和韻。」〔註2〕詩歌的吟味諷詠，除了以鍊字度句使情趣義蘊完美的流露之外，仍需和聲諧韻，才能使風采骨力煥發，富音樂性的美感。

孟浩然的詩作一向以自然渾成而著稱，在語言的使用上自有天然不見刻痕的精妙。今從鍊字、用典、造語和聲韻四方面，分述語言特色。

（一）句中鍊字，傳神寫照

詩歌是語言藝術，要求語句精鍊、形象生動，能在有限的字數裡，完整表達作者心中的意念。劉勰《文心雕龍・鍊字》說：「富於萬篇，貧於一字。」〔註3〕強調用字取捨斟酌的重要。宋人作詩強調「詩眼」，

〔註1〕王更生注譯《文心雕龍讀本》，頁119。
〔註2〕王更生注譯《文心雕龍讀本》，頁106。
〔註3〕王更生注譯《文心雕龍讀本》，頁88。

楊載《詩法家數》說：「詩要鍊字，字者眼也。」〔註4〕所謂的「詩眼」，即是使詩句形象鮮明、生動傳神的字詞。因此，鍊字的目的、詩眼的作用，主要在加強詩歌意象的生動，以及詩意的深刻。

浩然作詩，以通首一氣、渾成自然爲最高蘄向，然鍊字工夫卻是根本。一般而言，動詞的推敲與錘鍊，容易造成事物的動態，而突出事物形象。如：

微雲澹河漢，疏雨滴梧桐。（句）

胡仔《苕溪漁隱叢話》說：「詩句以一字爲工，自然穎異不凡，如靈丹一粒，點石成金也。浩然云：『微雲澹河漢，疏雨滴梧桐。』上句之工，在一淡字，下字之工，在一滴字。若非此二字，亦烏得而爲佳句哉？」「澹」、「滴」二字用得清新奇警。他的〈尋天台山〉：

吾愛太一子，餐霞臥赤城。欲尋華頂去，不憚惡溪名。

歇馬憑雲宿，揚帆截海行。高高翠微裡，遙見石梁橫。

其中「歇馬憑雲宿，揚帆截海行」一聯，「憑」、「截」二字，用得剛勁而巧妙。「歇馬憑雲宿」，著一「憑」字，卷舒自如，將山深路遙直上雲端的行旅之苦，以快意自如的情貌呈現。「揚帆截海行」，著一「截」字，勁力迸發，將船行截海，乘長風兮破長浪的壯遊之興，以激越高昂的意態展現。二句誠如司空圖所言「眞力彌滿，萬象在旁」（《詩品‧豪放》），也將詩人尋訪名山不畏艱辛、不遠千里的精神和興味表露無遺。黃培芳評說：「孟詩亦有此（種）鍊字健句，奈何以清微淡遠概之？」（引自《孟浩然詩說》，頁108）「憑」、「截」二字用得強勁有力，早有定評。

又如〈望洞庭湖贈張丞相〉的頷聯：

氣蒸雲夢澤，波撼岳陽城。

蔡絛說：「洞庭天下壯觀，自昔騷人墨客，題之者眾矣。如『水涵天影闊，山拔地形高』、『四顧疑無地，中流忽有山』、『鳥飛應畏墮，帆遠卻如閑』，皆見稱於世。然未若孟浩然『氣蒸雲夢澤，波撼岳陽城』，則洞

〔註4〕〔元〕楊載《詩法家數》，收入〔清〕何文煥輯《歷代詩話》，頁737。

庭空曠無際，氣象張雄，如在目前。」(《苕溪漁隱叢話》前集引《西清詩話》)認爲此聯爲描繪洞庭湖壯觀的千古絕唱，其妙處正是「蒸」、「撼」二字的錘鍊。「蒸」字，寫水氣的蒸騰、彌漫；著一「蒸」字，寫出古雲夢澤舊地被水氣波光所籠罩的奇觀，襯托出洞庭湖的浩瀚無邊。「撼」字，寫水波的鼓蕩、沖擊；著一「撼」字，寫出驚濤拍岸的壯觀，顯示出洞庭湖水勢的洶湧澎湃。「蒸」、「撼」二字，均爲警拔有力的動詞，把洞庭湖寫得氣勢壯闊，而富動態之美。因此，王士禎說:「字法要鍊……如『氣蒸雲夢澤，波撼岳陽城』，『蒸』字、『撼』字，何等響，何等確，何等警拔也。」(《然鐙記聞》)〔註5〕

又如：

山藏伯禹穴，城壓伍胥濤。(〈與杭州薛司户登樟亭作〉)

此聯繫杭州的地理環境和歷史傳說，「藏」、「壓」二字用得雄健，更顯地靈人傑。《水經注》說：「會稽山上有禹廟。昔大禹東巡，崩於會稽，因葬其地。山東有井，深不見底，即禹穴。」〔註6〕「藏」字，顯示大禹勤政愛民的精神與山俱傳，也使會稽山更具歷史的悠深感。「伍胥」即「伍子胥」，輔佐吳王闔閭伐楚，攻陷楚國郢都，後來輔佐夫差戰勝越國。夫差接受越國勾踐請和，子胥加以勸諫，反因讒賜死。《吳越春秋・夫差內傳第五》說：「吳王乃取子胥尸，盛以鴟夷之器，投之江海。子胥因揚波成濤激岸，隨潮來往。」〔註7〕著一個「壓」字，此句充滿力度美感，不但點染了海濤壯瀾足以壓城的氣勢，也呈現伍子胥的氣節與精魂。此外，「上逼青天高，俯臨滄海大。」(〈越中逢天台太子一〉)「逼」字，寫出天台山的高聳。

在錘鍊字句上，浩然也使用擬人化的修辭手法，即賦物以情，擬

〔註5〕〔清〕王士禎《然鐙記聞》，收入丁福保輯《清詩話》，頁119。

〔註6〕〔北魏〕酈道元《水經注》(文淵閣四庫全書，史部第十一冊，臺北：臺灣商務印書館，1983年)卷四十，頁12。

〔註7〕〔漢〕趙曄《吳越春秋》(臺北：中華書局，1980年)，頁61。

物爲人，將物境人格化，使審美形象的情態出神入化，達到化靜爲動、化無生命爲有生命的藝術效果。如：

白髮催人老，青陽逼歲除。(〈歲暮歸南山〉)

山暝聽猿愁，滄江急夜流。(〈宿桐廬江寄廣陵舊遊〉)

「白髮」一聯，白髮、青陽，本是無情物，綴以「催」、「逼」二字而賦予人的意志，使詩的意象立體若活，呈現韶華匆匆，歲月不待的迫切景象；表現了詩人不願以布衣終老此生，而又無可奈何的複雜感情。「山暝」一聯以「愁」字，形容猿啼之悲切，賦物以情，也襯托心境。「急」字，寫出滄江夜流的湍急、時光流逝的快速，以及心境的焦急不安。

待到重陽日，還來就菊花。(〈過故人莊〉)

「就」字用得巧妙。古樂府〈馮子都〉有「就我求清酒」、「就我求珍肴」，浩然運用「就」字源出於此。「就」，有親近之意，富含人與物的渾融、人與人的相契包蘊，表現出詩人的情感品質。楊愼評道說：「孟集有『到得重陽日，還來就菊花』之句，刻本脫一就字，有擬補者，或作醉，或作賞，或作泛，或作對，皆不同。後得善本，是就字，乃知其妙。」〔註8〕可知「就」字傳神之妙。

孟浩然作詩本是「興致自先高遠」，再以意裁篇，雖鍊字而不見其痕，雖用常字而曲盡物態人情。沈德潛《說詩晬語》云：「古人不廢鍊字法，然以意勝，不以字勝，故能平字見奇，常字見險，陳字見新，朴字見色。」〔註9〕正也道出浩然在鍊字上，不爭新逞巧，用平常字而達到意象鮮明、傳神寫照的特色。

（二）使事用典，融會恰切

用典是詩歌常用的手法，劉勰《文心雕龍・事類》提到：「事類

〔註8〕〔明〕楊愼《升庵詩話》卷六，收入丁福保輯《歷代詩話續編》，頁753。

〔註9〕〔清〕沈德潛《說詩晬語》，收入丁福保輯《清詩話》，頁549。

者，蓋文章之外，據事以類義，援古以證今」。「事類」，即是「典故」，一般可分爲「用故事」（用事）或「用成辭」（用辭）二種。「用故事」〔註 10〕是即是劉氏所言「舉人事以徵義」，是援引古人故實、歷史掌故，以經驗事實印證抽象義理；「用成辭」則是「引成辭以明理」，是援引典籍舊語和詩文成辭而剪融於詩中，借用已被認可的權威性觀念。典故是現成的語碼，善用典故能使作品內涵深厚，達到言簡意賅的效果。故胡震亨在《唐音癸籤》中云：

> 詩自摹景述情外，則有用事而已。用事非詩正體，然景物有限，格調易窮，一律千篇，衹供厭吐。欲觀人筆力才詣，全在阿堵之中。〔註 11〕

趙翼《甌北詩話》卷十亦說：

> 詩寫性情，原不恃數典。然古事已成典故，則一典別有一意。作詩者借彼之意，寫我之情，自然倍覺深厚。此後代詩人不得不用書卷也。〔註 12〕

二者都強調用典具有深厚詩情、曲盡詩意的功效。劉若愚認爲使用典故效能乃是「可以做爲表現情況的一種經濟的手段。它們能夠做爲一種速記術，傳達給讀者，否則可能需要說明和占去篇幅的某些事實。」〔註 13〕

孟浩然作詩，標舉興會，以擷尋常語、胸臆語爲主，但不乏典故的使用。孟浩然用典的特色表現在：用古事直接取喻，以歷史人物的

〔註 10〕顏崑陽認爲「用故事」的表述型態，大致可分爲三種：一是不直接介入作者主觀性的意義判斷，而對一個事實作客觀描述。二是直接介入作者主觀性的意義判斷，對一個客觀事實加以詮釋或評估。三是以主觀想像再創造性地融合、改寫一個或多個客觀事實，形成一個完整而新的意象。參見顏崑陽《李商隱詩箋釋方法論》（台北：里仁書局，2005 年），頁 189。

〔註 11〕〔明〕胡震亨《唐音癸籤》（文淵閣四庫全書，集部第九冊，臺北：臺灣商務印書館，1983 年）卷四，頁 8。

〔註 12〕〔清〕趙翼《甌北詩話》，收入郭紹虞編，《清詩話續編》，頁 1314。

〔註 13〕劉若愚撰、杜國清譯〈典故・引用・脫胎〉，《中國詩學》（台北：幼獅文化事業，1977 年）。

境遇與現今的人事作相似的類比；用古辭渾化無跡。簡錦相提到，孟浩然的用典整體呈現古質、古巽的特色。〔註14〕

就用事的技巧來看，可分爲「取喻」和「增飾」。取喻，是直接以其中的人物事跡，或全部、或部分地映見或喻及實際的人事。可分爲正用與反用。增飾，是以一個「事」所有的特殊特徵，如人名、物名，增飾一個句子或一個詞組。孟浩然用事傾向，集中在取喻，很少增飾。取喻中又集中在「正用」，如〈宿立公房〉：

支遁初求道，深公笑買山。何如石巖趣，自入户庭中。

苔澗香泉滿，蘿軒夜月閑。能令許玄度，吟臥不知還。

首聯用《世說新語·排調》之典：「支道林就深公買印山，深公答曰，未聞巢由買山而隱。」〔註15〕尾聯用許掾（字玄度）訪簡文之典，《世說新語·賞譽》：「許掾嘗詣簡文，爾夜風恬月朗，乃共作曲室中語。襟懷之詠，偏是許之所長。辭寄清婉，有逾平日。簡子雖契素，此遇尤相咨嗟，不覺造，共叉手語，達干將旦。既而曰：『玄度之才，故未易多有許。』」。〔註15〕詩人夜宿立公禪房，此夜風恬月朗，面對良辰美景，同詠襟懷，相契更甚於平日，直至天曉。點出「宿」字，切合題面。全詩雖用二典，但融鑄自然，進於化境。用語明白淺易，行氣自然，正是沈德潛所謂「孟詩勝處，每無意求工，而清超越俗。」〔註16〕

孟詩中用事，常以前人比況境遇，抒發懷才不遇、思鄉念土與傷時懷古的情感。如：

賈誼才空逸，安仁鬢欲絲。（〈晚春臥疾寄張八子容〉）

十上恥還家，徘徊守歸路。（〈南陽北阻雪〉）

〔註14〕簡錦松提到孟浩然詩的古淡，與用事手法較古，古質樸素而形成特色，李白五律和他接近。有關孟浩然、王維用典詩色與詩風的關係，可參見簡錦松〈孟浩然與王維的詩風——以用事觀點論二家五律（上）（下）〉《中外文學》8卷1、2期（1979年）。

〔註15〕楊勇編《世說新語校箋》（台北：正文書局，1992年），頁601。

〔註15〕加註楊勇編《世說新語校箋》，頁370。

〔註16〕見〔清〕沈德潛《唐詩別裁》卷九，頁319。

枳棘君尚棲，匏瓜吾豈繫。(〈將適天台留別臨安李主簿〉)

「賈誼」一聯，以賈誼喻張子容，雖才氣雄逸，卻遭貶謫，無由施展所長；以仕途侘傺、頭髮早白的潘岳喻己。「十上」一聯，用《戰國策・秦策》〔註 17〕蘇秦說秦王，「書十上而說不行」，歸鄉有愧色之事，寄託獻賦不感、懷才不遇的悲鬱，「枳棘」一聯，前用《後漢書・仇覽傳》事，仇覽有才德，而屈居主簿之位，王渙言其位爲「枳棘非鸞鳳所棲」。〔註 18〕枳棘爲燕雀安憩之所，鸞鳳棲之，以喻有才者不得其位。後句用《論語・陽貨》：「子曰：『吾豈匏瓜也哉，焉能繫而不食？』」言其有用世之心，不如匏瓜繫而不食。在古事的比況中，加深情志，而悲憤的形象也顯得格外鮮明。

孟浩然用事，集中在襄陽故迹，或是隱逸人事。他崇尚陶淵明，以淵明事爲比況者，如：「客中誰送酒」(〈九日龍沙作寄劉大眘虛〉)、「再來迷處所，花下問漁舟」(〈梅道士水亭〉)。前者用陶潛九月九日無酒，王弘送酒之事，切時切事；後者用桃花源事，以喻梅道士水亭的幽深，撲朔難尋。大體而言，孟浩然用事手法古直樸素，形成特色，都能切合題意，表現曲折的情意，而達到「藉事微意」、以事言志的功效。

孟浩然用事「反用」之例極少，集中僅有二處：

風泉有清音，何必蘇門嘯。(〈題終南翠微寺空上人房〉)

今日龍門下，誰知文舉才？(〈姚開府山池〉)

「風泉」一聯，「蘇門嘯」用阮籍遇孫登之事。《晉書・阮籍傳》中說：「籍嘗於蘇門山遇孫登，與商略終古及栖神道之術，登皆不應。籍因長嘯而退，至半嶺，聞有聲若鸞鳳之音，響乎巖谷，乃登之嘯也。」〔註 19〕孫登鸞鳳之嘯可遇而不可求，但風泉清泠之音卻隨處可得。山

〔註 17〕《戰國策・秦策一》：「蘇秦説秦王，書十上而説不行。黑貂之裘弊，黃金百斤盡。資用乏絕，去秦而歸。歸至家，妻不下衽，嫂不爲炊，父母不與言。」

〔註 18〕見〔南朝宋〕范曄《後漢書》，頁 2479。

〔註 19〕〔唐〕房玄齡等《晉書》卷四十九，頁 1362。

水自有清音，何必遠求蘇門之嘯，詩人藉此闡發自然之美隨處可得的審美觀。而「今日」一聯，正用與反用相結合，上句是用《後漢書·黨錮傳·李膺傳》:「……是時朝廷日亂，網紀頹隴，膺獨特風裁，以聲名自高。士有被其客接者，名爲登龍門。」以喻朝中顯貴，是正用。下句用《後漢書·孔融傳》孔融字文舉，幼有異才。十歲隨父詣京師，造訪李膺而得李膺賞識，但詩人反用典故，反映當今權貴無法拔擢賢才，表達不得援引的境遇。

孟浩然詩的「用辭」，化用前人語，諸如：

常恐塡溝壑，無由振羽儀。(〈晚春臥病寄張八〉)

炎月北窗下，清風期再過。(〈春晚遠上人南亭〉)

緬尋滄洲趣，近愛赤城好。(〈宿天台桐柏觀〉)

還將兩行淚，遙寄海西頭。(〈宿建德江寄廣陵舊遊〉)

高鳥能擇木，羝羊漫觸藩。(〈寄趙正字〉)

且樂杯中酒，誰論世上名。(〈自洛之越〉)

「常恐」一聯，「無由振羽儀」化用《周易·漸》:「鴻漸于陸，其羽可用爲儀，吉。」〔註20〕表達用世之志，深恐懷才不遇。「炎月」一聯，化用陶淵明〈與子儼等疏〉「常言五六月中，北窗下臥，遇涼風暫至，自謂是羲皇上人」〔註21〕之意。「緬尋滄洲趣，近愛赤城好」，由謝朓「既欣懷祿情，復協滄洲趣」(〈之宣城郡出新林浦向板橋詩〉齊詩3，1429)〔註22〕化出，然旨趣大異。謝詩表達對兼濟與獨善、出世與入世的矛盾，而孟句表現出遠離塵世、嚮往山水的高蹈之情。「還將」一聯，「遙寄海西頭」用隋陽帝〈泛龍舟歌〉:「借問揚州在何處？淮南江北海西頭。」(隋詩3，2664)以點明「寄廣陵舊遊」。

〔註20〕〔魏〕王弼注、〔唐〕孔穎達疏《周易正義》卷五，頁257。

〔註21〕參見楊勇著《陶淵明集校箋》(台北：正文書局，1987年)卷七，頁301。

〔註22〕以下引用之魏晉南北朝詩見逯欽立輯校《先秦漢魏晉南北朝詩》(北京：中華書局，1998年)出處於詩後統一標注(卷數，頁數)。

「高鳥」一聯，前句語出《左傳・哀公十一年》中孔子語「鳥能擇木，木豈能擇鳥」；後句語出《周易・大壯》「羝羊觸藩，羸其角。羝羊觸藩，不能退，不能遂，無攸利，難則吉。」〔註23〕以生動的形象勸勉友人當知行事之準則。「且樂」一聯，語出《世說新語・任誕》張季鷹云「使我有身後名，不如即時一杯酒」〔註24〕，表達棄絕功名，追求自適的人生態度。

浩然化用前人成辭，都能「融化斡旋，如自己出」，配合詩的情意而推陳出新，進而深化內涵和情意，其使用精妙者，如：

天邊樹若薺，江畔洲如月。（〈秋登萬山寄張五〉）

散鹽如可擬，願糝和羹梅。（〈和張丞相春朝對雪〉）

「天邊」一聯化自戴嵩〈度關山〉〔註25〕「今上關山望，長安樹如薺」（梁詩27，2100）和薛道衡〈敬酬楊僕射山齋獨坐〉「遙原樹若薺，遠水舟如葉」（隋詩 4，2683），將登高遠望之景傳神道出。「散鹽」一聯用謝家詠雪之事與《尚書》之語，謝朗比雪爲「散鹽空中差可擬」，而《書・說命》有「若作和羹，爾惟鹽梅」，鹽梅和羹，喻宰相之執。雪景和張九齡的相業融合，造意新巧，方回云：「此必張九齡也。善用事者，化死事爲活事。撒鹽本非俊語，卻引爲宰相和羹糝梅之事，則新矣。」〔註26〕正說出浩然化典之工。

用典技巧講求自然恰當，而鎔鑄得當，自入化境，宛如出自其口。顧嗣立《寒聽詩話》：「作詩用故事，以不露痕跡爲高，昔人所謂使事如不使也。」袁枚《隨園詩話》：「用典如水中著鹽，但知鹽味不知鹽質。」〔註27〕鎔鑄錘鍊，使典故融化無跡，詩意更爲深刻，浩然用典

〔註23〕〔魏〕王弼注、〔唐〕孔穎達疏《周易》卷四，頁175～176。

〔註24〕楊勇《世說新語校箋》，頁557。

〔註25〕吳曾云：「顏之推家訓云：『〈羅浮山記〉：望平地樹如薺。』故戴嵩詩：『長安樹如薺。』有人〈詠樹詩〉：『遙望長安薺』此耳學之過也。余因讀浩然秋登萬山詩：『天邊樹若薺，江畔洲如月』，乃知孟得嵩眞意。」轉引自蕭繼宗《孟浩然詩說》，頁28。

〔註26〕轉引蕭繼宗《孟浩然詩說》，頁163。

〔註27〕〔清〕袁枚《隨園詩話》，收入丁福保輯《清詩話》，頁85。

多能達到此境。蕭繼宗在《孟浩然詩說》中：「孟詩用事，必多面相關，務求恰切。」孟浩然用事切合人事，並做正面類比，用辭力求渾化無迹，這也是孟浩然詩形成古淡自在的重要原因。

（三）造語曉暢，清新自然

老莊審美理想的影響，使唐代士人的審美趣味，趨向追求清眞自然美。詩歌語言從「麗藻窮雕飾」到「天然去雕飾」，呈現質樸無華、清眞自然的特點。胡適說：「我斷定唐朝一代的詩史，由初唐到晚唐，乃是一段逐漸白話化的歷史。」雖然唐詩的口語化，以中晚唐顧況、白居易、羅隱、杜荀鶴爲代表，但開天詩壇是語言清新自然、平易化的重要階段。孟浩然是開元詩壇的前輩，在語言的使用上，亦具先導作用。

孟浩然描寫自然景物、日常生活的作品，都以明白曉暢的語言表現。如〈渡揚子江〉：

> 桂楫中流望，京江兩岸明。林開揚子驛，山出潤州城。
> 海盡邊陰靜，江寒朔吹生。更聞楓葉下，淅瀝度秋聲。

自然之美本自天生，無需矯飾而自具本色，詩人只要能使用相應的語言，自能顯現其特質。此詩使用平易清新的語言，將渡江之景、天籟之聲自然呈現。又如〈下灨石〉：

> 灨石三百里，沿洄千嶂間。沸聲常活活，洊勢亦潺潺。
> 跳沫魚龍沸，垂藤猿狖攀。傍人苦奔峭，而我忘險艱。
> 放溜清深愜，登艫目自閑。瞑帆何處泊？遙指落星灣。

前半首極力鋪張灨石的勝景〔註28〕，以「沿洄千嶂」勾勒川行叢山的險峭，以「浩浩」、「潺潺」具體摹寫波翻浪湧的激流和流經淺灘時的

〔註28〕灨石，即今灨江之十八灘。《陳書・高祖紀》：「南康灨石，舊有二十四灘。灘多巨石，行旅者以爲苦。」參見〔唐〕姚思廉《陳書》（臺北：鼎文書局，1980年）卷一，頁5。又王讜《唐語林》卷八〈補遺〉：「蜀之三峽，陝之三門，閩越之惡溪，南康之灨石，皆險絕之處。」參見〔宋〕王讜《唐語林》（臺北：臺灣商務書局，1979年），頁225。

情貌。寫急流如雷聲轟鳴，狀淺流如鳴琴撫奏。水沫飛濺，魚躍龍騰，藤蘿垂掛，猿攀狖援，使險峭的環境更富神奇色彩。詩中範山模水是大謝手法，但洗盡大謝辭采華麗的特色，以清新曉暢之語出之，辭氣暢茂，讀之如歷其境。

在描寫農村景物、表現山野之趣的作品中，更以平易樸拙之語來表達。如〈題張野人園廬〉：

與君園廬並，微尚頗亦同。耕釣方自逸，壺觴趣不空。

門無俗士駕，人有上皇風。何處先賢傳，惟稱龐德公。

全詩平鋪直述，近於口語。而流盪於文字間，正是「篤意眞古」的性情襟抱。詩中蕭散自得的生活情趣，正得之於淺白平易的語句。他的〈過故人莊〉中「句句自然，無刻畫之跡」（方回《瀛奎律髓》卷二十三），〈夏日浮舟過陳逸人別業〉、〈夏日辨玉法師茅齋〉、〈尋桃花潭主人不遇〉等等亦然。

以散文化的句式入詩，也是他常用的造語手法。如〈尋梅道士〉：

彭澤先生柳，山陰道士鵝。我來從所好，停策漢陰多。

重以觀魚樂，因之鼓枻歌。崔徐跡未朽，千載挹清波。

多用散文句式，搖曳生姿，清新可讀。而語法平順、平易而不古澀的散文語言，正表達出一股渾成眞率誠懇的情懷。又如：

靜中何所得，吟詠也徒哉。（〈本闍黎新亭作〉）

回也一瓢飲，賢哉常晏如。（〈西山尋辛諤〉）

主人登高去，雞犬空在家。（〈尋菊花潭主人不遇〉）

我來如昨日，庭樹忽鳴蟬。（〈題長安主人壁〉）

予亦忘機者，田園在漢陰。因君故鄉去，遙寄式微吟。（〈送辛大〉）

殷勤爲訪桃源路，予亦歸來松子家。（〈高陽池送朱二〉）

羨君從此去，朝夕見鄉中。予亦離家久，南歸恨不同。（〈洛中送奚三還揚州〉）

這種極似口語的散文句式，「有似粗而非粗處，有似拙而非拙處」（《滄浪詩話・詩評》）〔註29〕直如家常口語，平白道來，有返樸歸眞的趣味。

浩然以散文化句式，直敘事物，直抒感情，語序正常流動，有時出現連詞、副詞等虛字。孟詩喜用「而」字，如「聞君秉高節，而得奉清顏」（〈贈蕭少府〉），「榜人苦奔峭，而我忘險艱」（〈下灨石〉）。後句「而」字使用入妙，舟子以穿峻崖岸、奔行險灘爲苦，浩然則恣肆遊觀，遊目騁懷，不但艱險俱忘，且心曠神怡。以「而」字做轉折，十分有味。

使用口語化的語言，與尋常景色、身邊事物入詩有關。孟集中的口號之作，在語言的使用上更是平淺自然。如〈問舟子〉：

向夕問舟子，前程復幾多？灣裡正好泊，淮裡足風波。

此詩作於第一次漫遊，自汴水入淮河之際。以問答體寫盡旅客心情，後二句舟子回答，反映行舟經驗和旅途艱難。全詩頗近民歌體，直接提煉口語入詩，寫舟行況味入妙。

又如〈初下浙江口號〉：

八月觀潮罷，三江越海尋。回瞻魏闕路，無復子牟心。

口號之作，是興之所至，隨口吟出，不打草稿，出口占成。一氣直貫的句法，平暢疏朗的語言，將浩然遊江海以忘懷功名的情懷眞摯坦露。

孟浩然的詩歌語言，能達到眞樸自然，並不僅是以口語入詩，或是隨手爲之，而是經過艱苦的提煉，披沙鍊金，去盡浮飾。鍊字造句而做到無斧鑿的痕跡，嘔心瀝血卻以眞樸之美出之，宛如芙蓉出水，清麗動人。徐獻忠說：「襄陽氣象清遠，心悰孤寂，故其出語洒落，洗脫凡近，讀之渾然省淨，而彩秀內映。」（《唐詩品》）〔註30〕「出語洒落」、「渾然省淨」正道出浩然造語平易曉暢的特色。

（四）善遣聲律，音韻鏗鏘

劉勰於《文心雕龍・聲律》中說：「古之佩玉，左宮右徵，以節

〔註29〕郭紹虞校釋《滄浪詩話校釋》（台北：里仁書局，1987年），頁140。
〔註30〕〔明〕徐獻忠《唐詩品》第23則，收入吳文治主編《明詩話全編》（南京：江蘇古籍出版社，1997年），頁3018。

其步，聲不失序。音以律文，其可忽哉！」〔註31〕具有沈德潛於《說詩晬語》亦云：「詩以聲爲用者也，其微妙在抑揚抗墜之間。讀者靜心按節，密詠恬吟，覺前人聲中難寫、響外別傳之吵，一齊俱出。」〔註32〕二人都重視聲律在文學創作的重要，可調節氣韻，尤其是詩歌加強平仄聲律的使用，可產生抑揚悅耳、聲調悠揚、餘音不絕的美感。〔註33〕今從聲調與押韻兩方面來分析孟浩然詩的聲韻之美。

在聲調上，古體詩除用韻外，不講字句對偶，不拘聲調平仄，是自然質樸而少人工雕琢。孟浩然在古詩中，善於使用古詩自然音節，營造氣氛。他善用陰平聲表達情感，如〈宿業師山房期丁大不至〉：

松月生夜涼，風泉滿清聽。

描繪山中夜色，十字中用了七個平聲，其中四個陰平，平聲飛揚飄越，生動傳達山中風響之輕柔，泉動之清脆。

近體詩的平仄律，經過詩人反覆吟詠所定，在平仄相間使用的調協中，產生富於音樂性的美感。葉嘉瑩認爲，初唐是從齊梁近體詩到盛唐的一個過渡，近體詩講韻律和聲調，中國詩人吟誦時，情思的感發隨著聲調和韻律的感發一起出來。盛唐的近體詩的詩歌最注重直接的感發，不是思索出來。〔註34〕而孟浩然「佇興而作」，這種創作特質使他的情思感發隨著聲調和韻律的感發一起出來。他工於五律，其

〔註31〕王更生注譯《文心雕龍讀本》，頁106～107。

〔註32〕〔清〕沈德潛《說詩晬語》，收入丁福保輯《清詩話》，頁524。

〔註33〕黃永武在〈談詩的音響〉中從韻腳的音響、韻腳疏密與轉換、句型的長短、五音的差別、四聲的效果、疊字的配置、重複的節奏幾方面來談詩歌的聲情與辭情的關係。《中國詩學設計篇》（台北：巨流圖書公司，1992年），頁153～195。

〔註34〕參見葉嘉瑩〈孟浩然詩講錄（五）〉《國文天地》17卷12期（2002年5月），頁50。另外，葉嘉瑩比較中西詩歌創作方法的不同，認爲：「中國古典詩之格律一般都極爲嚴整，中國古典詩人的創作，常是心中之感發與其熟誦默記之詩律二者之間的一種因緣湊泊的自然的結合，而西方之詩律則較有更多自由安排的餘地；所以中國的詩更重視自然的感發，西洋詩則更重視人工安排。參見葉嘉瑩《迦陵論詩叢稿》（河北：河北教育出版社，1997年）。

平仄聲調，抑揚頓挫互參，如音樂高下疾徐穩貼順暢，具聲律之美。他的〈早寒江上有懷〉為五律仄起格，而兼用拗救：

木落雁南度，(仄仄仄平仄　第三字拗作仄)
北風江上寒。(仄平平仄平　第三字用平救本句，又救出句)
我家襄水上，(仄平平仄仄　首字不論)
遙隔楚雲端。(平仄仄平平　首字不論)
鄉淚客中盡，(平仄仄平仄　首字不論，第三字拗作仄)
孤帆天際看。(平平平仄平　第三字用平救出句)
迷津欲有問，(平平仄仄仄　拗字法，第三字拗作仄)
平海夕漫漫。(平仄仄平平　首字不論)〔註35〕

此詩為仄起式，但詩人進一步突破律句的束縛，使用拗救造成不平的氣韻，與生命的落空的辭情相合。

自《詩經》以來，中國詩歌極注意詩句的諧韻。韻腳的和聲也是詩歌音樂美要素。不同的韻部音質各有特色，慎選韻腳可彰顯詩歌情感，如嵇哲在《中國詩詞演進史》所言：「詩為協律和聲之文字，必須有韻，韻之抑揚雅俗，在於作者之選擇。一韻之奇，可使全首生動，選韻不當，則使詩歌遜色。」王易在《詞曲史》中，進一步說明韻部與聲情的關係：〔註36〕

韻與文情關係至切。平韻和暢，上去纏綿，入韻迫切，此四聲之別。東董寬洪，江講爽朗，支紙縝密，魚語幽咽，佳蟹開展，眞軫凝重，元阮清新，蕭篠飄灑，歌哿端莊，麻馬放縱，庚梗振厲，尤有盤旋，侵寢沈靜，覃感蕭瑟，屋沃突兀，覺藥活潑，質術急驟，勿月跳脫，合盍頓落，此韻部之別也。此雖未必切定，然韻近者情亦相近，其大較可審辨得之。

〔註35〕參見許清雲《近體詩創作理論》(台北：洪葉文化，1997年)，頁114～157。

〔註36〕關於韻部與聲情的關係，周濟在《宋四家詞選．序論》早已提出，他說：「東眞韻寬平，支先韻細膩，魚歌韻纏綿，蕭尤韻感慨，各有聲響，莫草草亂用。」

可見，押韻是詩歌音樂化的基本要素，選韻必須配合詩歌所要表達的情感，使詩情與詩韻緊密結合，發揮韻腳和聲的最大功用。五古〈聽鄭五愔彈琴〉：

阮籍推名飲，清風滿竹林。半酣下衫袖，拂拭龍唇琴。

一杯彈一曲，不覺夕陽沈。余意在山水，聞之諧夙心。

此詩爲「侵」韻，前三韻「林」、「琴」、「沈」皆陽平聲，表現琴音綿延不斷；末韻「心」，以陰平聲收尾，表現琴音結束。全詩以韻律取勝，吟味諷詠之間，有琴音與清風並發之感。又如〈夏日南亭懷辛大〉：

山光忽西落，池月漸東上。散髮乘夕涼，開軒臥閑敞。

荷風送香氣，竹露滴清響。欲取鳴琴彈，恨無知音賞。

感此懷故人，終宵勞夢想。

詩押上聲「養」韻，韻腳上、敞、響、賞、想。「養」韻音質清亮爽朗，鏗鏘悅耳。上聲字音調高而復低、低而復高，節奏舒緩，起伏悠揚；清亮悠揚的聲情與詩人悠閑自得的詩情是相合的。〈春曉〉「春眠不覺曉，處處聞啼鳥，夜來風雨聲，花落知多少。」詩的韻腳「曉」、「鳥」、「少」是上聲篠韻。詩的構思從春眠「不覺」，到聽到啼鳥的「覺」，再由對夜裡風雨的「覺」，回到不知多落花的「不覺」。詩中覺與不覺錯落的意態，正是春眠時睡時的情態，上聲舒徐和軟的聲情與辭情相吻。此外，「荷風送香氣，竹露滴清響」和「微雲淡河漢，竹露滴清響」，入聲字「滴」，聲、情並妙，諧於唇吻，誦吟間有竹露清脆細微滴落的清響。

孟浩然的詩題材眾多，其佳作多在行旅、登覽或失意之作。在失意之作中，善用「尤」韻來表達心中的感慨，如：

惜爾懷其寶，迷邦倦客遊。江山歷全楚，河洛越成周。

道路疲千里，鄉園老一丘。知君命不偶，同病亦同憂。

（〈送席大〉）

尤韻字的音質特色爲盤旋。席大懷才不遇，倦遊他鄉後欲返故園。詩人面對友人的境遇，發出同病相憐的嘆惋，低迴盤桓的心境與「尤」韻聲情相爲表裡。又如五律〈宿桐廬江寄廣陵舊游〉：

山暝聽猿愁（平），滄江急夜流。

風鳴兩岸葉（入），月照一孤舟。
建德非吾土（上），維揚憶舊遊。
還將兩行淚（去），遙寄海西頭。

詩在聲調與用韻上，都富有特色，「愁」、「流」、「舟」、「遊」、「頭」五字均為平聲「尤」韻，與思友懷鄉和仕途不遇的憂愁聲情一致。在單（出）句末字愁（平）、葉（入）、土（上）、淚（去）表現出四聲遞用。〔註37〕

前人對孟浩然詩的音韻之美，有極高的評價。嚴羽說：「孟浩然之詩，諷詠之久，有金石宮商之聲。」〔註38〕陸時雍說：「語氣清亮，誦之如泉流石上，風來松下之音。」〔註39〕翁方綱亦道：「如月中聞磬，石上聽泉。」〔註40〕都道出孟詩吟詠諷誦，宛如天籟，音韻鏗鏘圓美的特點。〔註41〕

二、情景相生

「景無情不發，情無景不生」（范晞文《對床夜話》）〔註42〕，在詩歌創作中情景是互為依存、相生相融。外在客觀的景物必賴於詩人主觀情思的觀照，才得以具現其美〔註43〕，成為詩歌的「意象」，

〔註37〕許清雲提到初盛唐諸大詩人所做的律詩，有一種積極的聲調法名為「四聲遞用」，單數句末字四聲遞用就是詩中逢單數句的末一字，必定要上去入三聲都全用。本句中四聲遞用就是本句中仄聲不複用同一聲的情形，因為上去入三聲互相用，才能使全詩音節鏗鏘，有抑揚頓挫之妙。參見許清雲《近體詩創作理論》，頁153。

〔註38〕〔宋〕嚴羽《滄浪詩話・詩評》，郭紹虞校釋《滄浪詩話校釋》，頁195。

〔註39〕〔明〕陸時雍《詩境總論》，收入丁福保輯《歷代詩話續編》，頁1413。

〔註40〕〔清〕翁方綱《石洲詩話》，收入郭紹虞《清詩話續編》，頁1367。

〔註41〕從音韻的角度去探析孟浩然詩的語言風格，可參見林正芬《孟浩然五言古詩語言風格研究——以音韻和詞彙為範圍》（台北：台北市立教育大學中國文學系碩士論文，2006 年）。陳靜儀《孟浩然五言律詩音韻風格之研究》（彰化：國立彰化師範大學國文學系碩士論文，2008 年）。

〔註42〕〔宋〕范晞文《對床夜話》，收入丁福保輯《歷代詩話續編》，頁417。

〔註43〕柳宗元〈邕州馬退山茅亭記〉中說：「西山爽氣，在我襟懷，以極萬類，攬不盈掌；夫美不自美，因人而彰，蘭亭也，不遭右軍，則清湍修竹，蕪沒於空山矣。」參見〔唐〕柳宗元《柳宗元集》，（臺北：

誠如吳喬所說：「景物無自生，惟情所化；情哀則景哀，情樂則景樂。」(《圍爐詩話》卷一)。〔註 44〕而作家的情，必通過景物的敘寫，才能曲盡其妙，范晞文說「不以虛爲虛，而以實爲虛，化景物爲情思，從首至尾，自然如行雲流水」(《對床夜話》卷二)〔註 45〕，王夫之亦指出：「不能作景語，又何能作情語耶？古人絕唱多景語，如『高臺多悲風』、『蝴蝶飛南國』、『池塘生春草』、『亭皐木葉下』、『芙蓉露下落』，皆是也，而情寓其中矣。以寫景之心理言情，則身心獨喻之微，輕安拈出。」〔註 46〕強調借景抒情，才能使詩人獨特細微的情感傳達得深刻精妙。因此，情與景互生，在寫作上，就是不要把詩人的志意情感單獨而抽象的表達出，而是透過自然景物細緻的透露出。〔註 47〕作者主觀情意與外在客觀物象的統一，化景象爲情意，情意涵於景象之中。情景的渾然融合，才是詩歌的最高境界。

孟浩然詩中有分別處理情或景，而眞切自然者。寫景眞切，不含詩人主觀感受，如「黯黮凝黛色，峥嶸當曙空。香爐初上日，瀑布噴成虹。」(〈彭蠡湖中望廬山〉)。直接寫情，如「欲濟無舟楫，端居恥聖明」(〈望洞庭湖贈張丞相〉)。他的詠懷之作，以及交往詩中的勉慰之語，如〈田園作〉、〈都下送辛大之鄂〉等，大都是直抒胸臆而情感

華正書局，1990 年)，頁 729。正指出客觀景物之美必賴人主觀的領賞與創造才得以具現。

〔註 44〕〔清〕吳喬《圍爐詩話》，收入郭紹虞編《清詩話續編》，頁 478。

〔註 45〕〔宋〕范晞文《對床夜話》，收入丁福保輯《歷代詩話續編》，頁 421。

〔註 46〕〔清〕王夫之《薑齋詩話》，收入丁福保輯《清詩話》(臺北：木鐸出版社，1988 年)，頁 14。

〔註 47〕古人強調孤立或直露的「情」往往缺乏韻味，而無法動人的，如王廷相提道「情直致而難動物」(〈與郭價夫學士論詩書〉)，蔣兆蘭說道「若捨景言情，正恐粗淺直白，了無蘊藉，索然意盡耳」(《詞說》)，劉熙載說：「『昔我往矣，楊柳依依。今我來思，雨雪霏霏。』雅人深致，正在借景言情。若捨景不言，不過曰春往冬來耳，有何意味？」(《藝概》) 王國維總結說：「昔人論詩詞，有景語、情語之別。不知一切景語，皆情語也。」(《人間詞話》) 都說明捨景言情難生詩情。

眞切者。甚至寫情的本身，而透出感發的力量，如〈與諸子登峴山〉「人生有代謝，往來成古今」。然而，孟浩然在創作觀上強調「觸物起情」、「感物興情」，對景物的描寫常是由物及心，有感而發，景物中寄寓著情感。他將人物與景物、思想感情與客觀環境完美的融爲一體，在山水田園、交往詩中的送別懷思之作，甚至是登臨懷古之作都有高度的展現。

他的山水田園詩，寓情於景，情景交融，而不是謝靈運寫景「酷不入情」〔註 48〕，將景物、情感、哲理切割分明。如〈與顏錢塘登樟樓望潮作〉：

百里聞雷震，鳴弦暫輟彈。府中連騎出，江上待潮觀。
照日秋雲迴，浮雲渤澥寬。驚濤來似雪，一座凜生寒。

詩作所塑造的海潮形象有聲有色。首聯上句以先聲奪人的手法先寫潮，潮聲宏大有如雷震，渲染出江潮磅礴的氣勢；下句以「鳴絃暫輟」暫停公務，巧妙的造成以弦聲反襯潮聲，是側面寫潮。頷聯縣府中人連騎蜂擁，等候觀潮，仍是側面寫潮。頸聯以潮來前日高雲遠、海闊天空的壯麗景象，爲潮來布置場景，仍是側面烘托。尾聯上句才正面寫，江潮湧來，驚天撼地，噴雪濺珠的景像；下句以「凜生寒」呼應「來似雪」，「寒」是從潮水的顏色來，也是從潮的強大聲威來。以觀潮人的心理反襯錢塘江潮的氣勢，收束十分奇警。全詩句句寫潮，句句都有觀潮的感情在，首聯有聞潮驚喜之情，頷聯有急切見潮之情，頸聯有待潮暇逸之情，尾聯有觀潮激賞之情。全詩生動的塑造潮的形象，有聲有色，情在景中，情景水乳交融。即如李漁所謂「有全篇不露秋毫情意而實句句是情，字字關情者」(《窺詞管見》)。

從情、景經營的角度來看，孟浩然情景相生的藝術，表現在三個方面：一融情入景，景物之中包含個人感受；二景物既是寫實，也是象徵，寫景中有象喻。三利用擬人，化景物爲人的情思。

〔註 48〕語見〔南朝梁〕蕭子顯《南齊書》（臺北：鼎文書局，1980 年）卷五十二，頁 908。

（一）融情入景

融情入景，景物之中包含個人感受，是孟浩然常使用的手法。他的〈望洞庭湖贈張丞相〉前四句極力描繪洞庭湖雄闊壯偉的景象，交融詩人廣闊的胸次和高遠的才情。雄奇之景正與詩人豪邁之情融合，展現出壯闊的境界。又如〈舟中曉望〉以白描的手法勾勒出青山隱隱、綠水漫漫的越中山水景象，清新自然，浩然閑逸的心境，以及對山水熱愛之情、對天台的嚮往之情，都融在景物的形象塑造之中。

他在抒發旅途飄泊、仕途失意的山水詩中，也將自己的生命感寄寓於景物描繪中。如〈宿桐廬江寄廣陵舊遊〉：

山暝聽猿愁，滄江急夜流。風鳴兩岸葉，月照一孤舟。
建德非吾土，維揚憶舊遊。還將兩行淚，遙寄海西頭。

詩中的前四句勾勒出一幅蕭疏簡淡的秋江夜泊圖，不僅描寫了山色、明月、孤舟等視覺意象，更刻畫了猿啼、江流、風鳴等聽覺意象。這些含有淒涼況味的意象，烘托出淒清黯淡的氣氛。王國維說「一切景語，皆情語也」，這桐廬江的夜景，正是詩人孤淒票泊心緒的投射。又如〈赴京途中遇雪〉：

迢遞秦京道，蒼茫歲暮天。窮陰連晦朔，積雪滿山川。
落雁迷沙渚，飢烏噪野田。客愁空佇立，不見有人煙。

這首詩視角由遠而近，滿天陰翳的疊雲、四處積雪的遠山，隨著大雪紛飛的大道，收攝到近處的野渚田疇、落雁飢烏。最後又把視角引向空茫不見人煙的遠方。在這幅北方雪景中，透過天氣陰寒、人煙絕跡、落雁飢烏的失所，透露出內心的淒涼孤寂的情懷。畫面上的冷色、緩慢的節奏和人孤寂的心情和諧統一。「通首寫景，而實句句言情」，情景有機的融合，餘味不盡。

孟浩然在懷人一類的抒情詩，也是借著景物來烘托自己的情感。如〈秋宵月下有懷〉：

秋空明月懸，光彩露沾溼。驚鵲栖不定，飛螢捲簾入。
庭槐寒影疏，鄰杵夜聲急。佳期曠何許，望望空佇立。

詩由明月起興，但孤棲憶遠之情油然而起，如葛立方《韻語陽秋》中所說「月輪當空，天下之所共視，故謝庄有『隔千里兮共明月』之句，蓋言人雖異處，而月則同瞻。」〔註49〕前六句寫秋宵月下的景色，末二句點出佳會曠遠難期的惆悵。秋空明月、驚鵲流螢、庭槐寒影、杵聲急切，句句寫景、句句含情，寒冷淒寂的景中涵融著淒涼孤寂之情。此外，送別之作，如〈鸚鵡洲送王九遊江左〉對鸚鵡洲勝景的描寫，都寓含了作者送行的情感。登臨之作如〈與諸登子峴山〉:「水落漁梁淺，天寒夢澤深。」寫漁梁水落、天寒澤深的蕭疏之景，不但與人事代謝相照，也與登臨懷古的蒼涼心境相映襯。他的名句:「微雲澹河漢，疏雨滴梧桐」，也是融情於景，可讓人產生聯想和感動。

（二）寫景中有興寄

孟浩然佇興而作，注重從大自然感發而形成情景結合的藝術形象，他的寫景既是寫實，也是象徵，寫景中有象喻，使寓意在景物中自然顯現，寓意和興象不作比附而融化無跡。葛曉音提到，孟浩然將興寄引入山水詩，是他最重要的貢獻。〔註50〕如〈望洞庭湖贈張丞相〉借洞庭湖寄託其欲借舟楫以濟時，冀求援引的求仕之情。他的〈南還舟中寄袁太祝〉

沿泝非便習，風波厭苦辛。……桃源何處是？遊子正迷津。

首聯船行水宿、風波往來的景象，興寄求仕的艱辛；結聯「桃源」二句既是前往的處所，也暗用陶潛〈桃花源記〉武陵漁人入桃花源，其後迷而不復得前路之事。全詩在行舟尋旅之間，寄寓了仕隱兩失的心境。而〈舟中曉望〉「挂席東南望，青山水國遙。舳艫爭利涉，往來接風潮」，以船隻趁著風潮往來江上的眼前景象，寄寓世人爲爭名涉利而鬥風逞浪的社會現象。〈尋白鶴巖張子容隱居〉中「歲月青松老，風霜苦竹疏」，

〔註49〕〔宋〕葛立方《韻語陽秋》，收錄於清・何文煥編《歷代詩話》，頁563。
〔註50〕參見《盛唐山水田園詩派研究》(瀋陽：遼寧大學出版社，1993年)，頁201～216。

既是尋訪友人舊居青松苦竹的景象，也隱含人在歲月人事考驗之下，堅貞守節之意。孟浩然即事、即景、即物興嘆，令人從鮮明的形象描繪中體味詩人的旨意，興寄自然融化在聲色的渲染與場景的鋪排中，使比興形象與生活情境緊密結合，達到寄託在有意無意之間的化境。

孟浩然的詩常將景物與情感打成一片，不論是融情入景，或是寫景中有興寄、象喻，情景相生達到渾融無跡。如〈早寒江上有懷〉：「木落雁南渡，北風江上寒。我家鄉水曲，遙隔楚雲端。鄉淚客中盡，孤帆天際看。迷津欲有問，平海夕茫茫。」首聯以木落江寒的秋景，興寄失意的感慨；頷聯不死板說情，而用「襄水」、「楚雲」表現思鄉之情；「鄉淚」聯，上句寫寫情，下句寫景，飄泊時久的思鄉之情，與客中凝望之景互相呼應。最後以景作結，日夕大海茫茫，津渡無從的蒼茫景象，寄寓著詩人求仕無門、勞歌無媒的淒迷之情。不僅是迷失渡，也象徵人生航路的迷失。全詩以木落、北風、孤帆、迷津寫身世之感，淒惻動人。又如〈途次望鄉〉：

客行愁落日，鄉思重相催。況在他山外，天寒夕鳥來。

雪深迷郢路，雲暗失陽臺。可嘆淒惶子，勞歌爲誰媒。

黃昏日暮，當是從日歸、人歸到心歸的圓滿。但中國詩人的黃昏感受常是不得回歸的缺撼和痛苦。〔註 51〕詩由落日起興，抒發羈旅思鄉之情與日暮途遠、無人爲媒的失意之感。首聯寫情，情中有景；頷聯上句寫情，下句寫景；頸聯寫景；尾聯寫情。落日天寒、夕鳥歸飛、雪深雲暗的蕭疏之景，層層渲染著詩人羈旅的愁懷。而「雪深」、「雲暗」迷失歸途，是即目所見，又象喻仕途茫茫，寄慨深沈。又如〈閑園懷蘇子〉：「林園雖少事，幽獨自多違。向夕開簾坐，庭陰葉微落。鳥從煙樹宿，螢傍

〔註 51〕傅道彬在〈黃昏與中國文學的日暮情思〉一文中指出，白日西沈日暮人歸，積澱爲文化深層結構，而形成「日暮催歸」。這一結構的正題是歸，反題是不歸。正題的表現形式由漁樵晚歸、林中歸鳥、空中歸鳥等意象所組成；而反題的表現形式，則是黃昏閨怨、羈旅斜陽、日暮送別等。《晚唐鐘聲——中國文化精神原型》（北京：東方出版社，1996 年），頁 91～97。

水軒飛。感念同懷子，京華去不歸。」寫獨坐園中對京城友人的思念。中四句寫景，以清幽之景，突出獨處園中的孤寂心情，以景襯情。結聯直抒對友人的思念。而「鳥宿螢飛」一聯，景中隱含象喻，倦鳥知返，而螢孤光熠熠，有對友人出處的規諷。

（三）將景物化為人的情思

孟浩然常借景物來抒發登山臨水、遊賞遣興的閑適之趣。有時意興濃厚，使景物也著上人的情感；也就是利用擬人的手法，將景物化為人的情思。如〈遊鳳林寺西嶺〉：

共喜年華好，來游水石間。煙容開遠樹，春色滿幽山。

壺酒朋情洽，琴歌野興閒。莫愁歸路暝，招月伴人還。

此詩寫與友人同遊春山的逸興，飲酒酣歌情誼款洽，閑情野興溢於春色。結句「招月伴人還」，清新活潑，與全詩相映成趣。著一「招」字，使明月有情能伴人歸。〔註 52〕月可招，可作伴，「月」的形象帶上詩人濃厚的主觀色彩，充滿解人的情意。「以我觀物，物皆著我之色彩」中，在物我渾融合一中，更突出詩人和遄飛的逸興。〔註 53〕又如：

傾杯魚鳥醉，聯句鶯花續。（〈初春漢中漾舟〉）

野童扶醉舞，山鳥助酣歌。（〈夏日浮舟過陳大水亭〉）

草迎金埒馬，花伴玉樓人。（〈長安早春〉）

戲魚聞法聚，閑鳥誦經來。（〈本闍黎新亭作〉）

「傾杯」一聯與杜甫「感時花濺淚，恨別鳥驚心」有異曲同工之妙，

〔註 52〕孟浩然善於言月，施閏章《蠖齋詩話》：「浩然『沿月棹歌還』、『沿月下湘流』、『江清月近人』，並妙於言月。」

〔註 53〕李白最鍾情於明月，他筆下的月極富情思：「人攀明月不可得，月行卻與人相隨」（〈把酒問月〉《李白集校注》卷 20，頁 1178）、「暮從碧山下，山月隨人歸」（〈下終南山過斛斯山人宿置酒〉20，1165）、「醉看風落帽，舞愛月留人」（〈九日龍山飲〉20，1207），月既神祕，又可親，有一份相隨、相邀、相伴於人的情意。他的〈月下獨酌〉道出在現世的孤寂中，將明月做爲知音的心緒，達到心凝神釋、物我交融的境界。

雖然表達的情感不同，但景物具有人的情思是一致的。杜甫將憂國憂民之情融於花鳥，花鳥通人情，與杜甫同爲國破家亡而悲傷。而浩然則將風流雅興融於花鳥，傾杯換盞，魚鳥陶醉，聯句賦詩，鶯花接續，山鳥有情有思而縱情快意，正是詩人情感的寫照。「山鳥助酣歌」、「草迎金埒馬，花伴玉樓人」、「戲魚聞法聚，閑鳥誦經來」亦然，「山鳥」、「草」、「花」都有詩人主觀的情感，或歡愉、或奮進、或慕道，意象鮮明的呈現。

格式塔心理學派對於審美體驗提出「異質同構」之說，以此解釋自然與心靈溝通的現象。認爲世界上萬事萬物的表現都具有力的結構，物理世界（外在客觀的景物）和心理世界（人內在主觀的感情）的質料雖不同，但其力的結構可以相同，而產生對應、溝通，達到物我同一的境界。〔註 54〕所謂「實者畢肖，則虛者出之」，孟浩然透過景物的描寫來烘托思想感情，把自己的感情融化於景物的形象中，於昭昭之景中，見悠悠之情。其融情於景的藝術手法，使物我合一、意與境渾，而達到情景交融的藝術效果。

三、取景靈活多變

詩是語言藝術，畫是造型藝術，成功的寫景抒情小詩，尤其是山水詩，除語言流利、音韻和諧外，還需要色彩鮮明，濃淡相宜。蘇軾在〈東坡志林〉說：「味摩詰之詩，詩中有畫；觀摩詰之畫，畫中有詩。」向來在詩畫藝術的結合上首推王維，「宿世謬詞客，前身是畫師」〔註 55〕他精於繪畫，以畫家的眼光觀察事物，捕捉形象，自覺的

〔註 54〕這種「異質同構」的思想，在中國早已有之。如《論語．雍也》：「知者樂水，仁者樂山。知者動，仁者靜。」又如陸機〈文賦〉：「遵四時以嘆逝，瞻萬物而思紛。悲落葉於勁秋，喜柔條於芳春。心懍懍以懷霜，志眇眇而臨雲。」把分屬物理世界與心理世界的落葉與悲涼、柔條與芳心、寒霜與畏懼、雲霞與亢奮，一一對應，是典型的異質同構。參見童慶炳：《中國古代心理詩學與美學》（臺北：萬卷樓圖書公司，1994 年），頁 168～175。

〔註 55〕王維對自己一生的才華、名聲的評定，表現在〈題輞川圖〉中：「老

把繪畫技巧融會於詩中，在詩畫藝術的結合上有很大的貢獻。孟浩然雖未如王維般鎔鑄畫理入詩，不過他在山水景物的描繪上，亦具特色，能「曲肖此景」，使山水景物形象鮮明，而達到「詩中有畫」的效果。因此《峴傭說詩》中說：「詩中有畫，不獨摩詰也。浩然情景悠然，尤能寫生。」正道出他能傳神寫照的呈現自然之美。

在寫景技巧上，孟浩然融陶詩的自然渾成與謝詩的工巧細緻爲一爐。他取景多變，在景物的描繪上不拘一格，並且能營造出特殊的氣氛。其特色表現在幾方面：

（一）移步換形，如山水畫卷

所謂的「移步換形」，也稱「移步換景」，也就是隨著遊蹤的開展，不斷的變化觀察點（視角），來進行景物風光的描寫。在表現自然美的藝術方法，孟浩然善於使用散點透視，移步換形，呈現出自然景物在時空中的流動變化，宛如鏡頭不斷轉換的電影。如〈夜歸鹿門山歌〉：

> 山寺鳴鐘晝已昏，漁梁渡頭爭渡喧。人隨沙岸向江村，
> 余亦乘舟歸鹿門。鹿門月照開煙樹，忽到龐公棲隱處。
> 巖扉松徑長寂寥，惟有幽人自來去。

此詩以描繪「歸途」爲主，順著時間遞移和空間變換描繪景物。從日落黃昏到皎月當空，從漢江舟行到鹿門獨步，從漁梁喧渡到巖扉松徑，在時空上均呈現出一種流動的美感。這是孟浩然從塵雜俗世到寂寥孤獨的歸隱道路。山寺、鳴鐘、山月、煙樹、岩扉、松徑等意象的複疊，呈現出幽深靜謐的氣氛，與漁梁爭渡的喧鬧景象兩相對照之下，詩人超脫的襟懷和孤寂的心境流淌於畫面。

孟浩然結合時、空的變化來捕捉山水，尤其表現在行旅山水詩中，如〈早發漁浦潭〉：

來懶賦詩，惟有老相隨。宿世謬詞客，前身應畫師。不能捨餘習，偶被世人知。名字本習離，此心還不知。」見陳鐵民注《王維集校注》，頁 477。

東旭早光芒，渚禽已驚聒。臥聞漁浦口，橈聲暗相撥。
日出氣象分，始知江路闊。美人常晏起，照影弄流沫。
飲水畏驚猿，祭魚時見獺。舟行自無悶，況值晴景豁。

詩中描繪舟行時的沿江的情景，由旭日早光、水鳥驚聒和臥聞槳聲暗蕩寫起，次而描繪日出廣闊的江景，以及沿途中美人照影、猿猴飲水、水瀨捉魚等清美物色。在這幅漸次展開的畫卷中，呈現出江川的壯美。

此外，〈登鹿門山〉、〈疾愈過龍泉寺精舍呈易業二上人〉、〈尋香山湛上〉、〈行出東山望漢川〉、〈宿武陵即事〉，都是在尋訪過程中描繪景物，隨著時間的遞移、空間的變換表現景物，有如一幅漸次開展的山水畫卷，呈現流動之美。

〈登望楚山最高頂〉則在移步換形中，集中塑造景物的形象：

山水觀形勝，襄陽美會稽。最高惟望楚，曾未一攀躋。
石壁疑削成，眾山比全低。晴明試登陟，目極無端倪。
雲夢掌中小，武陵花處迷。暝還歸騎下，蘿月映深溪。

詩中極力塑造望楚山的雄偉之態。「石壁疑削成，眾山全比低」採仰視，正面描寫山之陡峭高聳，睥睨群山。「目極無端倪。雲夢掌中小，武陵花處迷」，爲攀登最高頂的俯視之景；雲夢澤如掌，武陵在繁花掩映下撲朔迷離，雖是想像的虛景，在化虛爲實中，尺寸千里，攢蹙累積，盡收眼底，反而襯出山勢之高。在移步換形之下，山的雄奇之美展露無遺。

（二）注重光影的變化

孟浩然描繪景物，注重光影色彩的作用，「落景餘清輝，輕橈弄溪渚。澄明愛水物，臨泛何容與」（〈耶溪泛舟〉）在光影的作用下，天地淨無纖塵，與閑逸的心靜相映成趣。如〈宿業師山房期丁大不至〉：

夕陽度西嶺，群壑倏已暝。松風生月涼，風泉滿清聽。
樵人歸欲盡，煙鳥栖初定。之子期宿來，孤琴候蘿徑。

此詩寫日落過程中景色和光影的變化。夕陽落山、眾壑昏暗、松際月出、風吹泉響、樵人歸盡、煙鳥初定，一句是一個景，光影由明麗收攝成昏暝，至幽暗中皎月臨空，煙色朦朧。在層層遞進、層層渲染中，營造出一個清涼幽靜的環境氣氛。又如〈遊明禪師西山蘭若〉：

西山多奇狀，秀出傍前楹。亭午收彩翠，夕陽照分明。

此四句寫西山的奇狀，由曉山蒼翠之色寫起，既而勾畫出在日照強烈下，山的翠綠彩度漸斂，轉為明淡；而黃昏之際，在落日餘暉的鋪灑下，又凝成紫翠，實是「朝暉夕陰，氣象萬千」。順著時間的推移使景物意象做跳躍式的組合，在光影色彩的把握中，展現出西山的壯麗之美。又如〈彭蠡湖中望廬山〉：

太虛生月暈，舟子知天風。挂席候明發，眇漫平湖中。
中流見匡阜，勢壓九江雄。黤黕凝黛色，崢嶸當曉空。
香爐初上日，瀑布噴成虹。

前四句寫朦朧曙色中鄱陽湖的景象，太虛中的月暈，將至的天風和平湖渺漫水勢，為廬山的描寫作鋪墊。他選擇從湖中眺望的角度來攝取廬山全景，更利於突出廬山的高峻，正因為是「中流見匡阜」，所以廬山的高大巍峨，勢壓九江的雄姿，更見真切。「黯黮」兩句，一寫山色，一寫山峰的輪廓，色彩和線條鮮明；而「香爐」二句，廬山香爐峰和瀑布，既寫山勢山色，山形山狀，又寫瀑布奇景，透過「因物賦形，隨影轉步」〔註56〕的手法，從不同的時間、空間、角度，集中塑造廬山的壯麗的形象。

（三）虛實映襯，突顯形象

謝榛說：「詩不可太切，太切則近於宋於矣。」（《四溟詩話》）宋

〔註56〕袁枚在《續詩品》中：「混元運物，流而不注。迎之未來，攬之已去。詩如化工，即景成趣。逝者如斯，有新無故。因物賦形，隨影換步。彼膠柱者，將朝將暮。」山水詩的表現對象，無非是山川泉石，草木鳥獸等自然萬物。而這些千品萬類，各具千姿萬態、和豐富而多樣的美感。因為自然萬物都處於變動不居之中，所謂「混元運物，流而不注」、「逝者如斯，有新無故」，便是指出這種變化的特質。而其豐富多樣之美，有的存於相對的靜止狀態中，有的存於「迎之未來，攬之已去」的瞬息萬變中。而「因物賦形，隨影換步」，就是要能適切的掌握相對靜止的形態，還要能寫出變化中的形態，更要能捕捉剎那間最動人形態。

代人寫詩，有些如實描繪，而無餘韻。當然詩也不能完全不切，如水中之月，鏡中之花，虛無縹緲，只是空中樓閣，恐非好詩。因此詩家論詩有虛中有實、實中有虛的說法。在山水詩中，想像的景即是虛景，全用實景落筆易失之板滯，全用虛景易流於空疏，虛實結合乃詩中的上乘。孟浩然在描繪景物時，運用虛景與實景的結合，表現出高超的藝術技巧。如〈舟中曉望〉：

挂席東南望，青山水國遙。舳艫爭利涉，往來接風潮。

問我今何適，天台訪石橋。坐看霞色曉，疑是赤城標。

前六句爲實景，描寫乘舟到天台訪石橋途中的景象：青山夾岸，水鄉浩渺，江面上千帆競發，百舸迎風隨潮爭渡。結聯「坐看霞色曉，疑是赤城標」由實轉虛。赤城山中在天台縣北，爲天台山的一部分，山中石色皆赤，狀如雲霞，孫綽在〈遊天台賦〉中說：「赤城霞起而建標」，赤色如霞是赤城的標誌，見赤城，天台即目。在凝望中，浩然思緒翩飛，在恍恍中意識產生錯覺，直把璀璨美麗映紅天際的朝霞，當成山石異彩映發的赤城山。在以虛化實的手法下，傳神寫照的表現出詩人對天台山的陶然神往之情。而〈題終南翠微寺空上人房〉中「瞑還高窗昏，時見遠山燒。緬懷赤城標，更憶臨海嶠」，由昏暝赤莽的夕照山色，而聯想起天台之勝，海嶠之遊，如在夢寐，如在石席。實境與幻境、實景與虛景映襯，自有空靈之美。〈登高陽城樓〉中「向夕波搖明月動，更疑神女弄遊珠。」是詩人登安陽樓遠眺，把倒映漢江、隨波搖蕩的水月，想像成神女玩弄明珠。在虛實映襯中，使月明如珠的形象更爲生動，詩人消閑賞景之趣更見遄飛。至於〈初春漢中漾舟〉「傾杯魚鳥醉，聯句鶯花續。良會難再逢，日入須秉燭。」則從漾舟的賞心樂事，興起「良會難再逢」的感嘆，進而想到入夜後的秉燭續歡。由實入虛，以虛實相映，更突顯詩人濃烈的興味。以虛映實，更能凸顯主題。其他寫想像中的事物，如：

行看武昌柳，彷彿映樓台。(〈溯江至武昌〉)

暝帆何處泊？遙指落星灣。(〈下灨石〉)

泊舟潯陽郭，始見香爐峰。(〈晚泊潯陽望廬山〉)

雞鳴問何處，人物是秦餘。(〈宿武陵即事〉)

武昌柳、落星灣和桃花源都非浩然親眼所見，而是想像中事，香爐峰雖是即目，也只是點到為止，並不加具體描寫，這種亦實亦虛，虛實結合的手法，其效果往往勝於純客觀的模山範水。

清代畫家方薰說：「古人用筆，妙有虛實，所謂畫法，即在虛實之間，虛實使筆生動有機，機趣所之，生發不窮。」(〈山靜居畫論〉)強調虛實運用恰當，能使畫意生發不盡。孟浩然運用虛實結合的手法，正達成含不盡之意見於言外的藝術效果。

(四) 寫景中描摹色彩、音響

千繪萬狀的景物，有其天然顏色，在詩歌中敷物以色彩，可使形象鮮明。色彩詞的運用，不以繁多為上，而以適時為貴，因此劉勰於《文心雕龍·物色》:「凡摛表五色，貴在時見，若青黃屢出，則繁而不珍。」詩歌中也重視以色彩表達情感，《文鏡秘府論·論文意》中說「若有物色，無意興，雖巧亦無處用之」，正道出色彩給人感發聯想的作用。因此，詩歌中色彩的經營與運用，是作家再現自然的憑藉，也是讀者再創自然的依傍。詩歌中色彩的使用與景物氣氛的營造，常是詩人心靈的投射。〔註 57〕孟浩然在詩歌設色，雖不如王維隨類賦彩、色彩紛呈，但他善於使用色彩營造環境氛圍，並烘托人物或內心的感情。如：

贈君青竹杖，送爾白蘋洲。(〈送元公之鄂渚尋觀主張驂鸞〉)

樹繞溫泉綠，塵遮晚日紅。(〈京還留別新豐諸友〉)

池水猶含墨，山雲已落秋。(〈尋滕逸人故居〉)

「贈君」一聯中，白蘋洲雖為複合詞，表示地名，但給人的色感仍存，青、白的對舉，營造出悠遠飄逸的氣氛，正烘托人物瀟灑的風神、自由無拘束的行止。「樹繞」一聯中，溫泉的「綠」與晚日的「紅」，二

〔註 57〕林書堯《色彩學》提到每一個人天生性格不同，色彩的喜好也不同，色彩的喜好是性格的表現，色彩的選擇有個人感情的作用。(台北：三民書局，1993 年)，頁 155。

色對舉，在語序的安置，除具色感外，尚兼動感，於是色彩秀發，洋溢一片熱情；然著上「塵遮」，卻又顯得光難外發。這與浩然熱心濟世，卻出仕無路之心境是相綰合的。而「池水」一聯中，以「墨」著繪池水，同樣具有表彩色的作用，營造出蕭瑟、悲哀的氣氛，這與憑弔故人的淒測心境是一致的。

孟浩然在景物色彩的著繪上和使用上，有特殊的偏好。他最常用綠色系〔註58〕，如：

雪罷冰復開，春潭千丈綠。(〈初春漢中漾舟〉)

回潭石下深，綠篠岸傍密。(〈登江中孤嶼贈白雲先生王迥〉)

高高翠微裡，遙見石梁橫。(〈尋天台山〉)

夕陽連雨足，空翠落庭陰。(〈題大禹寺義公禪房〉)

澄波澹澹芙蓉發，綠岸毿毿楊柳垂。(〈高陽池送朱二〉)

洲勢逶迤遶碧流，鴛鴦鸂鶒滿灘頭。(〈鸚鵡洲送王九之江左〉)

歲歲春草生，踏青二三月。(〈大堤行寄萬七〉)

綠、碧、翠、青均爲綠色系，柔和明麗，是自然界的主色。這裡的綠色系是青春、和熙的，表現出大自然勃發的生機。

而綠色系中，又以「青」字構成的意象最多，如「青山」、「青陽」、「青松」、「青天」、「青蓮」、「青雲」等。青是綠色冷色系中最明朗的顏色，孟詩中，「青」字使用除了和綠字對舉外，還跟白色相襯。

綠樹村邊合，青山郭外斜。(〈過故人莊〉)

屢迷青嶂合，時愛綠蘿閑。(〈遊景空寺蘭若〉)

水迴青嶂合，雲渡綠谿陰。(〈武陵泛舟〉)

白髮催人老，青陽逼歲除。(〈歲暮歸南山〉)

白鶴青巖畔，幽人有隱居。(〈尋白鶴巖張子容隱居)

池上青蓮宇，林閒白鶴泉。(〈過景空寺故融公蘭若〉)

〔註58〕總計孟詩中出現的色彩詞(複詞的也一併計算)，「綠」字十一次、「翠」字十八次、「碧」字四次、「青」三十三字。

前三聯以青山為背景，以綠樹、綠谿為前景，在對比中相映成趣，營造出平和恬靜的氣氛；後三聯青、白的對比，青中泛白，則煥發出清靜幽冷的意味。這是他對大自然的親近，也是心胸與自然山光水色的映發。其他使用白色字的詩句〔註 59〕，如：「月明全見蘆花白，風起遙聞杜若香」（〈鸚鵡洲送王九遊江左〉）、「蒼梧白雲遠，煙水洞庭深」（〈送袁十嶺南尋弟〉）、「白簡徒推薦，滄洲已拂衣」（〈同曹三御史行泛湖歸越〉）、「白璧無瑕玷，青松有歲寒」（〈陪張丞相登荊城樓因寄薊州〉）、「壯志竟未立，頒白恨吾衰」（〈家園臥疾畢太祝曜見尋〉）這些白色字有獨用，亦有與其他名詞並用，其中以和「雲」構成的意象最多。其餘如「白簡」、「白眉」、「白社」雖為複詞，給人的色感仍在，使整個意境明淨素雅。

彩色詞在文學上的表情作用，有固定的類型，給人定向的聯想。如綠色系表和平、青春、溫和、理智。而青色，象徵冷靜、沈著、深遠、悠久、廣大。白色代表純眞、明快、眞誠、空虛。浩然性情本眞、不屈權貴、有閑遠的心境，使用青、白二色，正可表現他的性情。

孟詩中較少有濃烈色彩的著繪，如「黤黕凝黛色」（〈彭蠡湖中望廬山〉）、「翠羽戲蘭苕，頳鱗動荷柄」（〈晚春臥疾寄張八子容〉），或一首詩中用了幾個彩色字，如「碧網交紅樹，清泉盡綠苔」、（〈本闍黎新亭作〉）「山青翠微淺。金澗臥芝朮，石床臥苔蘚。白雲何處去，丹桂空偃蹇」（〈登鹿門山〉），這種色彩紛呈的現象是浩然詩中少有的。他的詩中出現不少「金」字所構成的意象〔註 60〕，如：

垂柳金堤合，平沙翠幕連。（上巳日洛中寄王迥十九）
灘頭日落沙磧長，金沙熠熠動飆光。（〈鸚鵡洲送王九遊江左〉）
魏闕心恆在，金門詔不忘。（〈自潯陽泛舟經海潮作〉）
甲第金張館，門庭軒騎過。（〈宴張記室宅〉）

〔註 59〕孟詩中「白」字出現有三十次。
〔註 60〕孟詩中「金」字出現有三十二次。

草迎金埒馬，花伴玉樓人。(〈長安早春〉)

「金」有的做形容詞，有的凝固成複詞，但是仍舊煥發耀目的金光，金色象徵燦爛、積極、希望，這與他對生活的熱愛，與積極求用世的人生理想是一致。

整體而言，孟詩在色彩詞的使用上，較偏於素淡，以「清」字構成意象，在他集中出現五十三次，如：

野曠天低樹，江清月近人。(〈宿建德江〉)

清猿不可聽，沿月下湘流。(〈湖中旅泊寄閻九司户防〉)

竹露閑夜滴，清風晝夜吹。(〈齒坐呈山南諸隱〉)

二月湖水清，家家春鳥鳴。(〈春中喜王九相尋〉)

清旦江天迥，涼風西北吹。(〈送謝錄事之越〉)

斜日催烏鳥，清江照綵衣。(〈送王五昆季省覲〉)

在他的筆下，水是清水，江是清江，光是清光，絃是清絃，音是清音……，造成一種自然明淨，清新澄澈的境界。這種素淨色彩的著繪和意象的表現，正是閑遠心境和高潔人格的投射，也是孟詩「清澹」風格形成的一個原因。

此外，孟浩然詩中的音響，如「沿洄洲渚趣，演漾弦歌音」(〈與白明府遊江〉)、「松月生夜涼，風泉滿清聽」(〈宿夜師山房期丁大不至〉)、「露氣聞芳若，歌聲識采蓮」(〈夜渡湘水〉)、「春眠不覺曉，處處聞啼鳥。夜來風雨聲，花落知多少」(〈春曉〉)、「海盡邊陰靜，江寒朔吹生。更聞楓葉下，淅瀝度秋聲」(〈渡揚子江〉)、「二月湖水清，家家春鳥鳴」(〈晚春〉)，均是描寫聽覺事物，而有視覺的聯想效果，在寫景上更富於變化。

四、善設對比

對比，是將兩種相反的事物、現象或情境，相互比照。而產生鮮明的印象，增加情感的張力，使主題突出的一種手法。浩然詩中常運用對比的手法，把情感寓寄於具體的形象之中，如〈江上寄山陰崔國輔少府〉：

春堤楊柳發，憶與故人期。草木本無意，枯榮自有時。

山陰定遠近，江上日相思。不及蘭亭會，空吟祓禊詩。

春堤楊柳青青，使詩人憶起與故人三月三日的修禊之約。但是漫遊江上，山陰尚遠，無法如期而赴，只有空吟祓禊詩。詩中以無意的草木尚且榮枯有時，而有情之人卻不能如時赴約，兩相對照之下，襯托聚散無常的感慨，以及出對友人的思念。

孟浩然詩中使用對比的面向，包括人我對比、自我情境對比、今昔對比、動靜對比、數字對比等。

人我對比，如〈夜歸鹿門山歌〉：

山寺鐘鳴晝已昏，漁梁渡頭爭渡喧。人隨江岸向江村，

余亦乘舟歸鹿門。鹿門月照開煙樹，忽到龐公棲隱處。

巖扉松徑常寂寥，惟有幽人自來去。

此詩寫夜歸鹿門山的所見所感。首聯以遠處山寺的悠然鐘聲與漁梁渡頭的喧囂雜嚷對比，顯出「隱」的靜僻與「出」的煩亂；次聯透過「人向江村」，與「余歸鹿門」兩種不同的歸途的對比，顯現出作者恬然自得的隱逸志趣。如〈陪張丞相登當陽樓〉：

獨步人何在？當陽有故樓。歲寒問耆舊，行縣擁諸侯。

林莽北彌望，沮漳東會流。客中遇知己，無復越鄉愁。

曹植〈與楊德祖書〉中：「仲宣（王粲字）獨步於漢南。」獨步人借代王粲。王粲在荊州牧劉表時不得志，曾登當陽樓而作〈登樓賦〉，抒發不遇的愁悵和久客思鄉之情。浩然此時為張九齡幕僚，因九齡的知遇，故「無復越鄉愁」。登臨抒懷，透過與王粲境遇的對比之下，更顯出遇合的快意。再如：「我行窮水國，君使入京華。」（〈宿永嘉江寄江陰崔少府國輔〉）吳越漫遊的自我放逐與友人入京的前程似錦相比，落寞不遇之感就更強烈。此外，人物間的對比，如「白髮垂釣翁，新妝浣紗女。」（〈耶溪泛舟〉）年邁髮蒼的江上垂釣翁與綺年玉貌的江邊浣紗女，兩相對比呈現出人情之趣。

自我情境對比，則表現在用世之心與歸隱之情的矛盾。如：

擎來玉盤裡，全勝在幽林。（〈庭橘〉）

沖天羨鴻鵠，爭食羞雞鶩。望斷金馬門，勞歌採樵路。（〈田園作〉）

欲隨平子去，猶未獻甘泉。（〈題長安主人壁〉）

「玉盤」和「幽林」對比，襯托出仕勝於隱。「沖天鴻鵠」和「爭食雞鶩」、「金馬門」和「採樵路」兩兩對比，透露心懷遠志而求仕無門。張衡（平子）歸田和揚雄獻賦（甘泉賦），對比出仕途受挫，欲隱而不忍去。這些對比強化詩人仕隱的矛盾。

今昔的對比，表現在登臨懷古一類的詩作，如〈高陽池送朱二〉：

昔當襄陽雄盛時，山公常醉習家池。池邊釣女日相隨，
妝成照影競來窺。澄波澹澹芙蓉發，綠岸毿毿楊柳垂。
一朝物變人亦非，四面荒涼人徑稀。意氣豪華今何在？
空餘草露溼羅衣。此地朝來餞行者，翻向此中征牧馬。
征馬分飛日漸斜，見此空為人所嗟。殷勤為訪桃源路，
予亦歸來松子家。

前六句極力鋪張高陽池昔日的繁華，以山簡的豪放風神、釣女的臨水照影、水中芙蓉發、綠岸楊柳垂，呈現當時雄盛的風華。後八句再寫今日「四面荒涼」的景象，在今昔的對比中，點出人事無常的歷史意識，也加深別情。又如：

向來共歡愉，日夕成楚越。（〈送從弟邕下第後尋會稽〉）

昔時風景登臨地，今日衣冠送別筵。（〈和盧明府送鄭十三還京兼寄之什〉）

從前是衽席同歡，今後將楚越一方；從前是登臨同賞共歡之處，今日卻成祖筵送別之地。透過今昔的對比，突顯別離之情。此外「攜手今莫同，江花為誰發。」（〈大堤行寄萬七〉）踏春良時，猶見江花逞放似去年景，但昔日同遊好友已遠隔重山，今昔對比之下，抒發物是人非的感慨，也表達對友人的眞摯情誼。

運用動靜的對比，描寫景物相映成趣，如〈宿武陵即事〉：

川暗夕陽盡，孤舟泊岸初。嶺猿相叫嘯，潭影似空虛。
就枕滅明燭，扣舷聞夜漁。……

日落川暗，孤舟泊岸，是初夜靜寂的景象，而嶺猿叫嘯之聲、漁子扣舷而歌之聲，清晰可聞。錢鍾書說：「寂靜之幽深者，每以得聲音襯托而得愈覺其深。」（《管錐編》）無動無以顯其靜，此處以聲動來營造幽靜的意境，在聲音之動的對比中，突出武陵夜宿的寂靜。又如「山暝聽猿愁，滄江急夜流。風鳴兩岸葉，月照一孤舟」（〈宿桐廬江寄廣陵舊遊〉）以猿聲、江流、風鳴、葉動來襯托舟的孤寂，以動襯靜，表達詩人獨泊秋江的寂寞。再如「臥聞海潮至，起視江月斜」（〈宿永嘉江寄山陰崔少府國輔〉），靜中有動，動中有靜。「宴息花林下，高談竹嶼間」（〈遊景空寺蘭若〉），「高談」是語道契合的意興，也是聲音之響亮。點上的動，正可對比出整體的靜，動與靜的鮮明對比中，突出蘭若的清幽，與王維「空山不見人，但聞人語響」（〈鹿柴〉）有同妙處。

此外，以數字對比的有：

一別十餘春。（〈除夜樂城逢張少府〉）

浩然久別故鄉於樂城逢子容，他鄉遇故知有驚喜有感慨。「人生不相見，動如參與商」，此時，詩人求仕不成，飄泊他鄉；友人屈居下僚，滯留海隅。「一別」和「十年」對比下，突顯「同是天涯淪落人」的悲慨。

由上述種種，可見對比的運用，不但使詩歌意象鮮明，也突顯出詩人情感，加強主題表現以及藝術感染力。

第二節　孟浩然詩的藝術風格

藝術風格是時代環境和作家思想個性、生活經歷、詩歌美學觀、藝術修養的綜合體現，也是作品內容旨趣與外在表現手法相融而成的總體風貌。

在詩歌風格上，孟浩然與王維由於隱逸趨尙與寫作題材的相似，風格上常被詩評家歸爲同類。胡應麟說：「王孟閑淡自得，高岑悲壯爲宗。」（《詩藪》）在整體氣象上擘分出王孟與高岑的不同。

但王、孟風格同中有異。徐獻忠《唐詩品》中評孟浩然說：「襄陽氣象清遠，心悰孤寂，故其出語灑落，洗脫凡近，讀之渾然省淨，而彩秀內映，雖悲感謝絕，而興致有餘。藻思不及李翰林，秀調不及王右丞，而閑澹疏豁，悠悠自得之趣，非二公之長也。」李白詩的藻思、王維詩的秀雅，雖是孟浩然所不及，但其閑淡清曠自成格局，是他人所不能及的。沖淡閑遠是孟詩主要的風格，然而作家的風格會受時代風尚、選用題材與表現技巧等因素的影響，呈現不同的風貌。由於盛唐的時代精神激盪詩人懷抱，使孟詩有雄渾壯逸的一面；又由於理想的落空，長歌吟嘯中時露悲慨激楚；此外，初唐的宮體遺風，使他亦有綺麗輕婉的別調。這些風格與孟浩然其人相交輝映，以下分別探究之。

一、沖淡閑遠

沖淡，是孟浩然詩的主體風格，胡應麟以「簡淡」、李東陽以「古淡」〔註61〕加以稱之。孟浩然「動以求真」、「行不爲利」，本有清虛澹遠的心性本質。再加上長期的隱居生活，在山水與大自然中陶然自樂，使他擺落功名得失的羈絆，形成一種淡泊的心境。這種淡泊悠閑的心境，有類於陶淵明。沈德潛論述唐人對陶詩的承繼：「陶詩胸次浩然，其中有一段淵深朴茂不可到處。唐人祖述者，王右丞有其清腴，孟山人有其閑遠，儲太祝有其朴質，韋左司有其沖和，柳儀曹有其峻法，皆學焉而得其性之所近。」（《說詩晬語》卷上）說明王孟一派以陶淵明爲祖，重視詩歌清新自然、渾然一體，又隨其性分發展自己的特色。而孟浩然將澹遠的心境，表現在山水田園的題材；把內在的情感呈現在閒曠的形式中，這些都是形成沖淡閑遠詩風的原因。

〔註61〕李東陽於《麓堂詩話》：「唐詩李杜之外，孟浩然、王摩詰足稱大家。王詩豐縟而不華靡，孟卻專心古淡，而悠遠深厚，自無寒儉枯瘠之病。由此言之，則孟爲尤勝。參見〔明〕李東陽《麓堂詩話》，收入〔清〕丁福保輯《歷代詩話續編》，頁1372。

這種沖淡閑遠風格的形成，還在於孟浩然詩歌創作的手法，不論抒情、敘事、寫景，都以淡淡的敘述筆調，很少有窮形盡相、彩繁競麗的描寫。司空圖說：「遇之非深，即之愈稀。脫有形似，握手已違。」（司空圖《詩品》）〔註 62〕以淡淡的敘述表現生活的眞實，但生活本身含蘊是豐富的，情感是淳厚的，而所謂的「沖淡」、「清淡」，實是外淡內豐，似清而腴。如〈遊精思觀回王白雲在後〉：

出谷未亭午，至家日已曛。回瞻下山路，但見牛羊群。

樵子暗相失，草蟲寒不聞。衡門猶未掩，佇立待夫君。

此詩寫出遊歸來，等待友人的情景。詩中化用《詩經・君子于役》「日之夕矣，牛羊下來」的典故，又切合眼前實景。黃昏山路牛羊一一下山，樵夫也消失於暝莽的暮色中，入夜後草蟲畏寒悄默無聲，仍倚門待友歸來。以疏簡的筆墨勾勒出黃昏的愁悵和秋山的空寒，清曠的景境中，充盈著詩人的惦念，在平易質樸中蘊含著對友人的深切情意。

他的〈過故人莊〉是沖淡閑遠詩風的代表：

故人具雞黍，邀我至田家。綠樹村邊合，青山郭外斜。

開軒面場圃，把酒話桑麻。待到重陽日，還來就菊花。

以簡淡的語言將拜訪故人過程中的事、景、人和物，按照時間順序明白道出，如話家常。淺淡中蘊餘味不盡的深厚情意。詩中不但呈現清新而恬淡秀美的農村風光、單純樸素的農家生活、眞摯親切的人情味，淡遠的心境也寓寄其中。在形式上，以五言律詩，中二聯對仗工整而不見錘鍊之跡，宛如古體，在形式、內容與藝術手法的總體搭配中，呈現出沖淡的詩風。

其他如〈口號贈王九〉「日暮田家遠，山中忽久淹。歸人須早去，稚子望陶潛」、〈北澗泛舟〉「北澗流恆滿，浮舟觸處通。沿洄自有趣，何必五湖中」、〈尋菊花潭主人不遇〉「行至桃花潭，村西日已斜。主

〔註 62〕所謂「沖淡」，司空圖《詩品》中說：「素處以默，妙機其微。飲之太和，獨鶴與飛。猶之惠風，荏苒在衣。閱音修篁，美曰載歸。遇之匪深，即之愈希。脫有形似，握手已違。」

人登高去，雞犬空在家」，還有〈山中逢道士雲公〉等田園詩都樸實清淡，「寄至味於淡泊」，「言已盡而意無窮」（鍾嶸《詩品・序》），大有陶詩風味。

他的山水詩亦然，如〈宿永嘉江寄山陰崔國輔少府〉：

我行窮水國，君使入京華。相去日千里，孤帆天一涯。

臥聞海潮至，起視江月斜。借問同舟客，何時到永嘉。

全詩以平易曉暢的口語出之，娓娓道來，把離別的惆悵、旅途情景，寫得眞切動人；下半首宕開愁苦，以曠達自慰，呈現出清淡閑遠之致。又如〈萬山潭〉描繪景物淡然出之，如寫意的水墨畫，清新雅致，恬淡的心境與清新雅淡的外景融成一片。

孟浩然的沖淡詩風，雖得之於陶淵明，但自有特色。胡應麟《詩藪》評孟詩「清而曠」〔註63〕，正因善於把情感融匯於清曠的景境，孟浩然的山水田園詩具有廣闊的空間美和深遠的韻味美。如〈晚泊潯陽望香爐峰〉：

挂席幾千里，名山都未逢。泊舟潯陽郭，始見香爐峰。

常讀遠公傳，永懷塵外蹤。東林精舍近，日暮空聞鐘。

此詩寫尋訪名山的急切心理，和始見廬山的欣喜之情，並由望廬山而緬懷高僧慧遠，觸發塵外之想。望精舍而不即，空聞鐘聲，懷想之情悠然神遠，亦隨鐘聲棖觸不盡。前四句以敘代描，大筆勾勒，尺幅千里，呈現曠遠的空間，頸聯用筆自然，語淡情深。尾聯，沈德潛說：「已近遠公精舍，而但聞鐘聲。寫『望』字意，悠然神邈。」（《唐詩別裁》卷一）〔註64〕全詩以敘帶景，以情帶景，借形寫神，清曠之中但覺靈氣往來。清新空闊之景與超然塵外之情的融合，在境與神會

〔註63〕胡應麟《詩藪》中說：「張子壽（九齡）首創清澹之派。盛唐繼起，孟浩然、王維、儲光羲、常建、韋應物本曲江之清澹，而益以風神者也。」又說：「靖節清而遠。康樂清而麗。曲江清而澹。浩然清而曠。王維清而秀。儲光羲清而適。韋應物清而潤。柳子厚清而峭。」清而曠是孟詩本色。

〔註64〕參見〔清〕沈德潛《唐詩別裁》卷一，頁16。

中，「自然高遠」（呂本中語）。王士禎評曰：「詩至此，色相俱空，正如羚羊挂角，無跡可求，畫家所謂逸品者也。」（《帶經堂詩話·入神類》）李白〈望廬山瀑布〉，以濃墨重彩寫廬山的瑰麗與雄奇，在熱烈奔放的激情中，呈現出浪漫豪放的詩風。孟浩然則以水墨淡筆，渲染廬山的空靈與曠遠，傳達出他悠遠的情思。全詩空靈蘊藉，沖淡中帶有清曠。

又如〈題大禹寺義公禪房〉結宇空林，巖壑特勝，夕陽帶雨，空翠滿庭，何其清絕。在清淡秀麗的詞語中，勾勒出一幅高曠清遠的深山古寺圖，詩人企慕超脫塵俗的曠遠之情融於其中。〈宿建德江〉、〈夏日南亭懷辛大〉、〈早寒江上有懷〉都呈現清曠淡遠的境界與美感。

除了清曠之美，孟浩然也常將清幽山水和隱遁情懷結合。他在詩中常標舉出「幽」字。如：

　　澗竹生幽興，林風入管弦。（〈峴山送蕭員外之荊州〉）
　　幽賞未云遍，煙光奈夕何。（〈夏日浮舟過藤逸人別業〉）
　　煙容開遠樹，春色滿幽山。（〈遊鳳林寺西嶺〉）

他的〈梅道士水亭〉：

　　傲吏非凡吏，名流即道流。隱居不可見，高論莫能酬。
　　水接仙源近，山藏鬼谷幽。再來迷處所，花下問漁舟。

詩的前半首稱道梅道士超然物外的胸懷。後四句寫水亭，先以仙源、鬼谷正面描寫水亭，再將自我入畫，運用山水畫借人物點景的手法，以尋訪者迷離徘徊情狀，使仙源、鬼谷似遠又近，而塑造出一片清幽靜僻的境界。不但襯托道士高逸絕俗的形象，也透露出詩人幽遠的情致，造成清淡幽遠的特質。又如〈武陵泛舟〉：

　　武陵川路狹，前櫂入花林。莫測幽源裡，仙家信幾深。
　　水回青嶂合，雲度綠谿陰。坐聽閒猿嘯，彌清塵外心。

一片清虛幽深之境，閑適怡然、悠然自得的情懷與境相偕。

他的〈尋白鶴岩張子容隱居〉：

　　白鶴青岩畔，幽人有隱居。階庭空水石，林壑罷樵漁。

歲月青松老，風霜若竹疏。睹茲懷舊業，攜杖返吾廬。

張子容早年隱居於白鶴山，與浩然知交。如今浩然尋訪舊宅，只見一片蕭疏幽寂之景，景物有情，透露出內心孤寂；睹物思人，悵然之情見於言外，清幽之中帶有冷峭。〈夜歸鹿門山歌〉正是典型的清幽淡遠之境，深深染上詩人的孤獨寂寞，給人幽冷闃寂之感。

明陸時雍說，浩然詩「語氣清亮，誦之如泉流石上，風來松下之音」。（《詩境總論》）清人翁方綱也說：「讀孟公詩，且毋論懷抱，毋論格調，只其清空幽冷，如月中聞磬，石上聽泉。」（《石洲詩話》卷一）正是對孟詩清幽之美的稱許。

二、雄渾壯逸

孟浩然詩的藝術風格基調是沖淡閑遠，但其詩作亦有雄渾壯逸的一面。殷璠《河嶽英靈集》評論說：「浩然詩，文彩豐茸，經緯綿密，半遵雅調，全削凡體。至如『眾山遙對酒，孤嶼共題詩』，無論興象，兼復故實。又『氣蒸雲夢澤，波撼岳陽城』亦為高唱。」所謂「高唱」，正是指出孟詩雄渾壯逸的特色。明人胡震亨《唐音癸籤》引《吟譜》說：「孟浩然詩祖建安，宗淵明，沖澹中有壯逸之氣」，一部分作品「精力渾健，俯視一切，正不可徒以清言目之」。〔註65〕此評確然，「壯逸」與「渾健」說明孟詩有骨力強勁的特色。孟浩然「少好節義，喜振人患難」、「救患釋紛，以立義表」，為人有豪俠的一面，加以盛唐開闊上揚的時代精神與勃勃向上的生機，以及其貼合時代脈動建功立業的志向，都是其雄渾壯逸風格的形成因素。而其抒發豪情壯志、描繪廣闊山川的詩篇，正是這一類風格的代表。

〔註65〕〔清〕潘德輿《養一齋詩話》說：「襄陽詩如『東旭早光芒，浦禽已驚聒。臥聞漁浦口，橈聲暗相撥。日出氣象分，始知江湖闊』、『太虛生月暈，舟子知天風。挂席候明發，渺漫平湖中。中流見匡阜，勢壓九江雄。香爐初上日，瀑布噴成虹』，精力渾健，俯視一切，正不可徒以清言目之。」

他的俠義之氣發而爲詩，字裡行間亦洋溢著豪情俠氣。如「遊人五陵去，寶劍值千金。分手脫相贈，平生一片心」(〈送朱大入秦〉)，「男兒一片氣，何必五車書」(〈送告八從軍〉)，「四海重然諾，吾嘗聞白眉。秦城遊俠客，相得半酣時」(〈贈馬四〉)，這種重然諾、推義氣的壯逸之氣，頗似壯年時代的陶潛〔註66〕，也和漢代的遊俠精神相通。送人從軍一類的詩，如〈送吳宣從軍〉「才有幕中畫，寧無塞上勳？漢兵將滅虜，王粲始從軍。旌旆邊庭去，山川地脈分。平生一匕首，感激贈夫君。」，以及〈涼州詞〉其二「異方之樂令人悲，羌笛胡笳不用吹。坐看今夜關山月，思殺邊城遊俠兒」，不論抒發雄豪意緒，或寫軍戎生活，雄渾壯逸，有類高適、岑參的邊塞之作。

他的〈洗然弟竹亭〉「吾與二三子，平生結交深。俱懷鴻鵠志，共有鶺鴒心」、〈田園作〉「衝天羨鴻鵠，爭食羞雞鶩。望斷金馬門，勞歌採樵路」等作品，直接表現其建功立業的襟抱，氣勢浩大，骨力雄建。他的登臨抒懷之作亦然，如〈與杭州薛司戶登樟亭樓作〉：

水樓一登眺，半出青林高。帟幕英僚敞，芳筵下客叨。

山藏伯禹穴，城壓伍胥濤。今日觀溟漲，垂綸欲釣鼇。

劉辰翁說：「與洞庭詩稱，壯實過之」，確然。詩中結合杭州的地理，謳歌了爲民請命的大禹、忠而見疑的伍子胥。而因觀潮而興起「釣鼇」〔註67〕奇想，隱然聯繫了姜子牙在渭水濱隱居垂釣，而得賢主周文王的遇合之事。漲潮的闊闊氣勢、盛唐上升的國勢和詩人建功立業的壯

〔註66〕對於陶詩風格，龔自珍在《定庵文集補》中云：「陶潛酷似臥龍豪，千古潯陽松菊高。莫信詩人竟平淡，二分梁甫一分騷。」魯迅在《且介亭雜文集・題未定草》中也指出：「除論客所佩服的『悠然見南山』之外，也還有『精衛銜微木，將以塡滄海。刑天舞干戚，猛志固常在』之類的『金鋼怒目』式」。

〔註67〕「釣鼇」語出《列子・湯問》：「帝恐流於西極，失群仙之居，乃命禺強使巨鼇十五舉首而戴之。迭爲三番，六萬歲一交焉。五山始峙而不動。而龍伯之國有大人，舉足不盈數步而暨五山之所，一釣連六鼇，合負而趣歸其國，灼其骨以數焉。」

志是「異質同構」的。詩風雄渾壯逸。又如〈與諸子登峴山〉，藉著憑弔羊祜遺跡，而抒發功名未遂的失落。詩中聯繫人事的代謝、古今的變遷，而呈現出深沈的歷史意識，迸發出一股雄邁氣勢。

孟浩然在呈現境界高闊的山水詩中，亦表現出大自然壯逸渾健之美。他的〈望洞庭湖贈張丞相〉最能代表這類風格：

八月湖水平，涵虛混太清。氣蒸雲夢澤，波撼岳陽城。……

全詩雄渾磅礡，意境雄闊，呈現盛唐氣象。又如〈與顏錢塘登樟亭望潮作〉寫江潮奇景筆力渾健，氣勢宏闊而境界渾厚。〈彭蠡湖中望廬山〉「太虛生月暈，舟子知天風。挂席候明發，渺漫平湖中。中流見匡阜，勢壓九江雄。香爐初上日，瀑布噴成虹。」遼闊無垠的太空，煙波浩渺的湖水，巍峨高峻、威鎮九江的廬山，飛流直下、勢若垂虹的匡廬瀑布，形象壯麗，都顯得氣勢磅礡，呈現出雄渾壯美。再如〈早發漁浦潭〉、〈下灨石〉、〈登望楚山最高頂〉、〈九日龍沙作寄劉大眘虛〉等均是。此外，如：

千山疊成嶂，萬水瀉爲溪。(〈浙江西上留別裴劉二少府〉)
窮陰連晦朔，積雪滿山川。(〈赴京途中遇雪〉)
宇宙誰開闢？江山此鬱盤。登臨今古用，風俗歲時觀。
地理荊州分，天涯楚塞寬。(〈盧明府九日峴山宴袁使君張郎中崔員外〉)

從大處落墨，以如椽巨筆描繪出江山之壯闊，表現出雄偉壯觀的景象，既有「荒荒油雲，寥寥長風」的雄渾，又有「行神如空，行氣如虹。巫峽千尋，走雲連風」的勁健（司空圖《詩品》）。這些詩作都顯現雄渾壯逸的藝術風格。

三、悲慨激越

司空圖《詩品》中描述「悲慨」一品：「大風捲水，林木爲摧。適苦欲死，招憩不來。百歲如流，富貴冷灰。大道日喪，若爲雄才。

壯士拂劍，浩然彌哀。蕭蕭落葉，漏雨蒼苔。」〔註 68〕解說各種足以形成悲慨之境的情景。孟浩然生於儒風世家，以匡時濟世、建功立業爲人生目標，奈何時命不相偶，乏人援引，性不諧俗，獨遺草澤，不遇之慨、壯志未酬之憤，時盤於心。而他眞情至性，從不隱瞞自己的眞情實感，鬱抑之情，發而爲詩，呈現出悲慨激越的風格。〔註 69〕

王達津說：「孟浩然五言古詩，較爲沈鬱。怨思抑揚，與王維含蓄詩風不同。」〔註 70〕他所指的就是抒發身世之感這類詩，五古如〈晚春臥疾寄張八子容〉、〈書懷貽京邑故人〉、〈秦中苦雨思歸贈袁左丞賀侍郎〉、〈秦中感愁寄遠上人〉、〈題長安主人壁〉等，五律如〈歲暮歸南山〉、〈留別王維〉等，都是悲慨激越風格的代表。如〈秦中苦雨思歸贈袁左丞賀侍郎〉：

> 苦學三十載，閉門江漢陰。明敭逢聖代，羈旅屬秋霖。
> 豈直昏墊苦，亦爲權勢沈。二毛催白髮，百鎰罄黃金。
> 淚憶峴山墮，愁懷湘水深。謝公積憤懣，莊舄空謠吟。
> 躍馬非吾事，狎鷗宜我心。寄言當路者，去矣北山岑。

此詩作於應進士試不第，滯居長安之時，抒發遭受權貴打擊，有志不得伸的憤懣，以及宣示同權貴絕裂，歸隱山林的志向。全詩直抒胸臆，激楚悲慨之氣，直透紙背，具有漢魏風骨。結四句，雖稍露曠達，但迭宕中，使悲慨之氣更形激蕩。又如〈曉入南山〉：

> 瘴氣曉氛氲，南山沒水雲。鯤飛今始見，鳥墮舊來聞。
> 地接長沙近，江從汨渚分。賈生曾弔屈，予亦痛斯文。

此詩作於開元五年，大筆勾勒南山一帶瘴氣氛氳，水雲泱漭的景象。詩中結合景色描寫使用鯤、鳥的比興形象，「鯤飛」、「鳥墮」，不但爲南山壯闊雲水和惡劣瘴毒做一鋪墊，更形成高遠理想與現實處境的落

〔註 68〕詹幼馨：《司空圖《詩品》衍繹》（台北：仁愛書局，1985 年），頁 30。
〔註 69〕王明居在《唐詩風格美新探》中，將悲慨分別與雄渾、豪放、沈鬱做一比照：「雄渾豁達，悲慨執著；豪放昂揚，悲慨淒滄；沈鬱凝重，悲慨激越。」參見王明居《唐詩風格美新探》（北京：中國文聯出版公司，1987 年），頁 62。
〔註 70〕王達津《王維孟浩然選集》，上海：上海古籍出版社，1990 年。

差。結尾直抒胸臆將自己的境遇與屈原的貶謫之悲結合，寫出志士不遇的共感。全詩壯闊中有悲慨、悲慨中顯透激越。

他的〈南陽北阻雪〉亦有類似的風格，但情調上轉激越爲沈鬱蒼涼：

我行滯宛許，日夕望京豫。曠野莽茫茫，鄉山在何處？

孤煙村際起，歸雁天邊去。積雪覆平皋，饑鷹捉寒兔。

少年弄文墨，屬意在文章。十上恥還家，徘徊守歸路。

首四句和後四句，直抒仕途坎坷、思鄉念歸，並化用《戰國策·秦策》蘇秦遊說秦王，「書十上而說不行」，回家受父母妻嫂冷落的典故，加強失意還鄉的羞愧，憂鬱頓挫的悲慨之氣，盤結於行間。而中四句是黃昏茫茫雪景，失意的心境與村際孤煙、天邊歸雁、饑鷹捉寒兔的景象交融渾化。融情於景，在情感的表達上較爲含蓄而沈鬱。綰合前後，悲慨中有沈鬱，沈鬱中有蒼涼。

送別的場面也易引發身世之感，發於詩中，怨抑悲慨之氣油然而生。如：

君登青雲去，予望青山歸。雲山從此別，淚濕薜蘿衣。

（〈送友人之京〉）

疾風吹征帆，倏爾向空沒。千里去俄頃，三江坐超忽。

向來共歡娛，日夕成楚越。落羽更分飛，誰能不驚骨。

（〈送從弟邕下第後尋會稽〉）

前者作於入京返里時，友人的應召入京，與自己的失意而歸恰成對比，雲山此別，一腔幽怨，無限感慨。劉辰翁云：「甚不多語，神情悄然，然比之（韋）蘇州，特怨甚。」（《唐詩品彙》引）全詩呈現出悲憤蒼涼的風格。後者則寫失意之別，「多情自古傷離別」，更何況於失意之時。全詩語質樸而意沈痛，誠如劉辰翁所云：「發興甚苦」。

此外，「魯堰田疇廣，章陵氣色微」（〈夕次蔡陽館〉），寫魯堰一帶田畝寬廣，章陵氣象衰微，弔古傷今深含人世滄桑之嘆。孟浩然悲慨激越的作品風格，正飽含著他積極進取、追求人生理想，卻不得志的慷慨不平。

四、綺麗輕婉

孟浩然生於初盛唐之交，其一生的精華雖於盛唐時期，但是早期離初唐四傑之時亦近，四傑爲初唐及盛唐之間的過渡詩人，猶有齊梁駢麗之風，其詩以五言爲主，字句秀麗。因此，浩然早期不免受齊梁遺風及四傑的影響，造語流麗，言情綿密，呈現出綺麗婉約的風格，胡應麟《詩藪》中評浩然詩「時雜流麗」，指的就是這類的詩。這是孟詩的別格，他的閨怨詩是這一類風格的代表。如〈春怨〉：

佳人能畫眉，妝罷出簾幃。照水空自愛，折花將遺誰？

春情多豔逸，春意倍相思。愁心極楊柳，一種亂如絲。

此詩寫百無聊奈的佳人，自矜自重而乏人見賞，睹物興情，愁思如柳絲。劉辰翁云：「矜麗婉約。」詩中不僅言佳人，而是另有寄託，是詩人隱於田園而渴望徵召見用的心聲，以比興手法言志更見婉約。而〈庭橘〉有異曲同工之妙，用詞上也較爲華麗。又如〈閨情〉：

一別隔炎涼，君衣忘短長。裁縫無處等，以意忖情量。

畏瘦疑傷窄，防寒更厚裝。半啼封裹了，知欲寄誰將。

寫閨婦爲夫君縫製冬衣，但一別已久，不知夫君輕肥，「畏瘦疑傷窄，防寒更厚裝」摹畫入微的道出閨婦的綿情密意；末句翻疊前意，裁衣不知何處寄，更見情深。全詩道閨婦之情曲盡其致，極其深婉。

除閨怨詩之外，他的寫景之作〈和張二自穰縣還途中遇雪〉也是綺麗婉約，不落俗筆：

風吹沙海雪，漸作柳園春。宛轉隨香騎，輕盈伴玉人。

歌疑郢中客，態比洛川神。今日南歸楚，雙飛似入秦。

這首詩描寫去京歸途中遇雪，一反客途困頓的愁緒，而滿懷喜悅的作賞心之語。全詩極力描摹雪態，透過擬人和比喻的手法，將雪態描繪得栩栩如生，富有情韻。首聯以柳絮飄舞喻白雪紛飛，次以「宛轉」、「輕盈」寫雪態之曼妙，頸聯分以郢人之歌和洛神之態，分擬落雪之聲貌容姿。劉辰翁云：「便是浩然詩流麗，非盡枯澀，更極戀看。」黃培芳云：「襄陽乃有此豔筆，得之詠雪，尤奇。」（《孟浩然詩說》，

頁 142）給予很高的評價。又如〈送王七尉松滋得陽臺雲〉：〔註 71〕

君不見巫山神女作行雲，霏紅沓翠曉氛氳。
嬋娟流入襄王夢，倏忽還隨零雨分。
空中飛去復飛來，朝朝暮暮下陽臺。
愁君此去爲仙尉，便逐行雲去不迴。

宋玉〈高唐賦〉：「妾在巫山之陽，高丘之阻，旦爲行雲，暮爲行雨，朝朝暮暮，陽臺之下。」詩中將神女與雲爲一體，縹緲靈動，奇幻多變。在奇妙構思中，營造出恍惝迷離的詩境。結聯妙於轉折，用梅福事，期王七不能如逐行雲，一去不返。全詩詞采極爲絢爛。〈大堤行贈萬七〉亦寫得流麗溫婉。至於〈登安陽樓〉：「縣城南面漢江流，江嶂開成南雍州。……向夕波搖明月動，更疑神女弄珠游。」則於雄闊中見綺麗。結尾二句於勝景中綴以美麗動人的神話，使全詩的意境愈見奇幻絢爛。

孟詩中亦時有纖麗之句，如：「落景餘清暉，輕橈弄溪渚」(〈耶溪泛舟〉)、「秋空明月懸，光彩霑露溼」(〈秋宵月下有懷〉)、「翠羽戲蘭苕，赬鱗動荷柄」(〈晚春臥疾寄張八子容〉)、「美人騁金錯，纖手膾紅鮮」(〈峴山作〉)，辭采絢爛有鍛鍊雕琢之工。綜觀浩然詩集，這類詩作並不多見。

克羅齊說：「心靈只有藉造作、賦形、表現才能直覺」。〔註 72〕孟浩然賦予心靈生動的藝術表現形式，並且在形式與內容、作品與個人高度的統下，形成鮮明的藝術風格美。

孟浩然詩的藝術表現服從於整體構思，不但使意象鮮明、意境開拓，也深化情感。其特色呈現在四方面：

〔註 71〕此詩題面「送王七尉松滋」是一事，「得雲陽臺」是一事，前爲本題，後爲分題。古人作詩常限題分詠，以占得的題目作爲抒寫的題材，此詩以「陽臺雲」內容進行寫作，並且綰合「送王七尉松滋」一事。參見蕭繼宗《孟浩然詩說》，頁 77。

〔註 72〕克羅齊《美學原理》，轉引余秋雨《藝術創造工程》（台北：允晨出版社，1990 年），頁 207。

一、在造語上：孟浩然的詩歌語言是鍊字生動、用典平易、造語曉暢、音韻流暢，這些特點都使詩產生自然的美感。孟詩語言自然渾成，多似率然而成，其實是語言經過淘洗、錘鍊後，而達到的清新自然。

二、在情景表現上：「感物興情」的創作觀，使他善於透過借景抒情、寫景中有興寄，將景語與情語融合渾化，使人物和景物、思想感情和客觀環境融爲一體，達到情景交融的藝術境界。而他在寫景中富含興寄是對山水詩重要的開拓。

三、在取景上：他以散點透視、移步換形讓空間的景物流動變化，注重景物在時間遞移下光影的變化，並透過虛實映襯和色彩音響來突顯山水的形象。在靈活多變的取景中，呈現出氣韻生動的自然山水。

四、在對比的使用上：孟浩然使用人我不同的選擇、自我不同的情境、今昔不同的景況、動靜不同等對比，突顯生命的情境。人生的選擇、仕隱的矛盾、宇宙歷史的感慨、閒適的心境和離別的感傷，都在對比中深化了情感。

孟浩然詩的風格美，以沖淡閑遠爲主體，並呈現出雄渾壯逸、悲慨激越、綺麗輕婉等不同的風格。其沖淡閑遠、空靈淡雅、清新曠美的一面，主要表現山水田園詩中。而其雄渾壯逸、悲慨激越的一面，表現在壯麗的山水詩和詠懷、登臨一類的詩作，是用世執著和不屈權貴所形成的風骨，這是時代精神與孟浩然理想懷抱、品德節操相激盪下的具體表徵。綺麗輕婉的詩風，主要表現閨情詩，但爲數不多。孟詩經緯綿密中見雄闊、沖淡中見壯逸、閑適中見激越、樸素中見綺麗，具有昌明的盛唐氣象。

第七章　孟浩然詩的成就與影響

第一節　孟浩然詩的成就

一、促進山水詩與田園詩的合流

文學的材料取源於生活，孟浩然兼有陶、謝二家的生活體驗，並將這兩種方式融爲一體，「誰采籬下菊，應閑上池樓」（〈途中九日懷襄陽〉），陶淵明採菊南山、物我合一的閑適眞趣，謝靈運觀賞春草、園柳禽鳴的興會，在他的體會中是統一了。孟浩然在田園生活中淡遠悠閒靜穆的心情，有助於他對自然山水觀察和把握；而對名山大川的遊歷和描繪，促使詩人審美意識的變化，使他的田園詩充滿生動的趣味。結合陶謝的興寄和觀賞，使孟浩然山水詩和田園詩的合流有了重要的成果。

在題材上，山水詩和田園詩原是涇渭分明的兩種，孟浩然同時繼承陶淵明和謝靈運，既寫山水詩也寫田園詩。在他的詩中，田園與山水兩種題材是互相影響的。在他的一些田園詩中，對山水景物有細緻而傳神的描繪；在他尋山訪水的詩篇裡，又時時顯露「田園情趣」。所謂的「田園情趣」，不是指詩中要有田園風光、農家生活，而是指要有像陶淵明田園詩中，所表現的「牧歌式」的情懷，恬淡自適的意

趣，也就是要有田園隱士的閑適之情。〔註1〕

〈採樵作〉是一首田園詩，但是對山水景物有工巧細緻的描繪：

採樵入深山，山深樹重疊。橋崩臥槎擁，路險垂藤接。

日落伴將稀，山風拂蘿衣。長歌負輕策，平野望煙歸。

深山採樵是孟浩然田園生活的一部分，這首詩描繪出深山採樵所見的景物，抒發田園生活曠達蕭散的情趣。「日落伴將稀，山風拂蘿衣」，寫出作者享受山風吹拂，與自然融恰無間的情景，與陶淵明的「凱風因時來，回飆開我襟」（〈和郭主簿〉其一）有相似的意趣；「長歌負輕策，平野望煙歸」，表現出一種「日出而作，日入而息」的生活，與陶淵明的「帶月荷鋤歸」（〈歸園田居〉其三）有相類的情調。通篇表現出田園生活恬淡自適的情趣，並塑造出神情瀟灑的隱者風度。然而，這首詩從採樵入山到日落歸家，對山水風景細緻的呈現，「山深樹重疊，橋崩臥槎擁，路險垂藤接」三句，極力刻畫深山奇險之狀。山林的古老幽深，道路的險阻難行，透過橋崩、臥槎、垂藤等形象的摹畫栩栩如生，有大謝山水詩模山範水、工筆刻畫的特色。在田園景色描繪上，已超出於陶淵明求神似不求形似，重意象不重表象，尚渾成不尚工細的特點。這正是孟浩然在田園詩中吸收山水詩的繪景技巧。又如〈東陂遇雨率爾貽謝南池〉「殷殷雷聲作，森森雨足垂。海虹晴始見，河柳潤初移」，「殷殷」、「森森」，極寫雷雨之盛，亦見造化之有情，助耕之有心，狀雷雨如在目前；「海虹」二句，極寫雨後光景，海虹七彩跨天，河柳生氣勃勃。寫景如繪，造語工細。他把山水詩對山水的觀賞角度、繪景手法帶入田園詩，使田園詩向山水詩接近。

自大謝以來，山水詩的風貌與內涵，或與老莊名理並存，或與宦遊生涯共詠，或與宮廷遊宴同調。孟詩中，有些超越傳統山水詩抒發行旅的羈愁、宦遊的失意，而表達出「田園情趣」。如第五章第二節所舉，抒發閑情逸興一類的詩，正是在山水詩中融有陶詩恬淡、閑適

〔註1〕參見王國瓔《中國山水詩研究》（台北：聯經出版社，1986年），頁255～295。

的生活情趣。他的〈早發漁浦潭〉：

東旭早光芒，渚禽已驚聒。臥聞漁浦口，橈聲暗相撥。

日出氣象分，始知江路闊。美人常晏起，照影弄流沫。

飲水畏驚猿，祭魚時見獺。舟行自無悶，況值晴景豁。

寫景清新自然，將山水之美與田園中閑適的樂趣、恬淡的意趣水乳交融，情思與景色豐富多彩。又如〈尋香山湛上人〉：

朝遊訪名山，山遠在空翠。氣氳亙百里，日入行始至。

谷口聞鐘聲，林端識香氣。杖策尋故人，解鞍暫停騎。

石門殊壑險，篁逕轉森邃。法侶欣相逢，清談曉不寐。

平生慕眞隱，累日探靈異。野老朝入田，山僧夜歸寺。

松泉多清響，苔壁饒古意。願言投此山，身世兩相棄。

香山寺位於洛陽，此詩爲作者覽景訪隱的記錄。大謝的山水詩具有明顯的記遊性質，這首山水詩在體制上有謝詩的規模，在寫景上也注意景物形貌聲色的摹畫，如「谷口聞鐘聲，林端識香氣」，「石門殊壑險，篁徑轉森邃」、「松泉多清響，苔壁饒古意」，工細肖康樂。但是大謝山水詩結構上爲「記遊——寫景——興情——悟理」〔註2〕，著重於由景以抒情，使情景交融，以表現其所嚮往的理或道，因此插入老莊名理，以示其覽景悟理的心路歷程。但孟浩然此詩則於記遊寫景中插入敘事，以表現其恬淡自適的生活情趣。如「法侶欣相逢，清曉談不寐。平生慕眞隱，累日探靈異。野老朝入田，山僧夜歸寺」，這是覽遊過程中生活情趣的寫照，如陶淵明與老農共話桑麻，親切自然中流宕著一般暖意。在山水之美中，呈現悠閒自適的意趣，這正是山水詩吸收田園詩的精髓在內涵上的開拓。

綜而言之，孟浩然一生主要是寓居襄陽的家鄉與漫遊南北，他的

〔註2〕林文月在〈中國山水詩的特質〉一文中認爲，「記遊——寫景——興情——悟理」爲齊、梁時代山水詩普遍的結構。《中外文學》3卷8期（1975.1），頁152～179。王國瓔以爲林文月之說，情景分敘、段落分明、程序井然的結構，僅是山水詩的一體。參見王國瓔《中國山水詩研究》，頁155。本文此處偏重於孟詩的內涵表現，結構認定上的分歧並不影響論述。

山水詩主要以荊楚、吳越和長江兩岸爲主。在寫景技巧上，孟浩然融陶詩的自然渾成與謝詩的工巧細緻爲一爐。他取景多變，在景物的描繪上不拘一格，並且能營造出特殊的氣氛。他以散點透視、移步換形讓空間的景物流動變化，注重景物在時間遞移下光影的變化，並透過虛實映襯和色彩音響來突顯山水的形象。在靈活多變的取景中，呈現出氣韻生動的自然山水，創造清曠閒淡的意境之美。

他將山水文學的傳統，同隱逸生活的另一形態——田園詩結合，以山水筆意刻畫田園，用田園情趣觀照山水，將田園詩的恬淡閑適與山水詩的清新自然結合，創作大量的山水田園詩，在山水詩與田園詩的合流上有很大的成就。葛曉音更認爲，「孟浩然強調發興的創作體會和淡化意象、注重傳神的表現藝術，給盛唐山水田園詩提供重要的藝術經驗，並代表南方山水詩的最高成就，與北方的王維構成了盛唐山水田園詩的兩座高峰。」〔註3〕

二、建立清新自然的審美範式

孟浩然在審美趨向上崇尚清美，以清眞作爲人格美的理想，以清景作爲自然美的理想，並且在創作感興與構思上，強調自然感發與清明的創作狀態。美感觀念上的自覺，使他自然的化入到詩歌的實踐中。他的詩歌完美的實踐了他的審美理想。在詩歌語言上，他鍊字生動、用典平易、造語曉暢、音韻流暢，使詩產生清新自然的美感；在詩歌意境上，他把情感融於清曠、清幽的景境中，造成清淡曠遠的意境美。沖淡閒遠，淡到看不到詩〔註4〕，更是詩人的人格氣象與詩歌風格自然的融合爲一，達到審美理想的最高境界。

〔註3〕參見葛曉音《山水田園詩派研究》(瀋陽：遼寧大學出版社，1993年)，頁216。

〔註4〕聞一多提到，孟浩然不是將詩緊緊的築在一聯或一句裡，而是將它沖淡，平均分散在全篇……淡到看不見詩了，才是眞正孟浩然詩。參見聞一多〈孟浩然〉，《唐詩雜論》(上海：上海古籍出版社，1998年)，頁27～31。

孟詩建立了清新自然的審美範式，並且得到時人的推尊。王士源〈孟浩然集序〉：

> （浩然）閒遊秘省，秋月新霽，諸英華賦詩作會，浩然句曰：「微雲淡河漢，疏雨滴梧桐」。舉座嗟其清絕，咸閣筆不復為繼。

陶翰〈送孟六入蜀序〉：

> 幼高為文。開元始遊西秦，京師詞人皆嘆其曠絕也。觀其匠思幽妙，振言孤杰，信詩伯矣。不然者，何以有聲於江漢間？（《文苑英華》卷七二〇）

孟浩然在當時即以清新曠遠的意境，而使人悠然神往。李白在〈贈孟浩然〉詩中稱讚他「高山安可仰，徒此挹清芬」，杜甫〈解悶十二首〉其六也說「復憶襄陽孟浩然，清詩句句盡堪傳」，所謂的「清」，正是指孟詩中清新明淨的語言特色，和清曠閒淡的藝術境界。

孟浩然建立詩歌自然清新的審美風範而廣受時人稱譽。這種語言風格和藝術境界的建立，是經過情感與景物多方面的擇取、純化、配合，使平易語言而含蘊無窮，造成韻味無窮的藝術效果。這種清眞自然渾成的審美效果，是苦思、修飾而來。陶翰稱其「匠思幽妙」，殷璠謂其「經緯綿密」，張清標《楚天樵語》卷上說：「孟浩然吟詩，眉毫盡脫，極意雕鏤乃爾。及披其集，讀之清空靈澹，似不以人力勝者，乃知其一氣清渾中，煉格煉意，煞費幾許鉗錘。」（引自《唐詩論評類編》）指出浩然匠心構思、精研鍛鍊的創作特色。〔註 5〕唐天寶、大歷

〔註 5〕對於孟浩然的苦思，前人多有記載，據〔唐〕馮贄《雲仙雜記》卷二「苦吟」輯《詩源指訣》：「孟浩然眉毫盡落。裴祐袖手，衣袖至穿。王維走入醋甕。皆苦吟者也。」又同書卷三「句中喜得魚竹」輯《玄山記》：「孟浩然一日周旋竹間，喜色可掬，又見网師得魚，尤甚喜躍。友人問之，答云：『吾適得句，中有魚竹二物，不知竹有幾節，魚有幾鱗，疑致疏謬。今見二物，乃釋然矣。』」。轉引自劉文剛《孟浩然年譜》（北京：人民文學出版社，1995 年），頁 8。二條均為小說家言，不足徵信，卻也側面說明，孟浩然留心生活和苦吟的創作態度已聞名於唐代。

年間，皎然於《詩式・取境》中說：

> 詩不假修飾，任其醜樸，但風韻正，天真全，即名上等，予曰：不然。……又云，不要苦思，苦思則喪自然之質。此亦不然。……取境之時，須至難至險，始見奇句。成篇之後，觀其氣貌，有似等閑不思而得，此高手也。〔註6〕

所謂「苦思」包括構思立意的曲折奇險、別出心裁，以及語言文字的琢磨修飾。「至麗而自然，至苦而無跡」（皎然語），強調詩歌創作要經過艱苦的構思鍛鍊，並以達到貌似天眞自然的境界爲上，浩然詩正是如此。〔註7〕

黃生《唐詩摘抄》評浩然〈過故人莊〉說：「全首俱以信口道出，筆尖不著墨，淺之至而深，淡之至而濃，老之而媚。火候至此，並烹煉之跡俱化矣。」「信口道出」謂其本色，「烹煉之跡俱化」，則謂其既雕且琢，復歸於樸，絢爛之極歸於平淡。因此，孟浩然詩的清新自然渾成，實是透過藝術的錘鍊，非只是個別的煉字煉句，而是一種整體的構思，由爐錘鍛鍊而返回自然樸素，隨分自佳而神韻清絕。這是符合自然天工的人文化成，孟浩然用實際創作體現了道家以自然爲美的藝術情趣。

孟浩然對清眞自然美的喜好，較早的表達盛唐人共同的審美理想

〔註6〕〔唐〕釋皎然《詩式》，參見張伯偉《全唐五代詩格彙考》（南京：江蘇古籍出版社，2002年），頁232。

〔註7〕後人論盛唐詩渾成自然，其實盛唐詩人多苦思，洗削。如《河嶽英靈集》評常建云：「建詩似初發通莊，卻尋野徑於百里之外，方歸大道。所以其旨遠，其興僻，佳句輒來，唯論意表。屬思既苦，詞亦警絕。」（李珍華、傅璇琮《河嶽英靈集研究》，頁131）評王維云：「詞秀調雅，意新理愜。在泉爲珠，著壁成繪。一句一字，皆出常境。」（按：泉珠喻冥搜之功）（頁148）評劉昚虛云：「情幽興遠，思苦詞奇。忽有所得，便驚眾聽。」（頁155）評儲光羲：「格高調逸，趣遠情深，削盡常言，挾風雅之跡，浩然之氣。」（頁213）評祖詠：「剪刻省靜，用思尤苦，氣雖不高，調頗凌俗。」（頁238）《新唐書・王昌齡傳》評云：「昌齡工詩，緒密而思清。」（頁5780）趙昌平於〈開元十五年前後〉指出：「盛唐詩決非一味自然，只是英越之氣使之善鍊而不傷氣，秀麗而不孱弱。」（《中國文化》第二期，1990年6月）認爲盛唐詩人的氣象使他們善於錘鍊，而不板滯，達到自然的化工。

和追求。李頎說過：「天骨自然多嘆美」（〈送劉四赴夏縣〉），「曉聞天籟發清機」（〈宿瑩公禪房聞梵〉）等。王維認爲只有「天機清妙者」（〈山中寄裴秀才迪書〉），才能發現和感受自然山水中的「深趣」。李白明確的表明「雕蟲喪天眞」（〈古風〉之三十五），提倡「清水出芙蓉，天然去雕飾」〔註 8〕的美感追求。高適不僅欣賞「清詞煥春叢」〔註 9〕，而且主張「清詞合風騷」。〔註 10〕岑參讚美友人的詩「詞句皆清新」，如同「澄湖萬頃深見底，清光一片光照人」（〈送張獻心充副使歸河西雜句〉）。

杜甫在強調詩歌現實主義精神、積極的反映社會人生的同時，仍以清新、秀逸做爲評價詩歌的藝術標準。他說：「不薄今人愛古人，清詞麗句必爲鄰」（〈戲爲六絕句〉），除了讚美孟浩然的清詩，還稱道王維「最傳秀句寰區滿」（〈解悶〉之八），並欣賞李白「清新」、「俊逸」（〈春日憶李白〉）等等。可見孟浩然在理論與實踐上對清新自然美的追求，對於盛唐詩普遍崇尚清眞的審美理想的形成，是具有啓發作用的。

三、響應復古革新，繼承漢魏風骨

在詩歌創作上，孟浩然自覺的響應復古革新，繼承漢魏風骨，這是他在初盛唐詩壇的一個重要成就，後人由於世遠，反而忽視這一面向在當時詩壇所代表的意義。他這方面的成就表現在美學觀念的建立、詩歌風骨的注入和表現技巧的擴展三方面。

一、強調風雅的詩歌美學觀，他在〈陪盧明府泛舟迴峴山作〉說：「文章推後輩，風雅激頹波。高岸迷陵谷，新聲滿棹歌。」強調只有用風、雅的骨力才能激蕩綺麗的餘波；只有用別於宮體的新聲才能抒情達意。這種標舉風雅精神，蕩除文壇頹靡風氣，是在詩歌美學觀上

〔註 8〕李白〈經亂離後天恩流夜郎憶舊遊書懷贈江夏韋太守良宰〉，瞿蛻園《李白集校注》卷十一，頁 567。

〔註 9〕高適〈酬祕書弟兼寄幕下諸公〉，劉開揚箋注《高適詩集編年箋注》（北京：中華書局，2000 年），頁 213。

〔註 10〕高適〈同河南李少尹畢員外夜飲·時洛陽告捷遂作春酒歌〉，同註 9，頁 301。

對陳子昂復古革新的響應。

二、注入風骨的詩歌內涵。在情感思想上，孟浩然具有建功立業的政治理想、因求仕失敗的不平之氣和不屈權貴的放曠，以及對勢利流俗的批判和道德節操的追尋。這些精神體現於詩歌中，正與「漢魏風骨」、「建安之作」在內涵上是侔合。皮日休在〈郢州孟亭記〉中說：

> 明皇世，章句之風大得建安體，論者推李翰林、杜工部爲尤。介其間能不愧者，唯吾鄉之孟先生也。

唐代詩歌的風骨，在對「漢魏風骨」的繼承中，每個時期各有其通變。〔註 11〕在初、盛唐詩歌革新中，「風骨」一詞的內涵各有不同，唐初史家以「雅正」的觀念解釋「氣質」，以頌美王政、「和而能壯，麗而能典」（《周書・王褒庾信傳・論》），糾正齊梁餘風。但是這與「建安風骨」的任氣使性，追求個性自由等內涵並不相同。初唐四傑以「剛健」、「宏博」指示風骨的內涵，在創作上以反映出「撫窮賤而惜光陰，懷功名而悲歲月」（王勃〈春思賦〉）的人生意氣，並將廣闊的生活內容與建功立業的抱負注入詩中。不過在理論上，仍然不能突破儒家以「玉帛謳歌」、「衣冠禮樂」的大雅正統觀念。直到陳子昂標舉「漢魏風骨」和「風雅興寄」，突破儒家美刺諷諭的風雅觀，提倡恢復建安文人拯世濟時的人生理想和慷慨意氣，統一風雅比興和建安精神，解決四傑理論和創作上的矛盾，才使「漢魏風骨」更具時代意義。皮日休指出盛唐詩對建安體的發揚，並推尊孟浩然與李、杜同儕，從詩歌發展上，顯現出他在初盛唐之際響應陳子昂之說，體現「漢魏風骨」

〔註 11〕葛曉音在〈論初、盛唐詩歌革新的基本特徵〉對盛唐風骨的內涵提出更寬廣的解釋，值得重視。他說：「盛唐詩歌的風骨不是以揭露社會問題的深度爲主要特徵」、「盛唐詩歌的風骨以謳歌建功立業的英雄氣魄爲核心，同時也廣泛的體現在抒寫日常生活的各種感受中。首先，無論是山林隱逸的物外之情，還是行役羈旅的離愁別緒，往往包含著盛唐人對『養高忘機』、『存交重義』以及窮達之節等高尚精神境界的讚美之情。」參見葛曉音《漢唐文學的嬗變》（北京：北京大學出版社，1995 年），頁 85～110。從這個角度來看，孟浩然的詩歌也典型的呈現盛唐風骨。

的積極意義。《唐音癸籤》引《吟譜》中也說：

> 浩然祖建安，宗淵明，沖淡中有壯逸之氣。

孟浩然雄渾壯逸、慷慨激越一類的詩作中，正是對「建安體」的繼承，而形成的高搴風骨。

三、將興寄引入山水詩，使興象和寓意融化無跡。陳子昂針對六朝詩歌作品彩繁競麗、雕采飾繪，缺乏深刻的內容，而提出風雅興寄，強調漢魏風骨。他繼承建安文人的人生理想，以拯世濟時爲己任，秉時立功，追求政治理想，並保持窮達進退的節操。在創作手法上，以比興手法寄託身世和理想。孟浩然也承接陳子昂比興寄託的創作手法，落實於創作中。如〈庭橘〉中，以「擎來玉盤裡，全勝在幽林」的形象寄託自己的用世之心。〈贈參寥子〉中，以蜀琴寄寓自己的美質，以及對知音的渴求。他更將興寄引入山水詩，使寓意在景物中自然顯現，寓意和興象不作比附而融化無跡，是其重要的貢獻之一。〔註 12〕如〈望洞庭贈張丞相〉「欲濟無舟楫，端居恥聖明。坐觀垂釣者，徒有羨魚情」，以眼前空闊的水景和垂釣者做推想，並結合古諺，寄寓自己徒有濟世之心，而乏人引薦的情況。又如〈舟中曉望〉「挂席東南望，青山水國遙。舳艫爭利涉，往來接風潮」，以船隻趁著風潮往來江上的眼前景象，寄寓世人爲爭名涉利而鬥風逞浪的社會現象。即事、即景、即物興嘆，令人從鮮明的形象描繪中體味詩人的旨意，興寄自然融化在聲色的渲染與場景的鋪排中，使比興形象與生活情境緊密結合。他在近體山水詩的興寄，都能達到寄託在有意無意之間的化境，這是在詩歌手法上對興寄的承繼與革新。

此外，胡仔引《王直方詩話》說：

> 山谷嘗謂余曰：「作詩使史漢間全語，爲有骨氣。」後因讀浩然詩，見「以吾一日長」、「異方之樂令人悲」及「吾亦從此逝」，方悟山谷之言。（《苕溪漁隱叢話・前集・孟浩然》）

關於「風骨」的解釋，歷來有不同的說法。據《文心雕龍・風骨》所

〔註 12〕參見葛曉音《盛唐山水田園詩派研究》，頁 201～216。

云:「結言端直,則文骨成焉;意氣駿爽,則文風清焉。若豐藻克贍,風骨不飛,則振采失鮮,負聲無力。」〔註13〕由此觀之,風,是強調文章情意的爽朗,氣勢的高峻;骨,是強調文章語言的端整與勁力。旺盛的文辭與端直的文詞,構成昂揚奮發、剛健有力的美學風格。孟浩然詩歌中的語言的運用,的確有不少的經書語、史漢語,王直方引孟詩說明他對「骨氣」的體會,這也可視爲浩然在創作實踐上響應「復古」號召的一個面向。

總之,孟浩然不但以創作思想響應陳子昂的復古革新,並以創作實踐對綺麗詩風的遏制,並發揚漢魏風骨的精神,在初盛唐的詩壇確有其不容忽視的成就。

第二節　孟浩然詩的影響

孟浩然爲盛唐山水田園詩的奠基者,與王維、裴迪、儲光羲、綦毋潛、常建、丘爲開創唐代的山水詩派,影響中唐「大歷十才子」、韋應物和柳宗元,形成王、孟、韋、柳並稱的局面,體裁上多用音律和諧的五言近體,工五言律詩。

孟浩然的詩有很高的藝術成就,司空圖、嚴羽、王士禎等著名的詩歌理論家,總結他和陶、王諸家的某些創作經驗和成就,吸收到自己的詩歌理論中。而他和山水田園詩派諸家所崇尙的蕭散、簡淡、閑遠等藝術風格,和妙造自然的境界,反映出中國文人一重要的審美標準,在中國美學史上有其特殊地位。

司空圖論詩提倡「韻外之致」、「象外之象、景外之景」。他推崇王、孟等人的「趣味澄敻,若清風之出岫」(〈與王駕評詩書〉)、「王右丞、韋蘇州澄淡精致」,強調王、孟詩的自然沖淡,澄澹精緻。其《詩品》中有二十四品,在描繪各種風格形象中,貫穿平淡空靈的審美趣味。其中以「沖淡」、「自然」、「含蓄」等品爲核心,蔣斗南〈詩

〔註13〕參見王更生注譯《文心雕龍讀本》卷六,頁35。

品目錄絕句〉〔註 14〕云「沖淡有餘情」、「自然若天照」、「含蓄色相空」，這幾品主要是對王、孟、韋、柳山水田園詩藝術經驗的總結。司空圖的《詩品》，爲後來的妙悟說和神韻說推崇陶王詩派的理論奠下基礎。

嚴羽在《滄浪詩話》中，針對北宋以來詩歌創作和理論偏於重學問功力的觀點，論述詩貴妙悟，專求意興情性及其與言外之意、象外之趣的聯繫。他將盛唐詩的基本特色歸結爲「惟在興趣」：

> 夫詩有別裁，非關書也，詩有別趣，非關理也；然非多讀書，多窮理則不能極其至，所謂不涉理路，不落言筌者上也。詩者，吟詠性情也。盛唐諸人惟在興趣，羚羊挂角，無跡可求。故其妙處透徹玲瓏，不可湊泊，如空中之相，相中之色，水中之月，鏡中之象，言有盡而意無窮。〔註 15〕

強調詩自有詩的標準，搬弄不得學問，發揮不得義理，於義理學問之外求詩，才能見其別材別趣，才是所謂羚羊挂角，無跡可求。賣弄學問，闡發性理的數典之作與格言之詩，都是有跡可尋。而嚴羽的「興趣」，即是強調詩歌觸物起情的創作感興，以及詩歌表達的含蓄，使詩富有韻味。〔註 16〕這是盛唐詩的特點，更是陶、王、孟的藝術表徵。

嚴羽爲闡明「妙悟說」，將孟詩的藝術特色與韓愈作一比較：

> 大抵禪道惟在妙悟，詩道亦在妙悟，且孟襄陽學力下韓退之遠甚。而其詩獨出退之之上者，一味妙悟而已。〔註 17〕

〔註 14〕〔清〕蔣斗南〈詩品目錄絕句〉六章，見〔清〕孫聯奎《詩品臆說》，收入孫昌熙、劉淦校點《司空圖詩品解說二種》(山東：齊魯出版社，1980 年)。

〔註 15〕參見郭紹虞《滄浪詩話校釋》，頁 140。

〔註 16〕「興」，在古代詩論中原有多種意思：一是指詩人對外界事物的感觸所發生的情思；二是指聯想、委婉含蓄等表現手法；三是指寄託，注意詩歌表達現實社會的作用。嚴羽「興趣」中，「興」的含義偏於前二種。他在〈詩評〉中提及「唐人好詩，多是征戍、遷謫、行旅、離別之作，往往能感動激發人意」(郭紹虞《滄浪詩活校釋》，頁 198)，強調觸景生情的創作感興；〈詩法〉中道「語忌直，意忌淺，脈忌露，味忌短」(同上，頁 122)，強調含蓄的手法。「趣」相當於詩歌的韻味，與鍾嶸的「滋味」、司空圖的「韻外之致」相近。

〔註 17〕參見郭紹虞《滄浪詩話校釋》，頁 12。

(《滄浪詩話・詩辨》)

孟浩然在詩歌創作上強調「發興」，透過自然景物或生活中的觸景生情，產生一種創作的靈感。在「佇興而作」強調情感自然的感發後，又以渾成自然爲藝術的最高境界，有些作品並散發出含蓄蘊藉，意在言外的藝術特色。聯繫孟浩然的創作經驗，可知嚴羽的「妙悟」是「自然」這一概念的擴大，「自然」作爲一種詩歌面貌的基本特徵，諸如無斧斤鑿痕可尋，含不盡之意見於言外，又指直接發自性情的一種意興，是詩人於生活中觸景生情，忽有所悟。

王孟一派，對清代王士禛的「神韻說」的建立亦有影響。王士禛舉孟浩然〈晚泊潯陽望廬山〉作爲神韻詩作的範本，評說：

> 詩至此，色相俱空，政如羚羊挂角，無跡可求，畫家所謂逸品者也。(《帶經堂詩話・入神》)

此詩，「興趣所到，忽然而來，渾然而就」，詩歌形象空靈蘊藉，言有盡而意無窮。不斤斤於字句刻意的追求，平淡自然，一氣呵成，「既未可以句摘，亦未可以字求」。這正是嚴羽強調詩歌「神韻」的具體體現。清人王士禛編選《唐賢三昧集》，錄盛唐諸公篇什中「尤雋永超詣者，自右丞以下四十二人」，「不錄李、杜二公」，體現他「專以沖和淡遠爲主，不欲以雄鷙奧博爲宗」(翁方綱《七言詩三昧舉隅》)〔註18〕的鮮明傾向。

總之，王孟詩派風格空靈清新、趣味澄敻閑雅，用典不見痕跡，具有韻外之致、象外之趣的共同特色，以及重視妙悟、直尋興會的創作規律，對妙悟說和神韻說深具影響。而其推崇簡約淡遠的意境，清新高雅的韻致和天眞自然的風味，道出我國文人審美觀和山水詩畫的傳統特色。孟詩對神韻一派的啓發，對研究古代詩歌理論，實是具有重要的參考價值。

〔註18〕〔清〕翁方綱《七言詩三昧舉隅》，收入丁福保編《清詩話》，頁291。

第八章　結　論

受儒家傳統教育的孟浩然，在盛唐開明之世與昂揚向上的時代精神感召下，洋溢著積極入世的精神和建功立業的懷抱。盛唐的隱逸之風盛行，孟浩然的隱逸是受時代風尚的影響，但前後隱逸的心境並不相同。在朝廷崇隱下，衍成所謂的「隱士意識」，隱居成爲士人重要的生活體驗。他早期的隱逸，不是消極的避世，而是配合當時的隱逸求仕之風，並且讀書作詩賦來豐厚自己，有積極的入世意識。爲了尋求入仕的機會，他漫遊大江南北，干謁獻賦，參加科舉。然而在求仕朱利後，再度漫遊遣懷，歸鄉退隱。歸隱是懷才不遇的讀書人自然的選擇，《史記・孔子世家》說：「詩云：『匪兕匪虎，率彼曠野』，吾道非耶。」孔子汲汲於用世而道不行，謀適不用，厄於陳蔡，憤然向蒼天追問。而孟浩然的「吾道昧所適，驅車向東還……拂衣從此去，高步躡華嵩」(〈京還留別新豐諸友〉)，是儒家用世思想受到挫折，道不行而避世獨善其身的表白。他的退隱是入世的胸懷受到社會現實的否定，不免帶有怨憤與狂狷。「聾俗本相輕」(〈贈道士參寥〉)、「亦爲權勢沈」、「欲尋五斗祿，其如七不堪」，他憤世而退隱，正是對政治現實的反抗與批判；也是不肯隨波逐流，而潔身引退。

孟浩然有著任眞自然生命本質，亟力於追求人格的獨立與精神的自由，再加上家鄉附近的歷史文化的陶冶，使他將阮籍的放達、支遁的虛寂、右軍的風雅，都統括於其生活。他自由放曠的精神本質與魏晉風流相諧。而中國傳統文化，向來推崇高尚的人格和氣節，不與權貴同流合污而高臥山林的形象，成爲獨特的「高士風範」，成爲失志於世或自外於世的士人推崇和仿效的模式。在對「物情趨勢利」的消解中，他效仿陶淵明，投入山水田園的懷抱，過著「臥松林」而養眞的生活，獨善其身，以尋求人格的成全，正是儒道佛三家隱逸思想的體現。雖然儒家濟人之志，直至晚年他猶然秉持，「謝公還欲臥，誰與濟蒼生」、「於此無奇策，蒼生奚以爲」。懷才不遇的悲慨、功名未遂的隱痛潛沈在生命底層，貫穿浩然的一生。但他主動追求林下風流的高士風範，也使他博得「風流天下聞」的高名，而其高潔的節操也深得時人的敬重。

因此，古代歷史傳記家把他視爲不問世事的隱淪，並根據孟浩然在政治上的遭遇，說成是轉喉觸諱，命途不遇，是不符事實的。而一般文學史家，把他前期隱逸視爲尋終南捷徑的假隱士，仕途失意後的隱逸視爲消極的避世，忽視其精神主體追尋所代表的積極意義，這些都缺乏時代考察，沒有確切掌握作家與時代的關係。甚至以爲他寄情山水是苦悶的象徵、精神空虛的表現，而忽視他融情山水中，所呈現出的對自然的賞愛與生活的熱愛。這些習說成見，都是我們在面對孟浩然其人所應擺落的框架。

孟浩然的詩歷來詩論家給予不少好評。今從詩歌美學觀、作品體裁和內涵、藝術技巧和藝術風格等方面，歸納孟浩然詩的特色，以顯映他在初盛唐之交創作意義，和詩歌史上的地位。

一、具體而微的詩歌美學觀

孟浩然的詩論雖然簡短，卻有內在邏輯性和一貫性。他順應著時代審美風尚和詩歌風格的變化，在宣稱繼承風、雅比興的傳統時，標舉「情」、「興」，強調詩歌抒情寫志、感物興發的特徵；提出「想像」、「以意運思」，強調詩歌創作形象思維的特徵，也重視詩歌創作的意圖和內涵；並揭示審美和創作的心境，具體而微的鉤勒出詩歌創作的藝術規律。尤其在盛唐詩方興未艾之時，他提挈出重情感、尙意興的詩歌創作特色，是十分可貴。他對清新自然美的推崇和建立審美範式，也較早表達出盛唐人共同的審美理想。他的詩歌美學觀既反映繼承陳子昂反對形式主義的革新精神，又彌補陳子昂對詩藝術特徵的忽略，是由陳子昂過度到李白的詩歌美學觀的一座橋樑。

二、五言詩天下盡稱其美

在詩歌體裁方面，孟浩然七言各體，總共只有十幾首，他著力於創作五言詩，不論是五古、五律、五絕和五言長律都有其特殊的表現。他大量寫作五言律詩，使五言律體的運用範圍與表現手法圓轉自如。許學夷《詩體辨源》:「浩然造思極精，必待自得。故其五言律皆忽然而來，渾然而就，而圓轉超絕矣。」稱許他標舉興寄、自然渾成的藝術境界。胡應麟說：「五言律體，兆自梁陳。唐初四子，靡縟相矜，時或拗澀，未堪正始。神龍以還，卓然成調。沈宋蘇李，合軌於先。王孟高岑，並馳於後。新制迭出，古體攸分。實詞章改變之大機，氣運推遷之一會也。」(《詩藪・內編》卷四）強調他對五言律詩發展的貢獻。高棅於《唐詩品彙》中，評定爲「五絕正宗」，與李白、王維並駕齊驅，並推許他爲「五律正宗」:「盛唐律句之妙者，李翰林氣象雄逸，孟襄陽興致清遠，王右丞詞意雅秀，岑嘉州造語奇峻，高常侍骨格渾厚，皆開元天寶以來名家，今俱列之正宗。」認爲他的五律自備一格，閑適清遠，風格鮮明。孟浩然正以五言詩而傳響於盛唐，故王士源於〈孟浩然集序〉中說：「五言天下稱其盡善。」

三、抒情寫意的詩歌內容

孟浩然的詩歌是其生平和思想的反映，「翰墨緣情製」創作觀下，與「佇興而作」、「直尋興會」的創作靈感中，他抒發眞情實感，在山水、田園、贈答、送別、登覽等題材中，表達其建功立業的用世之心、事與願違的不遇之慨、羈旅飄泊的思鄉之情、隱居漫遊的閑情逸興、人事往來的誠摯之情、尋僧訪道的出塵之思、以及戍卒閨婦的相思之情。他貼合著時代的脈動與儒者濟世之心，於詩中呈現出建功立業的懷抱。他寄情山水，不僅是失意後的精神慰藉，更是以一腔的熱愛積極投入自然山川。在虛靜的審美心境與「會心處不在遠」的審美心態，他的山水詩呈現自然與心境的投契、物我的渾融，並借山水的清美、宏闊、高遠抒發自己的懷抱，反映自己的志意和節操。他筆下的田園生活和隱逸趨尙，不同於傳統隱士全然的孤寂，而是在幽靜中散發蓬勃的生機與活潑的情趣。他尋僧訪道，不僅是爲消解仕途的失意，更是企慕二家之靜趣和超然物外的自適。孟浩然「平生重結交」，他的交往詩顯現其存交重義的精神品質。「學不爲儒，務掇精華。文不按古，匠心獨妙」，他的詩作顯現出以儒爲本，兼融佛、道，不爲一家思想所縛的特色。他的詩總散發出情味，呈現出「詩中有人」的特色，也見出「骨貌淑清，風神散朗」的詩人形象。

四、渾成自然的藝術技巧

孟浩然詩語言自然渾成，多似率然而成，其實是語言經過陶洗後所呈現的自然單純。不論是運用口語、使事用典，或調度音律，都是在錘鍊後而達到平易曉暢、清新自然。他借景抒情、寫景中有興寄，將情語與景語融合渾化，使人物和景物、思想感情和客觀環境融爲一體，達到情景交融的藝術境界。他的山水詩取景靈活多變，移步換形讓空間的景物流動變化，注重景物在時間遞移下光影的變化，並透過虛實映襯和色彩音響，呈現出氣韻生動的自然山水。甚至是對比的使用，也都服從於整體構思。藝術技巧與感情的提鍊融合，不但使意象鮮明，境界擴大，也深化情感。因此，皮日休稱美道：「先生之作，遇景入詠，不鉤奇抉異，令齷齪束人口，涵涵然有干霄之興，若公輸氏當巧而不巧者也。」肯定他以詩歌表現生活、呈現性情，不雕章繪句，樸素自然，立意高遠，大巧若拙。這正是他匠心獨運，精心錘鍊，而又除去斧斤鑿痕的「自然之工」，也建立了唐詩渾融完整的藝術特色。

五、承先啓後的藝術風格

孟浩然詩的風格以沖淡閑遠爲主體，並呈現出雄渾壯逸、悲慨激越與綺麗輕婉等不同的風格。其沖淡閑遠、空靈淡雅、清新曠美的一面，極爲後人所重，更爲神韻一派取法借鑑。但是雄渾壯逸、悲慨激越的一面，卻在「隱逸詩人」的標簽下爲人所忽視，這是在研究孟詩所應廓清之處。「莫信詩人竟平淡，二分梁甫一分騷」（龔自珍《己亥雜詩》其五），他的詩有用世執著和不屈權貴所形成的風骨，這是時代精神與理想懷抱、品德節操相互激盪下的具體表徵。孟詩雖有綺麗輕婉的一面，但爲數不多，這種別調成爲一種點綴。他以獨特的詩風抒寫自己的生活和感情，以實際的創作掃除初唐文壇彩繁競麗、興寄都絕的綺靡文風，積極響應復古革新，繼承漢魏風骨，並且建立清新自然的審美範式，在初、盛唐之交的詩壇上，具有承先啓後的重要地位。吳喬說：「盛唐諸家，雖深淺濃淡奇正疏密不同，咸有昌明之象。」（《圍爐詩話》卷三）孟浩然詩於綿密中見雄闊、沖淡中見壯逸、閑適中見激越、樸素中見綺麗，具有昌明的盛唐氣象，是盛唐詩風的開創者。

六、南方山水田園詩的典範

唐前期山水詩經歷兩次變革，初唐四傑承襲齊梁詩風，陳子昂和沈、宋在古體山水詩中效法大謝體，變四傑之清淺鮮麗爲典雅厚重；而神龍至開元前期，吳越山水詩使清麗的齊梁詩風在朝野再度復興，張說在結合南方山水詩和北方別業山水詩中，調和大謝體和小謝體，張九齡繼陳子昂後再度恢復大謝古調。孟浩然生活於荊楚，一生的遊蹤以吳越和大江兩岸爲主。他的山水詩以南方山水爲題材，集吳越荊楚美景之大成。他的山水詩中融合漢魏風骨與齊梁詞采，在繼承吳越山水詩的清新詩風上，去其秀媚而變爲沖淡清曠，增其骨力變爲雄渾壯逸。使南方山水詩脫離初唐模仿和調和二謝的復變階段，而達到更高的藝術境界。並從題材、內涵和技巧上，將田園、隱逸與山水、行旅結合，使陶詩田園情趣和謝詩的山水觀賞、陶詩的自然渾成與謝詩的繪景手法爲一體，不但促使田園詩與山水詩合流，也爲盛唐山水田園詩提供藝術經驗，更代表盛唐南方山水詩的最高成就，與王維所代表的北方山水詩並駕齊驅。孟浩然上承陶、謝，下啓韋、柳，不但在山水田園詩史上具有重要的地位，也是清淡一派詩歌的代表人物。

七、瑕不掩瑜成一家之詩

就藝術風格而言，孟詩雖有不少積極因素，有著承先啓後的作用。但總的說來，孟浩然詩題材狹隘，寄託不夠深刻。蘇軾說「孟浩然之詩，韻高而才短，如造內法酒手，而無材料耳。」（《後山詩話》引，見《苕溪漁隱叢話》前集卷十五）批評肯綮，道出他在詩歌題材與內容思想的侷限。由於生活在承平時代，加上人生經歷的限制，他的詩主要以山水田園爲歌詠對象，以個人的出處爲出發，陳子昂詩的關心時事、寄慨遙深，他都未能加以繼承和發揚。他的田園詩有陶味，富於生活情味，但缺乏陶淵明的人生意境。他的詩作有些抒情表意過於直露，如同「衝口而出」、「無縹緲深思之致」（葉燮《原詩》）。然而「鳧脛雖短，續之則憂。鶴脛雖長，斷之則悲」（《莊子・駢拇》），孟浩然以個人獨特人生經歷、美學思想和藝術修養，在初盛唐的時代文化和審美風潮中，成就一家之詩，整體而言，仍是瑕不掩瑜。因此，在詩歌發展史上仍能閃耀著熠熠的光彩，有其不可磨滅的地位與影響。

附錄　孟浩然年表與作品繫年

本年表是以劉文剛《孟浩然年譜》爲底本，並參酌楊承祖先生《孟浩然事蹟繫年》、徐鵬〈孟浩然作品繫年〉，及諸家學者之說加以編定而成。

年號	公元	年齡	生平及事跡	編年詩	備註
周武后永昌年	689	1	誕生於襄陽城外澗南園。		張說二十三歲。（開元十八年卒） 張九齡十七歲。（開元二十八年卒） 陳子昂二十九歲。 賀知章三十歲。
元授元年	690	2			
元授二年	691	3			
長壽元年	692	4			
長壽二年	693	5			
延載元年	694	6			
天冊萬歲元年	695	7			
萬歲通天元年	696	8			
神功元年	697	9			

聖歷元年	698	10	浩然與弟一起讀書學劍。		王昌齡生。
聖歷二年	699	11			
久視元年	700	12			
長安元年	701	13			李白生。 王維生。
長安二年	702	14			陳子昂卒。 張九齡登進士第。
長安三年	703	15			
長安四年	704	16			
中宗神龍元年	705	17			一月，中宗繼位。
神龍二年	706	18			張九齡登材堪經邦科，授秘書省校書郎。
景龍元年	707	19			
景龍二年	708	20	是年前後遊鹿門山。	〈登鹿門山〉	
景龍三年	709	21		〈聽鄭五愔彈琴〉作於早年。	
睿宗景雲元年	710	22			六月，睿宗繼位。
景雲二年	711	23	與張子容同隱鹿門山。	〈夜歸鹿門山歌〉爲隱居期間所作。詩清幽醇眞，是得力於隱居之助。 〈尋白鶴巖張子容隱居〉作於此年之後，張子容出仕已久，浩然訪其舊隱之處。	
玄宗先天元年	712	24	冬，送張子容應進士舉。	〈送張子容赴舉〉	八月，玄宗繼位。
先天二年 開元元年	713	25			張子容登進士第。
開元二年	714	26			
開元三年	715	27			

開元四年	716	28			張說罷相後，由河北按察使而任岳州刺史。姚崇罷相。
開元五年	717	29	八月，遊洞庭。干謁張說。登岳陽樓，作詩以獻。 遊三湘。	〈望洞庭湖贈張丞相〉 〈夜渡湘水〉 〈曉入南山〉 〈過景空寺故融公蘭若〉作於本年之後。	
開元六年	718	30	居家作詩慨嘆清貧和失意，企盼引薦。	〈書懷貽京邑故人〉 〈田園作〉	二月，張說爲荊州大都督府長史。四月赴任。
開元七年	719	31	九月九日與賈昪登峴山，詩酒唱和。	〈和賈主簿昪九日登峴山〉	元結生。
開元八年	720	32	暮春，抱病，有詩贈張子容。 送賈昪之荊州，有詩。 張子容爲晉陵尉，寄詩張子容。	〈晚春臥病寄張八〉〔註1〕 春病中〈重酬李少府見贈〉 〈李少府與王九再來〉 〈送賈昪主簿之荊府〉 〈登峴亭寄晉陵張少府〉	開元八年八月，賈昪隨裴觀按察荊州。
開元九年	721	33	遊洪州。有詩寄劉昚虛，至晚應爲本年。 遊南康之灨石、落星灣，至晚在本年。	〈九日於龍沙作寄劉大昚虛〉 〈下灨石〉	王維自太樂丞貶濟州司倉參軍。 九月，姚崇逝，張說爲兵部尚書，同中書門下三品。

〔註1〕〈晚春臥病寄張八〉中：「安仁鬢欲絲」，用潘岳〈秋興賦〉「余春秋三十有二，始見二毛」之典，孟浩然用典極爲恰切，可知此詩作於三十二歲左右。

			初到潯陽。	〈晚泊潯陽望廬山〉	
開元十年	722	34			
開元十一年	723	35			劉昚虛登進士。
開元十二年	724	36	韓思復任襄州刺史，浩然頗獲延賞。 盧僎爲襄陽令，與浩然爲忘形之交。		
開元十三年	725	37	入洛求仕。		韓思復卒。
開元十四年〔註2〕	726	38	滯居洛陽。 有詩題洛陽李頎莊，兼贈綦毋潛。 在薊門觀燈，有詩。 於包融家。 二月，在洛陽和儲光羲詩，有詩寄王迥。 寒食，臥疾於李氏家中。	〈題李十四莊兼贈綦毋校書〉 〈同張將軍薊門看燈〉 〈宴包二融宅〉 〈同儲十二洛陽道中作〉 〈上巳日洛中寄王九迥〉 〈李氏園臥疾〉	玄宗在洛陽，儲光羲、崔國輔、綦毋潛三月登進士第。
開元十五年	727	39	浩然與李白的結識當於本年。〔註3〕		綦毋潛登第後授校書郎。

〔註2〕劉譜於開元十四、十五年左右，並無滯居洛陽之說。根據〈李氏園臥疾〉「年年白社客，空滯洛陽城」，可知孟浩然留於洛陽的時間當不短；而且儲光羲於開元十四年於洛陽登進士第，浩然與他有唱和之作，知浩然確實曾滯居洛陽。綜合陳貽焮〈考辯〉、陳鐵民〈關於孟浩然生平事跡的幾個問題〉、徐鵬〈孟浩然集校注〉的說法，把此行繫於開元十三至開元十五年。

〔註3〕劉譜從王琦《李太白年譜》，將浩然與李白的結識繫於開元十三年李白出蜀之年，郁賢皓〈李白與孟浩然交游考〉中，據李白〈上安州裴長史書〉一文，以爲李白開元十五年始至安陸，李白最早只能在開元十五年秋「遠客汝海」途中結識孟浩然。郁之結論爲安旗、薛天緯《李白年譜》所接受。今從郁說，繫於此年。

			冬，自洛陽歸襄陽，途中有詩。	〈行至汝墳寄盧徵君〉、〈南陽北阻雪〉	王昌齡登進士第，在長安任祕書省校書郎。 張九齡於本年三月至十八年七月爲洪府都督。
開元十六年	728	40	新年，作詩抒發無祿尙農的思想。	〈田家元日〉〔註4〕	
			三月浩然遊揚州，遇李白，白於黃鶴樓作詩送行。		李白有〈黃鶴樓送孟浩然之廣陵〉
			冬，浩然赴進士舉，往長安〔註5〕，途中遇雪。	〈赴京途中遇雪〉	
開元十七年	729	41	初春，在長安，作詩，抒發渴望及第之情。	〈長安早春〉	
			舉進士，不第。		
			有詩贈張均。	〈上張吏部〉	
			秋，在祕書省聯句，四座稱賞，譽滿京師。	賦「微雲淡河漢，疏雨滴梧桐」句。	
			留長安獻賦，九月，獻賦仍無回音。	〈題長安主人壁〉〈秦中感秋寄遠上人〉	
			苦雨思歸，有詩贈賀知章等。	〈秦中苦雨思歸贈袁左丞賀侍郎〉	

〔註4〕劉譜將〈田家元日〉繫於開元二十一年二上長安之前，恐非是。〈田家元日〉中有「我年已強仕，無祿尚憂農」，《禮記．曲禮上》：「四十曰強仕」，故當作於四十歲時。

〔註5〕劉譜將浩然入京赴試的時間繫於開元十五年，他說：「世人多以兩唐書孟浩然本傳『年四十，乃游京師』，推定浩然開元十六年入京。如此推算，似誤。兩唐書言四十歲游京師，即四十歲在長安之意，並非說四十歲才動身往長安。……以浩然生平核之，浩然亦應在開元十五年而非十六年入京。」此說甚泥，且浩然開元十六年春於襄陽有〈田家元日〉詩，其入京不當於開元十五年。今從諸家之說，如楊譜、陳〈考辯〉等，而繫於開元十六年。

			與王維相交，維為他繪〈襄陽孟公馬上行吟圖〉。臨別，與王維有詩贈答。	〈留別王維〉	王維有〈送孟六歸襄陽〉
			歸途中，在旅亭有詩懷王昌齡。	〈初出關旅亭夜坐懷王大校書〉	
			赴洛陽，有洛下送奚三還揚州。〔註6〕	〈洛下送奚三還揚州〉	
			與姚崇後人過從，作詩抒發懷才不遇。	〈姚開府山池〉	
			離開洛陽，往遊吳越，借以排遣仕途失意的悲憤。	〈自越之洛〉	
			經汴水至譙縣，會見譙縣張主簿、申屠少府，臨別有詩。	〈適越留別譙縣張主簿申屠少府〉	
			浮舟臨渙，拜會裴明府，與詩酒之會。	〈臨渙裴明府席遇張十一房六〉	
			將入淮水，有詩。	〈問舟子〉	
			與曹三御史泛舟遊太湖。御史擬薦浩然，浩然作詩婉謝。	〈同曹三御史行泛湖歸越〉	
			冬，在富陽。	〈浙江西上留別裴劉二少府〉	
			遊桐廬江、建德江。	〈經七里灘〉 〈宿桐廬江寄廣陵舊游〉 〈宿建德江〉	

〔註6〕陳貽焮〈考辯〉以為浩然求仕不成，先返家，後再自洛之越。浩然〈洛下送奚三還揚州〉云：「羨君從此去，朝夕見鄉中。予亦離家久，南歸恨不同。音書若有問，江上會相逢。」根據詩意，知浩然離家已久，且無返家之計，而將東遊。蕭繼宗云：「時浩然將自洛之越，故謂音書將於江上得之耳。」（《孟浩然詩說》，頁174）其說是也。

開元十八年	730	42	遊定山、漁浦潭，當在本年春或初夏。	〈早發漁浦潭〉	陶翰登進士第
			四月，將適天臺，有詩留別臨安李主簿。	〈將適天臺留別臨安李主簿〉 〈舟中曉望〉 〈尋天台山〉	
			遊天台山、赤城山。	〈宿天台桐柏觀〉	
			八月，在杭州樟亭與錢塘顏縣令、杭州薛司戶觀錢塘潮。	〈與顏錢塘登樟亭望潮作〉 〈與杭州薛司戶登樟亭樓作〉	
開元十九年	731	43	春，在會稽，有贈詩謝南池。	〈東陂遇雨率爾貽謝南池〉、〈久滯越中貽謝南池會稽賀少府〉	三月，張九齡由桂州刺史兼嶺南按察使入守祕書少監。
			遊鏡湖，探禹穴，有詩。	〈與崔二十一遊鏡湖寄包賀二公〉	
			遊耶溪、雲門寺。	〈遊雲門寺寄越府包戶曹徐起居〉 〈雲門寺西六七里聞符公蘭若最幽與薛八同往〉〔註7〕	
			冬，遵海南行，往樂城訪張子容。在樂城度歲，與子容詩酒唱和。	〈歲暮海上作〉 〈除夜樂城逢張少府〉 〈歲除夜會樂城張少府宅〉	陶翰中博學宏詞科。
開元二十年	732	44	初春，臥疾於樂城館中。	〈初年樂城館中臥疾懷歸作〉	
			往遊永嘉，在上浦館，與子容邂逅，詩酒唱和。	〈永嘉上浦館逢張八子容〉	

〔註7〕劉譜並無繫此詩，今補繫於此。

			告別永嘉，浮海北歸。 經郢中。 五月，回到襄陽。 秋，奉先令張愿休假還襄陽，浩然參與宴集有詩。	〈永嘉別張子容〉 〈歸至郢中〉 〈仲夏歸澗南園寄京邑舊遊〉 〈奉先張明府休沐還鄉海亭宴集探得階字〉 〈秋登張明府海亭〉 〈傷峴山雲表觀主〉、〈登望楚山最高頂〉以上二詩均作於遊越還鄉之後。	
開元二十一年	733	45	春，張愿奉先令秩滿居襄陽，新建別業成，有詩，浩然和之。 寒食，宴於張愿家。 七月，與襄陽令盧僎，同宴張愿海園。 與襄州刺史獨孤冊唱和，稱美獨孤冊救旱。張愿入京爲駕部郎中，浩然有詩相送。 陪獨孤冊和兵曹參軍蕭證登萬山。 秋，又萌上長安求仕之意。 送丁鳳應進士舉，有詩兼呈張九齡。	〈同張明府碧谿贈答〉 〈同張明府清鏡嘆〉作於去年秋至本年春。 〈寒食張明府宅宴〉 〈張郎中梅園作〉 〈送張郎中遷京〉 〈和盧明府送鄭十三還京兼寄之什〉 〈同獨孤使君東齋作〉 〈陪獨孤使君同與蕭員外證登萬山亭〉 〈送丁大鳳進士赴舉呈張九齡〉	盧僎爲襄陽令，浩然與之爲忘形之交。二人爲韓思復立石峴山，頌其遺愛。 月，張九齡被任命爲檢校中書侍郎。十二月，張九齡爲中書侍郎、同中書門下平章事。 十月，駕部郎中張愿歸鄉處理墳塋事宜。

開元二十二年	734	46	再上長安求仕。		閻防登進士第。
			遊終南翠微寺，有詩。	〈題終南翠微寺空上人房〉	王昌齡再中博學宏詞科，授汜水尉。
			在長安，聞裴朏自襄州司戶除豫州司戶，作詩以贈。	〈聞裴侍御朏自襄州司戶除豫州司戶因以投寄〉	王維爲右拾遺。
			上書無回音，心情憤激。秋，離開長安。	〈京還贈王維〉	
			冬，歸至南陽一帶，遇雪，倍增失意悲涼之情，有詩抒懷。	〈南陽北阻雪〉	韓朝宗以襄州刺史兼山南東道採訪使。
			還襄陽。	〈歲暮歸南山〉〈還山貽湛禪師〉	五月，張九齡爲中書令。
開元二十三年	735	47	春，韓朝宗欲薦浩然於朝，約日赴京，浩然未踐約而行。		崔國輔中牧宰科。
			春，在峴山餞房琯、崔宗之，約定九月九日再會，有詩。	〈峴山餞房琯崔宗之〉	李白有〈上韓荊州書〉，請求薦舉。
			秋，浩然與盧僎〔註8〕宴於張愿	〈同盧明府早秋宴張郎中海亭〉	

〔註8〕劉譜中有二個姓盧的縣令，一是盧僎、一是盧象。他並根據《新唐書．韓思復傳》中所載：「（思復）卒，年七十四，謚曰文。天子親題其碑曰：『有唐忠孝韓長山之墓』。故吏盧僎，邑人孟浩然立石峴山。」以爲韓思復爲襄州刺史時，盧僎當於其任中爲襄陽令，而將盧僎與浩然的定交譜於開元十二年。並將開元二十一、二年與浩然往來唱和的縣令以爲是盧象。此二說均有誤。〈韓思復傳〉中言「故吏盧僎」，表示盧僎曾於任事於韓思復職下，並不代表是在其襄州刺史任內。陶敏〈孟浩然交遊中的幾個問題〉（《唐代文學論叢》第八輯，西安：陝西人民出版，1986年）中，對「盧明府乃盧僎而非盧象」提出考證，其一認爲盧象任襄陽任於史無證，劉禹錫〈唐故尚書主客員外郎盧公集紀〉記盧象仕歷甚詳，並無提此事。其二王士源〈孟浩然集序〉歷數浩然的忘形之交，不及盧象。其三芮挺章天寶三年編《國秀集》錄盧象詩二首，云「右補闕盧象」，知天寶初盧象仍官從七品上之補闕，不可能在開

			海亭，盧僎有詩，浩然有和詩。		
			九月九日，盧僎在峴山宴詩韓朝宗、張愿、崔宗之。浩然作陪，有詩。	〈盧明府九日峴山宴袁使君張郎中崔員外〉	
			張愿除義王府司馬，盧僎餞行，浩然與宴，有和盧僎詩。	〈同盧明府餞張郎中除義王府司馬海園作〉	
			入蜀，往遊廣漢，陶翰作序相贈。	〈除夜〉〔註9〕	陶翰〈送孟六入蜀序〉
開元二十四年	736	48	九月，韓朝宗自襄陽刺史貶洪州刺史。浩然有詩相送，對韓朝宗深表留戀。	〈送韓使君除洪州都曹〉題下注:「韓公父嘗爲襄州刺史」。	十一月，張九齡罷相，爲尚書右丞。
開元二十五年	737	49	春，登萬山亭，有和作對韓朝宗表懷念和讚美之情。	〈和張判官登萬山亭因贈洪府都督韓公〉	
			與由荊州刺史轉任襄州刺史的宋鼎，有詩唱和。	〈和宋太史北樓新亭〉	四月，張九齡貶荊州大都督府長史。五月，到達荊州任上。
			夏，浩然入張九齡幕。		閻防貶長沙，夏至襄陽，有詩。
			因公出使到揚州，經彭蠡湖，望廬山，有詩。	〈彭蠡湖中望廬山〉	

元二十三年前即官六品上之員外。文中並從〈盧僎德政碑〉確立盧僎爲襄陽令正在開元二十一、二年。今從陶說。此外，〈盧明府早秋宴張郎中海園即事〉，一作盧象詩，這也是「盧明府」被判定爲盧象的原因，其實唐人詩互雜者甚多，極有可能是盧象與盧明府同姓，而張冠李載竄入盧象詩。

〔註9〕〈除夜〉一作〈歲除夜有懷〉，《全唐詩》並見於崔塗詩，作〈巴山道中除夜書懷〉，應爲孟浩然晚期入蜀之作。

			此行，在洞庭湖有寄長沙司戶閻防詩。回程至洞庭，亦有贈詩。	〈湖中旅泊寄閻九司戶防〉 〈洞庭湖寄閻九〉	
			冬，在荊州有上張九齡詩。	〈荊門上張丞相〉	
			在張九齡幕，唱和陪從，尋幽探勝詩作甚富。	〈從張丞相游南紀城獵戲贈裴迪張參軍〉 〈陪張丞相自松滋江東泊渚宮〉 〈陪張丞相登當陽樓〉	
			還襄陽，有和宋鼎詩，顯出對幕府生活的厭倦和不得志的狂狷。	〈和宋大使北樓新亭〉（本年末，或次年初） 〈陪張丞相登荊州城樓因寄薊門張使君及浪泊戍主劉家〉	
開元二十六年	738	50	立春，在荊州幕府，有詩和張九齡。	〈和張丞相春朝對雪〉	
			二月，陪張九齡往祠紫蓋山，途經玉泉寺時，作詩和張九齡。	〈陪張丞相祠紫蓋山途經玉泉寺〉	
			浩然患背疽，辭幕，歸襄陽。	〈送王昌齡之嶺南〉	
			秋，王昌齡貶於嶺南，路經襄陽，曾訪王迥，臨別浩然作詩相送。	〈與王昌齡宴王道士房〉	
開元二十七年	739	51	春日，與李白遊山。	〈本闍黎新亭作〉	李白有〈贈孟浩然〉、〈春日歸山寄孟浩然〉
			夏日，畢曜探視，並有饋贈。	〈家園臥疾畢太祝曜見尋〉	

開元二十八年	740	52	春，浩然病且愈，王昌齡遇赦北歸。至襄陽，相見甚歡，食鮮疾動，終於南園。	〈送王大校書〉〔註10〕	孟浩然卒後，劉昚虛有〈寄江滔求孟六遺文〉寄詩友人，求其遺文。

〔註10〕〈送王大校書〉「導漾自嶓冢，東流爲漢川。維桑君有意，解纜我開筵。雲雨從兹別，林端意渺然。尺書不能吝，時望鯉魚傳。」劉譜繫於開元二十四年，恐非是。詩雖然送別，但情緒較爲平靜。從王、孟的幾次交游，於開元二十八年的重晤最有可能。今參酌傅璇琮〈王昌齡事跡新探〉之說，繫於此年。

參考書目

壹、專　書

一、孟浩然相關著作

（一）孟浩然集

1. 《孟浩然集》〔唐〕孟浩然著，四部叢刊，臺北：臺灣商務印書館（涵芬樓影印江南圖書館明刊本）。
2. 《孟浩然集》〔唐〕孟浩然著，上海：上海古籍出版社，1982年（影印宋蜀刻本）。
3. 《孟浩然集》〔唐〕孟浩然著，文淵閣四庫全書，臺北：臺灣商務印書館，1986年。
4. 《孟浩然集》〔唐〕孟浩然著，《唐五十家詩集》，上海：上海古籍出版社，1989年。

（二）孟浩然箋注、研究

1. 《孟浩集箋注》游信利，臺灣政治大學碩士論文，1967年。
2. 《論王孟詩風》李許群，香港：珠海學院碩士論文，1976年。
3. 《孟浩然詩說》蕭繼宗著，臺北：臺灣商務印書館，1985年。
4. 《孟浩然集校注》徐鵬注，北京：人民文學出版社，1989年。
5. 《孟浩然詩選譯》鄧生安、孫佩君選譯，成都：巴蜀書社，1990年。
6. 《孟浩然集注》趙桂藩注，北京：旅游教育出版社，1991年。
7. 《王維和孟浩然》王從仁著，臺北：群玉堂出版公司，1992年。

8. 《孟浩然隱逸形象重探》林宏安，清華大學碩士論文，1992 年。
9. 《孟浩然年譜》劉文剛著，北京：人民出版社，1995 年。

二、詩文集、箋注類

（一）總集、選集、評箋

1. 《詩經》，重刊宋本十三經注疏，臺北：藝文印書館，1989 年。
2. 《楚辭讀本》，傅錫壬注譯，臺北：三民書局，1993 年。
3. 《先秦漢魏晉南北朝詩》，逯欽立輯校，北京：中華書局，1998 年。
4. 《全上古三代秦漢三國六朝文》，楊家駱主編，臺北：世界書局，1982 年。
5. 《昭明文選》，〔梁〕蕭統編，〔唐〕李善注，臺北：五南圖書出版，1990 年。
6. 《詩品集注》，〔梁〕鍾嶸撰，曹旭集注，上海：上海古籍出版社，1996 年。
7. 《國秀集》，〔唐〕芮挺章編，文淵閣四庫全書，臺北：臺灣商務印書館，1983 年。
8. 《文苑英華》，〔宋〕李昉編，北京：中華書局，1966 年。
9. 《唐語林》，〔宋〕王讜撰，臺北：臺灣商務印書館，1979 年。
10. 《樂府詩集》，〔宋〕郭茂倩編，北京：中華書局，1996 年。
11. 《唐詩品彙》，〔明〕高棅撰，文淵閣四庫全書，臺北：臺灣商務印書館，1983 年。
12. 《唐詩解》，〔明〕唐汝詢撰，王振漢點校，河北：河北大學出版社，2001 年。
13. 《唐五十家詩集》，明銅活字本，上海：上海古籍出版社，1989 年。
14. 《全唐詩》，〔清〕聖祖御定，北京：中華書局，1996 年。
15. 《全唐文》，〔清〕仁宗敕編，上海：上海古籍出版社，1990 年。
16. 《古詩源》，〔清〕沈德潛輯，北京：中華書局，2006 年。
17. 《唐詩三百首集釋》，〔清〕蘅塘退士編，臺北：藝文印書館，1990 年。
18. 《唐宋詩舉要》，〔清〕高步瀛選著，臺北：學海出版社，1986 年。
19. 《唐詩書錄》陳伯海、朱易安編，山東：齊魯出版社，1988 年。

（二）別　集

1. 《杜詩詳注》〔唐〕杜甫著，〔清〕仇兆鰲注，北京：中華書局，1979

年。
2. 《岑參集校注》〔唐〕岑參著，陳鐵民、侯忠義注，臺北：漢京文化事業有限公司，1985 年。
3. 《李白集校注》，〔唐〕李白著，瞿蜕園等校注，台北：里仁書局，1881 年。
4. 《陶淵明集校注》〔晉〕陶淵明著，楊勇注，臺北：正文書局，1987 年。
5. 《王右丞集校注》，〔唐〕王維著，〔清〕趙殿成校注，上海：上海古籍出版社，1992 年。
6. 《王維集校注》〔唐〕王維著，陳鐵民校注，北京：中華書局，1997 年。

三、經、史著作

1. 《史記》，〔漢〕司馬遷撰，臺北：大申書局，1982 年。
2. 《戰國策》，〔漢〕劉向集錄，臺北：里仁書局，1982 年。
3. 《吳越春秋》，〔漢〕趙曄撰，臺北：中華書局，1980 年。
4. 《漢書》，〔漢〕班固撰，臺北：鼎文書局，1998 年。
5. 《三國志》，〔晉〕陳壽撰，臺北：鼎文書局，1984 年。
6. 《後漢書》，〔南朝宋〕范曄撰，臺北：鼎文書局，1998 年。
7. 《南齊書》〔南朝梁〕蕭子顯撰，臺北：鼎文書局，1980 年。
8. 《陳書》，〔唐〕姚思廉撰：臺北鼎文書局，1980 年。
9. 《晉書》，〔唐〕房玄齡等，臺北：鼎文書局，1987 年。
10. 《貞觀政要》，〔唐〕吳兢撰，臺北：河洛出版社，1975 年。
11. 《通典》，〔唐〕杜佑撰，臺北：新興書局，1965 年。
12. 《唐摭言》，〔唐末五代〕王定保撰，臺北：世界書局，1975 年。
13. 《國補史》，〔唐〕李肇撰，藝文百部叢書集成，臺北：藝文印書館年。
14. 《唐大詔集令》，〔唐〕宋敏求編，景印文淵閣四庫全書，臺北：臺灣商務印書館，1983 年。
15. 《舊唐書》，〔後晉〕劉昫撰，臺北：鼎文書局，1980 年。
16. 《新唐書》，〔宋〕歐陽脩、宋祈撰，臺北：鼎文書局，1998 年。
17. 《資治通鑑》，〔宋〕司馬光撰，臺北：臺灣商務印書館，1966 年。
18. 《唐才子傳》，〔元〕辛文房撰，臺北：世界書局，1960 年。

19. 《隋唐五代史》，王仲犖著，上海：上海人民出版社，1990年。
20. 《隋唐五代史》，呂思勉著，臺北：九思出版社，1977年。
21. 《唐才子傳校箋》，傅璇琮校箋，北京：中華書局，2002年。
22. 《湖北通志》，張仲炘、楊承禧等撰，臺北：京華出版社，1967年。
23. 《襄陽府志》，劉嗣孔修，稀見中國地方志匯刊，江蘇：中國書店出版， 1992年。
24. 《唐代文化史研究》，羅林香著，臺北：臺灣商務印書館，1967年。
25. 《唐代政治史述論稿‧隋唐制度淵略論稿》，陳寅恪著，臺北：里仁出版社，1980年。
26. 《國史大綱》，錢穆著，臺北：商務印書館，1994年。
27. 《唐五代文學編年史》，陶敏、傅璇琮著，瀋陽：遼海出版社，1998年。

四、思想類

1. 《論語注疏》，〔漢〕何晏注、〔宋〕刑昺疏，十三經注疏本，臺北：藝文出版社，1992年。
2. 《孟子注疏》，〔漢〕趙岐注、〔宋〕孫奭疏，十三經注疏本，臺北：藝文出版社，1991年。
3. 《四書章句集注》，〔宋〕朱熹注，臺北：鵝湖出版社，1984年。
4. 《周易正義》，〔魏〕王弼注，〔唐〕孔穎達疏，十三經注疏本，臺北：臺灣古籍出版，2001年。
5. 《莊子集釋》，郭慶藩輯，王孝魚整理，臺北：華正書局，2004年。

五、詩話、筆記

1. 《世説新語校箋》，〔宋〕劉義慶，楊勇校箋，臺北：正文書局，1992年。
2. 《文心雕龍讀本》，〔梁〕劉勰撰，王更生注譯，臺北：文史哲出版社，1991年。
3. 《水經注》，〔北魏〕酈道元撰，文淵閣四庫全書，史部第十一冊，臺北：商務印書館，1983年。
4. 《文鏡秘府論》，〔唐〕遍照金剛撰，簡恩定注，臺北：金楓出版社，1999年。
5. 《歷代名畫記》，〔唐〕張彥遠撰，王雲五主編，臺北：臺灣商務印書館，1975年。

6. 《詩品》,〔唐〕司空圖撰，臺北：金楓出版社，1987 年。
7. 《集異記》,〔唐〕薛用弱撰，文淵閣四庫全書，臺北：臺灣商務印書館，1983 年。
8. 《詩人玉屑》,〔宋〕魏慶之著，臺北：商務印書館，1983 年。
9. 《滄浪詩話校釋》,〔宋〕嚴羽撰，郭紹虞校釋，臺北：里仁書局，1987 年。
10. 《夢溪筆談》,〔宋〕沈括撰，臺北：臺灣商務印書館，1970 年。
11. 《韻語陽秋》,〔宋〕葛立方撰，文淵閣四庫全書，集部第九冊，臺北：臺灣商務印書館，1986 年。
12. 《唐詩紀事校箋》,〔宋〕計有功撰，王仲鏞校箋，成都：巴蜀書社，1989 年。
13. 《詩法家數》,〔元〕楊載撰，收入丁福保輯《歷代詩話續編》，北京：中華書局，1983 年。
14. 《詩藪》,〔明〕胡應麟撰，臺北：廣文書局，1973 年。
15. 《唐音癸籤》,〔明〕胡震亨撰，文淵閣四庫全書，集部第九冊，臺北：商務印書館，1983 年。
16. 《四溟詩話》,〔明〕謝榛撰，收入丁福保輯《歷代詩話續編》，北京：中華書局，1983 年。
17. 《升庵詩話》,〔明〕楊慎撰，收入《歷代詩話續編》，北京：中華書局，1983 年。
18. 《藝苑卮言》,〔明〕王世貞撰，收入《歷代詩話續編》，北京：中華書局，1983 年。
19. 《麓堂詩話》,〔明〕李東陽撰，收入《歷代詩話續編》，北京：中華書局，1983 年。
20. 《薑齋詩話》,〔清〕王夫之撰，收入丁福保輯《清詩話》，臺北：木鐸出版社，1988 年。
21. 《蠖齋詩話》,〔清〕施閏章撰，收入《清詩話》，臺北：木鐸出版社，1988 年。
22. 《説詩晬語》,〔清〕沈德潛撰，收入《清詩話》，臺北：木鐸出版社，1988 年。
23. 《峴傭説詩》,〔清〕施補華撰，收入《清詩話》，臺北：木鐸出版社，1988 年。
24. 《甌北詩話》,〔清〕趙翼撰，收入郭紹虞編《清詩話續編》，臺北：木鐸出版社，1983 年。

25. 《載酒園詩話》,〔清〕賀裳撰，收入郭紹虞編《清詩話續編》，臺北：木鐸出版社，1983 年。
26. 《詩辯坻》,〔清〕毛先舒撰，收入郭紹虞編《清詩話續編》，臺北：木鐸出版社，1983 年。
27. 《唐詩別裁》,〔清〕沈德潛撰，上海：上海古籍出版社，1979 年。
28. 《帶經堂詩話》,〔清〕王士禛，清流出版社，1976 年。
29. 《藝概》,〔清〕劉熙載撰，臺北：華正書局，1988 年。
30. 《歷代詩話》,〔清〕何文煥編，北京：中華書局，1997 年。
31. 《清詩話》，丁福保輯，臺北：木鐸出版社，1988 年。
32. 《歷代詩話續編》，丁福保輯，北京：中華書局，1983 年。
33. 《清詩話續編》，郭紹虞編，臺北：木鐸出版社，1983 年。
34. 《唐詩百話》，施蟄存撰，上海：上海古籍出版社，1987 年。
35. 《明詩話全編》，吳文治撰，南京：江蘇古籍出版社，1997 年。

六、文學評論

（一）詩文總論

1. 《中古文人生活》，王瑤著，臺北：三人行出版社，1974 年。
2. 《山水與古典》，林文月著，臺北：純文學出版社，1976 年。
3. 《中國詩學・鑑賞篇》，黃永武著，臺北：巨流圖書公司，1976 年。
4. 《中國詩學・設計篇》，黃永武著，臺北：巨流圖書公司，1976 年。
5. 《中國詩學》，劉若愚撰、杜國清譯，台北：幼獅文化事業，1977 年。
6. 《中國詩學・思想篇》，黃永武著，臺北：巨流圖書公司，1979 年。
7. 《柳文探微》，章士釗著，臺北：華正書局，1980 年。
8. 《美學的散步》，宗白華著，臺北：洪範出版社，1981 年。
9. 《中國古代心理詩學與美學》，童慶炳著，臺北：萬卷樓圖書公司，1984 年。
10. 《詩與美》，黃永武著，臺北：洪範書局：1984 年。
11. 《中國山水詩研究》，王國瓔著，臺北：聯經出版社，1986 年。
12. 《中國文學發展史》，劉大杰著，臺北：華正書局，1986 年。
13. 《中國詩史》，吉川幸次郎著，安徽：文藝出版社，1986 年。
14. 《中國詩歌美學》，蕭馳著，北京：北京大學出版社，1986 年。

15. 《山水與美學》，伍蠡甫著，臺北：丹青書局，1987 年。
16. 《美的歷程》，李澤厚著，臺北：谷風出版社，1987 年。
17. 《中國古代美學範疇》，曾祖蔭著，臺北：木鐸出版社，1987 年。
18. 《中國詩歌流變史》，李曰剛著，臺北：文津出版社，1987 年。
19. 《中國文學概論》，袁行霈著，臺北：五南圖書出版公司，1988 年。
20. 《詩文鑑賞方法二十講》，周振甫等著，臺北：國文天地雜誌社，1989 年。
21. 《六朝美學》，袁濟喜著，北京：北京大學出版社，1989 年。
22. 《中國古代山水詩鑑賞辭典》，余冠英主編，江蘇：古籍出版社，1989 年。
23. 《中國詩歌藝術研究》，袁行霈著，臺北：五南出版公司，1989 年。
24. 《意象的流變》，蔡英俊主編，臺北：聯經出版公司，1989 年。
25. 《抒情的境界》，蔡英俊主編，臺北：聯經出版公司，1989 年。
26. 《讀詩常識》，吳丈蜀著，臺北：萬卷樓圖書公司，1990 年。
27. 《藝術創造工程》，余秋雨著，臺北：允晨文化公司，1990 年。
28. 《比興物色與情景交融》，蔡英俊著，臺北：大安出版社，1990 年。
29. 《詩論》，朱光潛著，臺北：德華書局，1991 年。
30. 《中國古代文學創作論》，張少康著，臺北：文史哲出版社，1991 年。
31. 《中國山水詩史》，李文初著，廣東：高等教育出版社，1991 年。
32. 《陶學史話》，鐘優民著，臺北：允晨文化公司，1991 年。
33. 《詩歌意象論》，陳植鍔著，北京：中國社會科學出版社，1992 年。
34. 《中國文學批評史》，王運熙、顧易生編，臺北：五南出版社，1993 年。
35. 《中國古代詩學心理透視》，童慶炳等著，天津：百花文藝出版社，1993 年。
36. 《唐代文學的文化精神》，鄧小軍著，臺北：文津出版社，1993 年。
37. 《中國山水詩論稿》，朱德發主編，濟南：山東友誼出版社，1994 年。
38. 《中國古代文學十大主題》，王立著，臺北：文史哲出版社，1994 年。
39. 《詩與禪》，孫昌武著，臺北：東大圖書公司，1994 年。
40. 《中國山水詩史》，丁成泉著，臺北：文津出版社，1995 年。
41. 《漢唐文學的嬗變》，葛曉音著，北京：北京大學出版社，1995 年。

42. 《中國詩學通論》，范況著，臺北：臺灣商務印書館，1995 年。
43. 《詩文批評中的對偶範疇》，張思齊著，臺北：文津出版社，1995 年。
45. 《近體詩創作理論》，許清雲著，台北：洪葉文化，1997 年。
46. 《晚唐鐘聲——中國文化精神原型》，傅道彬著，北京：東方出版社，1996 年。

（二）唐詩評論

1. 《唐詩概論》，蘇雪林著，臺北：商務出版社，1970 年。
2. 《唐代詩學》，正中書局編委會編著，臺北：正中書局，1973 年。
3. 《唐人絕句研究》，黃盛雄著，臺北：文史哲出版社，1979 年。
4. 《唐代詩人叢考》，傅璇琮著，北京：中華書局，1980 年。
5. 《唐詩論叢》，陳貽焮編，湖南：人民出版社，1980 年。
6. 《中國詩的神韻、格調及性靈說》，郭紹虞著，臺北：華正書局，1981 年。
7. 《唐代詩評中風格論之研究》，黃美鈴著，臺北：文史哲出版社，1982 年。
8. 《唐詩體派論》，許總著，臺北：文津出版社，1984 年。
9. 《唐詩風格美新探》，王明居著，北京：中國文聯出版公司，1987 年。
10. 《唐詩美學論稿》，陳銘編，鄭州：中州古籍出版社，1987 年。
11. 《唐絕句史》，周嘯天著，重慶：重慶出版社，1987 年。
12. 《唐詩學引論》，陳伯海著，上海：知識出版社，1988 年。
13. 《唐代文苑風尚》，李志慧著，陝西：人民出版社，1988 年。
14. 《論詩雜著》，陳貽焮著，北京：北京大學出版社，1989 年。
15. 《唐代文學論集》，羅聯添編，臺北：臺灣學生書局，1989 年。
16. 《唐代的七言古詩》，王錫九著，江蘇：江蘇教育出版社，1991 年。
17. 《唐五律詩精品》，孫琴安著，上海：上海社會科學院出版社，1995 年。
18. 《唐詩比較論》，房日晰著，陝西：陝西人民出版社，1992 年。
19. 《唐詩雜論》，聞一多著，上海：上海古籍出版，1998 年。
20. 《唐詩學史稿》，陳伯海著，河北：河北人民出版社，2004 年。
21. 《柳宗元詩研究》，何淑貞著，臺北：福記文化圖書公司，1989 年。
22. 《唐詩》，詹鍈著，臺北：群玉堂出版公司，1990 年。
23. 《唐詩賞論》，初國卿著，遼寧：人民出版社，1991 年。

24. 《唐詩藝術技巧》，師長泰著，陝西：人民出版社，1991 年。
25. 《詩學．詩觀．詩美》，陳良運著，江西：高校出版社，1991 年。
26. 《河嶽英靈集研究》，李珍華、傅璇琮著，北京：中華書局，1992 年。
27. 《唐詩美學》，李浩著，陝西：人民出版社，1992 年。
28. 《唐代文學史略》，王士菁著，湖南：湖南師範大學出版社，1992 年。
29. 《唐詩論學叢稿》，傅璇琮編，哈爾濱：黑龍江人民出版社，1992 年。
30. 《詩馨篇》，葉嘉瑩著，臺北：書泉出版社，1993 年。
31. 《迦陵談詩》，葉嘉瑩著，臺北：三民書局，1993 年。
32. 《唐代文學的文化精神》，鄧小軍著，臺北：文津出版社，1993 年。
33. 《山水田園詩派研究》，葛曉音著，瀋陽：遼寧大學出版社，1993 年。
34. 《唐代美學思潮》，霍然著，高雄：麗文文化公司，1993 年。
35. 《唐詩史》，許總著，江蘇：教育出版社，1994 年。
36. 《李白與唐代文化》，葛景春著，鄭州：中州古籍出版社，1994 年。
37. 《詩國高潮與盛唐文化》，葛曉音著，北京：北京大學出版社，1998 年。
38. 《李商隱詩箋釋方法論》，顏崑陽著，臺北：里仁書局，2005 年。
39. 《迦陵論詩叢稿》，葉嘉瑩著，河北：河北教育出版社，1997 年。
40. 《唐五代人交往詩索引》，吳汝煜著，上海：上海古籍出版社，1993 年。

貳、期刊論文

一、單篇論文

1. 〈論唐人七絕〉，陳延杰，《東方雜誌》，1925 年，22 卷 11 期。
2. 〈孟浩然事跡繫年〉，楊承祖，《漢學論文集》，淡江文理學院，1970 年。
3. 〈唐詩的語法、用字與意象〉，高友工、梅祖麟著，黃宣範譯，《中外文學》1973 年 3～5 月，第 1 卷 10～12 期。
4. 〈孟浩然與孟郊的詠僧學佛詩〉，張健，《中外文學》1978 年 4 月，6 卷 11 期。
5. 〈孟浩然與王維的詩風——以用事觀點論二家五律〉，簡錦松，《中外文學》，1979 年 6 月，8 卷，1 期。
6. 〈談孟浩然的「隱逸」〉，陳貽焮，《唐詩論叢》，湖南：人民出版社，

1980 年。

7. 〈孟浩然事跡考辨〉，陳貽焮，《唐詩論叢》，湖南：人民出版社，1980 年。
8. 〈孟浩然交遊中的幾個問題〉，陶敏，收入《唐代文學論叢》第八輯，西安：陝西人民出版社，1986 年。
8. 〈唐代某些知識份子隱逸求仙的目的——兼論李白的政治理想和從政途徑〉，陳貽焮（原載《北京大學學報》1961 年，第 3 期），收入《唐詩論叢》，湖南：人民出版社，1980 年。
9. 〈孟浩然集版本源流考〉，王輝斌，《貴陽金築大學學報》，2002 年 9 月，總 47 期 3 期。
10. 〈論王孟山水詩的藝術經驗〉，丁成泉，《華中師院學報》，1982 年，第 3 期。
11. 〈唐詩所表現的生活理想和精神風貌〉，余恕誠，《文學遺產》，1982 年，第 2 期。
12. 〈李白與孟浩然交遊考〉，郁賢皓，《李白叢考》，陝西：人民出版社，1982 年。
13. 〈試論「風骨」在盛唐詩歌中的體現〉，胡國瑞，1983 年，第 5 期。
14. 〈論孟浩然的詩歌美學觀〉，陶文鵬，《文學評論》，1984 年，第 1 期。
15. 〈孟浩然集版本考〉，《中華文化學報》趙惠芬，1984 年 6 月，1 期。
16. 〈王孟齊名，何以王不及孟？〉，簡恩定，《中外文學》，第 14 卷，第 2 期，1985 年。
17. 〈唐代道教徒式隱士的崛起——論李白隱逸求仙活動的政治社會背景〉，施逢雨，收錄《唐詩論文選集》，臺北：長安出版社，1985 年。
18. 〈狀飛動之趣、傳山水之神——我國古典山水詩詞中的「動態美」初探〉，王兆鵬，《湖北大學學報》，1985 年，第 4 期。
19. 〈謝靈運山水詩中的「憂」和「遊」〉，王國瓔，《漢學研究》，1987 年 6 月，第 5 卷，第 1 期。
20. 〈孟浩然的生平和他的詩〉，王達津，收入《唐詩叢考》，上海：古籍出版社，1987 年。
21. 〈孟浩然生平續考〉，王達津，收入《唐詩叢考》，上海：古籍出版社，1987 年。
22. 〈試論劉勰的山水文學理論〉，蔡育曙，《雲南師範大學學報》，1988 年，第 5 期。
23. 〈兩位開一代山水詩風的先驅——謝靈運與孟浩然山水詩比較〉，章尚正，《安徽大學學報》，1988 年，第 4 期。
24. 〈盛唐山水田園詩與時代精神〉，何丹尼，《上海師範大學學報》，1989 年，第 3 期。
25. 〈唐代詩畫藝術的交融〉，傅璇琮，《文史哲》，1989，第 4 期。
26. 〈唐代道教徒式隱士的掘起——論李白隱逸求仙的政治目的〉，施逢雨，《清華學報》第 16 卷 2 期，1989 年，第 19 卷。
27. 〈開元十五年前後〉，趙昌平，《中國文化》，第 2 輯，1990 年 6 月。
28. 〈初盛唐七言歌行的發展〉，葛曉音，收入於《文學遺產》，1997 年，第 5 期。
29. 〈論孟浩然在五律發展中的地位〉，蔡玲婉，山東煙台大學人文學院「第五屆語體與風格學術研討會」論文，2009 年 8 月。
30. 〈王維與孟浩然山水田園詩之比較〉，李浩，《西北大學學報》，1998 年，第 3 期。
31. 〈禪與唐代山水詩〉，畢建華，《江漢論壇》，1990 年，第 7 期。
32. 〈論孟浩然山水田園詩的自然特徵〉，李明生、李浩，《青海民族學院院報》，1990 年，第 1 期。
33. 〈論初盛唐詩歌革新的基本特徵〉，葛曉音，收入《漢唐文學的嬗變》，北京：北京大學出版社，1990 年。
34. 〈唐前期山水詩演進的兩次復變〉，葛曉音，《江海學刊》，1991 年，第 6 期。
35. 〈隱逸與古代山水文學〉，李亮偉，《四川師範大學學報》，1992 年，第 3 期。
36. 〈試論漢詩、唐詩、宋詩的美感特質〉，柯慶明，淡江大學中文研究所主編，《文學與美學》第三輯，臺北：文史哲出版社，1992 年。
37. 〈魏晉南北朝文人的游賞活動與山水文學創作〉，魏宏燦，《古典文學知識》，1992 年，第 4 期。
38. 〈王昌齡事跡新探〉，傅璇琮，《唐詩論學叢稿》，哈爾濱：黑龍江人民出版社，1992 年。
39. 〈隱逸・山水・士人審美心態〉，陳水雲，《湖北大學學報》，1993 年，第 3 期。
40. 〈興：表徵中國詩學整體精神的系統命題〉，馮國榮，《文史哲》，1994 年，第 3 期。
41. 〈干謁與唐代詩人心態〉，薛天緯，《西北大學學報》，1994 年，第 1 期。

42. 〈士人與自然——中國古代山水文學價值觀之文化底蘊〉，李春青，《文學評論》，1995 年，第 3 期。
43. 〈孟浩然生平研究綜述〉，王輝斌，《四川大學學報》，1995 年 1 月。
44. 〈孟浩然詩講錄(五)〉，葉嘉瑩，《國文天地》，2002 年 5 月，17 卷 12 期。

二、學位論文

1. 《孟浩集箋注》，游信利，臺灣政治大學碩士論文，1967 年。
2. 《論王孟詩風》，李許群，香港：珠海學院碩士論文，1976 年。
3. 《唐人隱逸風氣及其影響》，劉翔飛，臺灣大學碩士論文，1978 年。
4. 《唐代自然詩研究》，李漢偉，高雄師範大學碩士論文，1986 年。
5. 《盛唐山水田園詩研究》，金勝心，臺灣師範大學博士論文，1987 年。
6. 《盛唐王孟詩派美學研究》，潘麗珠，臺灣師範大學碩士論文，1987 年。
7. 《孟浩然的隱逸形象重探》，林宏安，清華大學碩士論文，1992 年。
8. 《盛唐田園詩研究》，連素厲，清華大學碩士論文，1993 年。